HEYNE

Fantasy

Ein vollständiges Verzeichnis aller
im HEYNE VERLAG erschienenen Romane aus
der aventurischen Spielewelt
finden Sie am Schluss des Bandes.

Das Schwarze Auge

THOMAS BAROLI
VOLKER WEINZHEIMER

DIE SCHWÄRZE DER NACHT

Im Schatten der Dämmerung
2. Teil

Sechsundsechzigster Roman
aus der
aventurischen Spielewelt

begründet von
ULRICH KIESOW

Originalausgabe

WILHELM HEYNE VERLAG
MÜNCHEN

HEYNE SCIENCE FICTION & FANTASY
Band 06/6066

Umwelthinweis:
Dieses Buch wurde auf chlor- und
säurefreiem Papier gedruckt.

Originalausgabe 07/2002
Redaktion: Angela Kuepper

http://www.heyne.de
Printed in Germany 2002
Umschlagbild: Zoltán Boros & Gábor Szikszai/Agentur Kohlstedt
Kartenentwurf: Ralf Hlawatsch
Umschlaggestaltung: Nele Schütz Design, München
Technische Betreuung: M. Spinola
Satz: Schaber Satz- und Datentechnik, Wels
Druck und Bindung: Elsnerdruck, Berlin

ISBN 3-453-21379-3

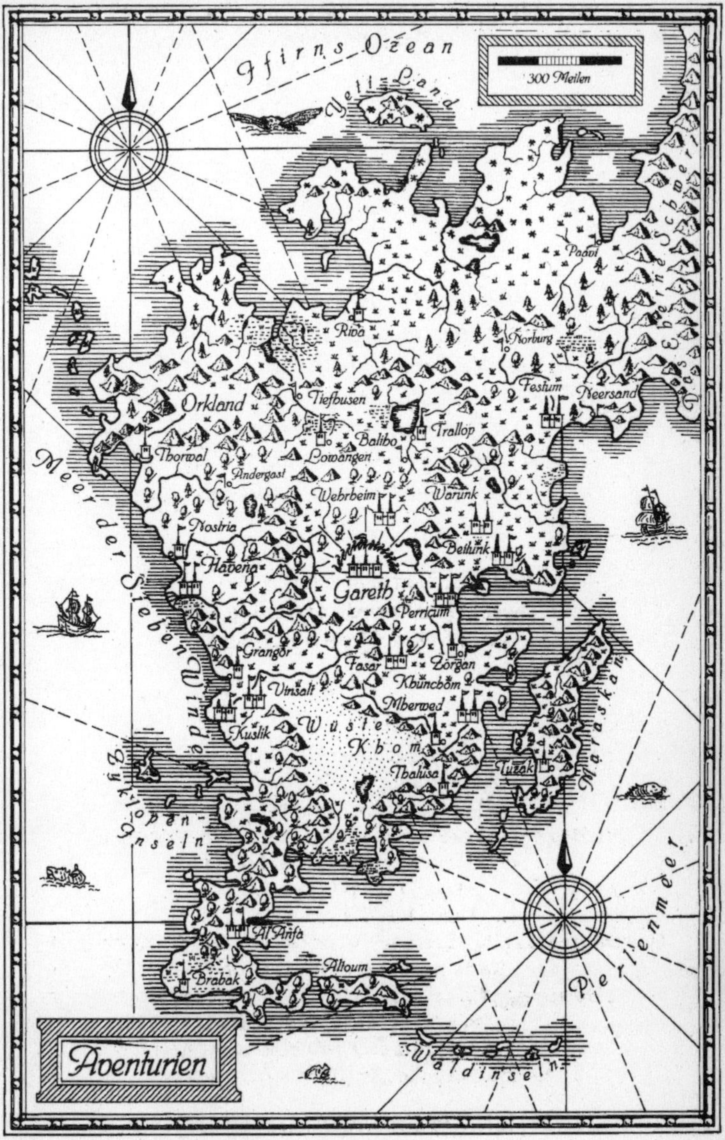
Ifirns Ozean
Yeti-Land
300 Meilen
Riva
Paavi
Norburg
Festum
Neersand
Orkland
Tiefhusen
Trallop
Balibo
Thorwal
Lowangen
Andergast
Wehrheim
Warunk
Nostria
Havena
Beilunk
Gareth
Perricum
Grangor
Fasar
Zorgan
Khunchom
Vinsalt
Mherwed
Kuslik
Wüste Khom
Thalusa
Tuzak
Maraskan
Meer der Sieben Winde
Zyklopen-Inseln
Al'Anfa
Altoum
Brabak
Perlenmeer
Waldinseln
Aventurien

*Wir möchten all jenen danken,
die uns bei diesem Buch unterstützt haben,
besonders unseren Eltern für die Kraft und den Mut,
den sie uns mit auf den Weg gegeben haben,
und auch unseren Freunden,
die es schon seit jeher verstanden haben,
unsere Phantasie zu beflügeln.*

Was bisher geschah …

Das Kartell, eine Organisation, die vor kriminellen Handlungen nicht zurückschreckt, spielt der Edlen Khorena von Erris, einer almadanischen Adeligen in Diensten der KGIA, wichtige Informationen zu: Granduco Laserian di Mestilio, angesehener Edelmann und Erster Finanzrat der Horaskaiserin, wird des Borbaradianertums verdächtigt. Khorena sieht die einmalige Gelegenheit gekommen, die horasische Staatsmacht bloßzustellen und die Herrlichkeit des Neuen Reiches hervorzuheben – nicht ohne ihre eigene Stellung innerhalb der KGIA zu verbessern. Sie beauftragt daraufhin drei ihrer Agenten mit einer Geheimmission.

Adoran, der Anführer der Truppe, erhält Befehle, die ihn und seine Kameraden nach Vinsalt führen. Dort sollen sie Nachforschungen anstellen und in Zusammenarbeit mit der mittelreichischen Botschaft den Granduco entlarven. Noch während Adoran, sein bester Freund Caric und Quendan sich auf die Reise vorbereiten, wird seitens des Kartells die Information, dass Spione aus dem Neuen Reich es auf den Granduco abgesehen hätten, an den Generaladvokat des Adlerordens, Pherion di Avona, weitergeleitet. Ohne zu zögern ruft dieser die Cavalliera Sharielle di Jazayeri, eine Diplomatin und ehemalige Spionin, zurück in den Dienst und stellt ihr zudem einen erfahrenen Kriegshelden zur Seite. Kapitan Garvor di Scilaggio, Veteran zahlreicher Schlachten, ist über seine neue Aufgabe jedoch keineswegs erfreut.

Als Soldat mit Leib und Seele missbilligt er den von Luxus und Freizügigkeit geprägten Lebenswandel seiner Kollegin. Von Beginn an macht er keinen Hehl aus seiner Verachtung für die Cavalliera und ihre liberale Lebensgefährtin, die junge Schriftstellerin Sanna. Auch Sharielle akzeptiert die Hilfe des Offiziers nur missmutig, wenngleich sie zu diesem Zeitpunkt noch nichts von den Verschwörern und korrupten Beamten ahnt, mit denen di Scilaggio im Bunde ist und deren erklärtes Ziel allem Anschein nach der Sturz der Cavalliera ist.

Während sie und der Kapitan erste Nachforschungen anstellen, gerät Sanna ins Fadenkreuz der Verschwörer, da ihre freidenkerische Gesinnung sie zu einem idealen Stolperstein für ihre Geliebte macht. Die Anfeindungen und Einschüchterungsversuche Sharielle gegenüber gipfeln schließlich in der arrangierten Verhaftung Sannas nach einem gemeinsamen Abendessen mit Kapitan di Scilaggio und seinem Moha-Adjutanten im Hause di Jazayeri. Der korrupte Beamte Jarim versucht Sanna zu erpressen, damit sie ihre freidenkerischen Freunde ans Messer liefert; Sharielle gelingt es jedoch, die Freilassung ihrer Freundin zu erwirken. Unterdessen treffen die Agenten der KGIA in der Hauptstadt des Horasreiches ein.

Im Hause des Granduco ist dieweil ein anderes Thema vorherrschend. In einem kleinen Dorf hat man ein junges Mädchen entdeckt, bei dem es sich offensichtlich um Aleanore handelt, die verloren geglaubte Nichte des Granduco. Als Waisenkind aufgewachsen, hat sie bei einer Hebamme gelernt, ohne von ihrer hohen Abkunft auch nur zu ahnen. Der Granduco hat veranlasst, dass Alea nach Vinsalt gebracht wird, wo man nun versucht, ihr die Grundzüge höfischer Etikette beizubringen.

Lediglich die Kinder des Granduco, allen voran der kleine Timotheus, freunden sich mit ihr an und geben ihr Halt. In der schönen und gewitzten Lana Tarak, einer Lebedame der höfischen Bühne, findet Alea eine weitere Freundin.

Bei einem Opernball treffen die Beteiligten zum ersten Mal aufeinander. Während die Agenten beider Seiten sich taxieren, begegnet Caric der jungen Alea. Ohne Genaueres über Herkunft und Stand des jeweils anderen zu wissen, verlieben sich beide ineinander. Nach dem Ende der Vorstellung löst sich Quendan endgültig von seiner Gruppe und beschließt, die Sache selbst in die Hand zu nehmen. Er versucht Sharielle auszuschalten, wird aber in einem Zweikampf von Kapitan di Scilaggio gestellt und schließlich getötet.

Prolog

Caric reckte sich ächzend auf seinem Bett. Obwohl es schon spät war, konnte er nicht einschlafen. Seine Gedanken kreisten beständig um Alea, mit der er den Abend verbracht hatte. Ihr dunkles Lockenhaar, ihre roten Lippen und der Duft ihres Parfums hielten Carics Gedanken gefangen. *Niemals hätte ich geglaubt, dass ich eine so wundervolle Frau treffen würde. Sie ist lebenslustig, gewitzt und wunderschön. Wenn ich diesen Albtraum hier hinter mir habe, werde ich sie fragen, ob sie mit mir ins Mittelreich geht. Ich hoffe und bete, dass sie mich genauso liebt wie ich sie.*

Ein lautes Klopfen schreckte Caric aus den süßen Gedanken, in denen er schwelgte. Widerwillig erhob er sich von seiner Lagerstatt und ging zur Tür. Mit einem leisen Quietschen öffnete er sie und blickte in Adorans Gesicht. Die dunklen Augen des Hauptmanns waren stark gerötet, er wirkte angespannt und übermüdet. »Was ist los, Adoran?«

Wortlos trat der Offizier ein und setzte sich auf Carics zerwühltes Bett. Nachdem er die Tür wieder geschlossen hatte, wandte sich Caric seinem Vorgesetzten zu. Adoran blickte betreten zu Boden und murmelte leise: »Quendan ist tot.«

Caric zuckte deutlich zusammen, in seinem Geist zeichneten sich augenblicklich die verschiedensten Spekulationen ab. »Wie?«, brachte der geschockte Agent schließlich zögernd hervor.

Adoran, der noch immer zu Boden starrte, zuckte verzweifelt mit den Schultern. »Er stürzte sich beim Verlassen der Oper auf die Cavalliera, doch es gelang ihm nicht, sie zu töten. Ihr Beschützer, dieser Offizier, den ich beim Gespräch mit dem Granduco kennen gelernt habe, griff ein, stellte Quendan und tötete ihn im Zweikampf.«

Adoran schwieg, den Kopf in den Händen vergraben. Caric runzelte die Stirn: »Dennoch starb er wenigstens ehrenhaft, auch wenn er im Leben ein Schwachkopf war.«

»Bei Boron! Lästere nicht über einen Verstorbenen!« Adoran war aufgesprungen und starrte Caric wütend an. »Auch wenn er uns in letzter Zeit nicht gerade dienlich war mit seiner übereifrigen Art, so war Quendan doch ein Patriot, Soldat und Verteidiger der Ordnung unseres Herrn Praios! Ehre sei seinem Andenken, Caric! Du hast nicht das Recht, über ihn zu urteilen, das ist allein den Göttern vorbehalten.«

Caric senkte den Blick und nickte. *Vielleicht bin ich wirklich zu weit gegangen. Möge Boron der Seele des armen Quendan gnädig sein und erkennen, dass er stets ein götterfürchtiges Leben geführt und der Gerechtigkeit treu und unbeugsam gedient hat.*

»Uns bleibt nicht mehr viel Zeit, Caric. Wenn wir Erfolg haben wollen, dann müssen wir schnell, präzise und entschlossen handeln.« Der abrupte Wechsel zeigte Caric, dass auch sein Freund das Thema Quendan nicht weiter vertiefen wollte. »Du wirst dich morgen in die Villa des Granduco einschleichen, um die Lage zu erkunden. Ich selbst werde mich hier noch einmal umhören und verschiedene Leute beschatten. Mich interessiert, wie viel diese Sharielle über uns weiß. Ich schlage vor, dass wir in ihr Haus einbrechen und uns nach Informationen und Hinweisen umsehen.«

Caric stutzte und fragte dann: »Warum sehen wir uns nicht in ihrem Büro um?«

Adoran lächelte und klopfte seinem Kameraden wohlwollend auf die Schulter: »Das ist eine ausgezeichnete Idee. Du kümmerst dich darum? Sehr gut. In meinem kurzen Gespräch mit dem Granduco habe ich erfahren, dass er seine Feier einen Tag später abhalten wird, da sich einige unvorhersehbare Verzögerungen ergeben haben. Wir müssen uns vorsehen. Wenn er Wind davon bekommen hat, dass man ihm auf der Spur ist, wird er vielleicht versuchen zu fliehen oder einige seiner ketzerischen Verbündeten auf den Plan rufen.« Adoran stieß seinen Freund am Arm, da dieser mit seinen Gedanken weit weg zu sein schien. »Was ist los, Caric? Warum hörst du mir nicht zu?«

Der Angesprochene schreckte hoch und schüttelte zum Zeichen, dass er sich von seinen lästigen Gedanken befreien wollte, den Kopf. »Doch, ich habe dir zugehört. Ich denke, dass du Recht hast. Wir müssen uns beeilen, sonst wird man uns enttarnen und außer Gefecht setzen, noch bevor wir diesen Paktierer entblößen konnten.« *Soll ich ihm sagen, was mich beschäftigt? Eigentlich geht ihn das überhaupt nichts an, aber ich kann es einfach nicht für mich behalten. Er hat doch selbst eine Frau, er muss wissen, wie das ist.*

»Adoran … Ich muss dir etwas sagen. Du erinnerst dich gewiss noch an die attraktive junge Dame mit dem dunklen Haar.« Der Offizier grübelte kurz und nickte dann. »Also, ich war heute Abend mit ihr ein wenig unterwegs, wie du weißt.«

Adoran unterbrach die Ausführungen Carics mit einem lauten Lachen: »Du willst mir jetzt doch wohl nicht mitteilen, dass du dich unsterblich verliebt hast – oder doch?«

Caric schloss die Augen, senkte das Haupt und flüsterte eine Bestätigung.

»Das freut mich für dich. Dennoch sollten wir uns zunächst lieber auf das Wesentliche konzentrieren. Warte mal … diese junge Frau war bei der Familie des Granduco, ja, sie gehört dazu! Das ist unsere Chance, an di Mestilio heranzukommen!«

Caric schüttelte energisch den Kopf und unterbrach seinen Vorgesetzten: »Ich will nicht, dass wir sie benutzen, um unsere Mission durchzuführen. Sie hat mit dieser Sache nichts zu tun, und es wäre einfach ungerecht, wenn wir sie da hineinzögen.«

»Nein, du hast mich missverstanden. Ich will sie nicht mit hineinziehen, aber ihre Bekanntschaft ermöglicht es dir, in die Villa der di Mestilios zu gelangen, ohne einen gewagten Einbruch zu versuchen.«

Obwohl er ein verdammt ungutes Gefühl dabei hatte, erklärte sich Caric schließlich mit dem Vorschlag seines Freundes einverstanden.

Kapitel 1

Garvor biss die Zähne zusammen und kämpfte gegen die Schmerzen an, als der greise Medicus den Verband um seinen verletzten Arm festzog. »Ihr seid der schlimmste Pferdemetzger seit meiner Zeit in den Kolonien! Meinem Kompaniearzt zitterten die Hände so stark, dass er jedes Mal, bevor er einen Patienten behandelte, zuerst ein Krüglein Schnaps trinken musste. Im Rausch hat er dann einmal einem Verwundeten das falsche Bein abgenommen, dieser Stümper!« Die Tirade des Kapitans endete in einem erstickten Aufkeuchen, als der Medicus seine Kopfverletzungen mit Alkohol desinfizierte. Seine Hände krampften sich um die Armlehnen des breiten Sessels, der das Arbeitszimmer in seinem geräumigen Haus schmückte.

»Haltet still, Kapitan di Scilaggio, sonst werde ich nie fertig!«

Es klopfte, und nachdem der Hausherr den Neuankömmling hereingebeten hatte, wurde die Tür leise geöffnet. Takate trat ein, schloss die Tür und näherte sich den beiden Männern. »Wie geht es Takates Bruder und Gefährten aus so vielen Kämpfen?« Den Schmerz ins Gesicht geschrieben, antwortete der Offizier: »Das mag ich so an dir, mein Freund, du hast einen ausgesprochenen Sinn für Humor. Sieh mich an: Ich benötige eine komplette Überholung! Ich sehe schlimmer aus als nach einem dreiwöchigen Marsch durch den Dschungel.«

Der Moha runzelte die Stirn und verzog die Mundwinkel. »Seit wann gehören Jammern und Winseln zum Auftreten von Takates weißem Bruder?«

Garvors Miene verhärtete sich. *Wie immer hat er Recht. Ich glaube, ich schätze ihn nicht nur, weil er ein exzellenter Krieger ist, sondern auch, weil er völlig direkt ist. Diese Offenheit macht ihn zu einem hervorragenden Berater und Kameraden.*

Der Medicus beendete seine Arbeit, packte sein Köfferchen und stellte einen verschlossenen Tiegel auf den Schreibtisch des Soldaten. »So, Kapitan, Ihr müsst diese Salbe jeden Tag auftragen, wenn Ihr die Verbände wechselt. Ich sehe mir die Wunden morgen noch einmal an, um mich zu versichern, dass keine der Verletzungen nässt. Außerdem empfehle ich Euch, kürzer zu treten. Ruht Euch aus, geht ins Bett und meidet jede Anstrengung! Ich würde sagen, Ihr schlaft jetzt am besten ein wenig, das sollte Euren Kräften zugute kommen.«

Garvor stand auf und ging zu einem kleinen Schränkchen hinüber, welches in der Ecke seines Arbeitszimmers stand, öffnete eine Tür und holte eine bauchige Flasche sowie ein kleines Glas heraus. »Ja, ist in Ordnung. Ich werde mich ausruhen.«

Der Medicus schüttelte den Kopf, verneigte sich knapp und begab sich zur Tür. »Ihr erhaltet die Rechnung binnen weniger Tage.«

Garvor schenkte sich ein wenig Branntwein ein und trank das Glas in einem Zug leer.

»Takate hörte, dass sein Bruder heute Abend dem Pfad des Kriegers folgte und sich dem Ruf des Blutes fügte.«

Garvor grinste breit und erwiderte: »Richtig, mein Freund! Einer unserer Feinde musste bereits dem Gott des Todes gegenübertreten. Er wollte Sharielle töten, da hatte ich keine Wahl, ich musste gegen ihn kämpfen.«

Takate setzte sich im Schneidersitz auf den Stuhl direkt gegenüber dem Sessel des Kapitans. »Warum hast du das Goldhaar gerettet? War es nicht das Ziel deines heiligen Vaters Horas, das Goldhaar zu vernichten?«

Resignierend nickte der Offizier und schenkte sich nach. »Ich weiß. Aber wenn ich nicht gekämpft hätte, dann hätte man sich gefragt, warum ich meine Vorgesetzte nicht verteidige. Ich hatte wirklich keine Wahl. Außerdem war er ein Feind, er wollte meinem Land und seinen Bürgern Schaden zufügen, auch wenn das Ziel seines Angriffs diesmal meine Gegnerin war. Ich bin kein Feigling, denn ich zögere nicht, mein Reich vor all seinen Feinden zu beschützen!«

Der Moha nickte gelassen: »Takate weiß, dass in deiner Brust das Herz des Tigers schlägt. Wenn das Herz befiehlt, muss der Krieger handeln, so war es schon immer. Was wirst du nun tun?«

Sich gemütlich zurücklehnend, lächelte der Kapitan und nahm einen weiteren Schluck Schnaps. »Ich habe etwas sehr Interessantes in Erfahrung gebracht: Sharielles Großvater Landro gehört das Grundstück, auf welchem ihre Villa steht. Außerdem habe ich erfahren, dass Sharielle anscheinend noch Schulden in beträchtlicher Höhe bei ihren Großeltern hat, da ihr Vater gern sein Geld beim Pferderennen verwettete. Landro ist ein ehemaliger Offizier unserer Streitkräfte und der Aussage eines alten Unteroffiziers zufolge einer der engstirnigsten Traditionalisten, die unser Reich je gesehen hat. Ich habe mit Landro und seiner Frau Praiodane ein Treffen vereinbart. Ich bin mir sicher, dass Sharielle ihren Großeltern über sich, Sanna und ihre Arbeit nicht die ganze Wahrheit erzählt hat. Wenn Landro tatsächlich ein verbohrter alter Liebfelder ist, dann dürfte es für mich kein Problem sein, eine für mich günstige Einigung zu erzielen, die Sharielle noch mehr private Probleme bereiten wird. Bald schon wird sie keinen Ausweg mehr sehen und erste schwere Fehler machen.«

Der Moha verzog keine Miene, aber ihm war dennoch anzumerken, was er von diesem Plan hielt. »Wir schleichen uns also an wie die Schlange im Dickicht, die ihr Opfer ahnungslos ins Verderben stolpern lässt. Takate ist des Kriechens müde, er will lieber aufrecht in den Kampf ziehen und dem Feind ins Auge blicken, wenn er tötet.«

Mein Freund, dir fehlt einfach das politische Feingefühl für diesen Kampf. Direkte Attacken führen uns ins Verderben, wir können nur siegen, wenn wir gewitzt und hinterhältig sind. Wir ziehen der Cavalliera einfach immer mehr Boden unter den Füßen weg, bis es niemanden mehr schert, was mit ihr geschieht; dann erst können wir ihr den Gnadenstoß versetzen.

Garvor nickte müde: »Ich verstehe dich, mir wäre es auch lieber, wenn wir offen vorgehen könnten. Aber du musst mir vertrauen; ich weiß, was ich tue. Es wird schon gut gehen.«

Der Moha saß regungslos auf dem Stuhl und starrte seinen Vorgesetzten an. Nach kurzem Schweigen ergriff der Waldmensch wieder das Wort: »Gut, du entscheidest, wie gehandelt wird. Takate vertraut deiner Weisheit, du hast schon oft weise gehandelt. Der Rotrock sagte Takate, dass er dich treffen will. Er sagte, dass es einiges zu reden gibt. Morgen wird er, noch bevor es dunkel wird, zu dir kommen und mit dir sprechen.«

Garvor strich sich über das glatt rasierte Kinn und dachte nach. *Was kann Efferdan von mir wollen? Den letzten Bericht erhielt er doch erst kürzlich von mir. Es muss etwas Unvorhergesehenes eingetreten sein, sonst würde er niemals riskieren, am Tage zu mir zu kommen. Hoffen wir das Beste.*

Ein energisches Klopfen an der Tür ihres Schlafzimmers schreckte Sharielle aus dem traumlosen Schlaf. Leise brummend regte sich Sanna an ihrer Seite und zog ihr, ohne die Augen zu öffnen, die Decke weg. Mit einem Seufzen erhob sich die Adelige und streifte sich ihren Morgenmantel über. Ein Blick zum Balkon zeigte, dass die Praiosscheibe schon hoch am Firmament stand.

»Was ist denn?«, murrte sie und bat die anklopfende Person herein. Bertrand verneigte sich und wünschte seiner Herrin einen wunderschönen guten Morgen. »Was ist los, Bertrand? Ich kann mich nicht entsinnen, dass ich die Anweisung gab, man solle mich oder Sanna vor dem Mittag wecken.«

Der Haushofmeister verneigte sich erneut und erklärte: »Vergebt mir vielmals, Herrin, ich bin untröstlich, sollte ich Euch oder die Dame Sanna geweckt haben. Ich hielt es für nötig, da vor wenigen Augenblicken ein Page die Ankunft Eurer geehrten Großeltern zum Mittagessen ankündigte.«

Sharielle nickte verschlafen, doch dann wurde ihr schlagartig die Bedeutung von Bertrands Worten bewusst. »Meine Großeltern? Landro und Praiodane? Was wollen die denn von mir? Und warum kündigen sie ihren Besuch erst so spät an?«

Bertrand leckte sich die Lippen und hob, wie um eine Erklärung abzugeben, den Zeigefinger, ließ ihn dann aber wieder sinken, da er keine Antwort wusste. »Vergebt mir erneut, Cavalliera, aber ich kann keine Eurer Fragen auch nur ansatzweise beantworten. Mein Wunsch war es lediglich, Euch rechtzeitig zu informieren, sodass Ihr die Möglichkeit erhaltet, Vorbereitungen zu treffen, falls Ihr dies wünscht.«

Sharielle schlang die Arme um ihren Körper und ging ein paar Schritte auf und ab.

Ein breites Kissen traf den Majordomus am Kopf

und brachte ihn aus dem Gleichgewicht. Sanna zog sich mit geschlossenen Augen die Decke über den Kopf und murmelte: »Hör auf, Selbstgespräche zu führen, und komm wieder ins Bett!«

Bertrand errötete leicht, nachdem er seine Standfestigkeit zurückerlangt hatte, und setzte sein Monokel auf. »Vergebt mir, Cavalliera, aber da diese deutliche Aufforderung wohl nicht meiner Wenigkeit galt, werde ich mich jetzt zurückziehen.«

»Ja, tu dies, Bertrand. Gebe dem Koch Bescheid, dass er ein anständiges Essen für unsere Gäste zubereitet! Und schicke einen Dienstboten aus, der ein wenig frisches Obst besorgt; meine Großmutter hat es sich zur Gewohnheit gemacht, nach einem ausgiebigen Mahl stets einige Früchte zu sich zu nehmen.«

Sanna riss die Decke zur Seite und rief: »Sharielle! Beweg jetzt endlich deinen Hintern zurück ins Bett!« Als sie den Haushofmeister erblickte, verflog ihre gespielte Wut und sie setzte ein schiefes Grinsen auf: »Oh. Guten Morgen, Bertrand.« Eilig schlang sie die Decke um ihren Körper, der von dem knappen Seidennachthemd kaum verhüllt wurde, und sah Sharielle erwartungsvoll an. Da die Hausherrin keine weiteren Instruktionen bereithielt, verabschiedete sich Bertrand mit einem einwandfreien Kratzfuß und schloss leise die Tür hinter sich.

Sanna schob ihre Beine vor das Bett und setzte sich auf. »Du hast mir nie von deinen Großeltern erzählt. Ich dachte immer, du hättest außer den Kindern keine Anverwandten mehr.«

Sharielle zuckte mit den Schultern. *Das ist genau das, was du glauben solltest, mein Schatz. Meine Großeltern sind eine Sache für sich. Sie würden dich niemals akzeptieren, geschweige denn tolerieren. Ich verstehe nicht, warum sie gerade heute zu mir kommen. Ich bin mir sicher, dass da etwas nicht stimmt, sie kündigen sich immer mindestens einen Mond zuvor an.* »Du hast mich nie gefragt, ob ich noch andere Verwandte habe.«

Sanna ließ sich zurückfallen und stöhnte leise. »Und wenn schon. Dann sind deine Großeltern eben ein bisschen steif, da kann man nichts machen, sie sind in diesem Land ja schließlich nicht die Einzigen, denen Manieren und eine gute Kinderstube wichtiger sind als die richtige Herkunft. Darum geht es doch, oder?« Der Blick, mit dem Sanna Sharielle maß, sprach Bände.

Sharielle schüttelte verzweifelt den Kopf. »So einfach ist das nicht. Ich schulde meinen Großeltern einen beachtlichen Betrag an Bargeld, und abgesehen davon gehört das Grundstück, auf dem mein Haus steht, ebenfalls ihnen. Ich darf sie nicht vor den Kopf stoßen, das könnte fatale Folgen haben. Ich sehe sie schon vor mir, wie sie mir Vorwürfe machen, weil ich ihnen noch keine Enkel geschenkt habe.«

»Aber im Prinzip hast du doch Kinder, auch wenn sie eigentlich deine Nichte und dein Neffe sind.«

Sharielle schlenderte zum Kleiderschrank und wühlte darin. »Ja. Aber das zählt für sie nicht.«

Mit einem spöttischen Grinsen bemerkte Sanna: »Dann müssen sie eben warten, bis wir eigene Kinder haben.«

Sharielle drehte sich um und stemmte die Hände in die Hüften: »Sehr witzig, meine Liebe. Du nimmst die Sache nicht ernst genug. Wenn wir eines Tages auf der Straße sitzen, weiß ich, warum.«

Sanna stand wortlos und gekränkt auf und machte sich auf den Weg zum Bad, ohne ihre Geliebte eines Blickes zu würdigen.

Als sie zurückkehrte, war ihre Freundin noch immer mit der Auswahl der Kleider beschäftigt. Zahlreiche Röcke, Blusen und verschiedene Ballkleider waren auf dem Boden verstreut, und es sah nicht so aus, als stände Sharielle kurz vor einer Entscheidung. »Sehe ich so artig genug aus?«

Sharielle blickte auf und musterte ihre Geliebte. Sanna trug ein hellblaues, sehr züchtiges Kleid, gleichfarbige Seidenstrümpfe, fein verzierte Spangenschuhe und ein Band, das die dunklen Haare im Nacken zusammenhielt. Sie hatte sich dezent geschminkt, trug aber außer dem Ring am Finger keinen Schmuck.

»Ja, du siehst hübsch aus. Ich denke, in dieser Tracht wirst du nicht gleich den Unmut meiner Großeltern erregen. Ich habe mir etwas ausgedacht. Es dürfte das Beste sein, wenn ich dich als eine gute Freundin vorstelle. Wenn dich jemand fragt, dann arbeitest du bei einer Zeitung, du kennst dich da ja ein wenig aus, nicht wahr?«

Sanna seufzte und bejahte die Frage.

»Ich werde den Kindern Bescheid sagen, dass sich niemand bei Tisch verplappert. Sanna? Hörst du mir überhaupt zu?«

»Ja, verdammt, ich höre zu!«

Überrascht von der schroffen Antwort, wich Sharielle einen Schritt zurück und blickte die dunkelhaarige Frau fragend an. »Was ist los? Warum bist du wütend auf mich?«

Sanna schlug sich mit den Händen auf die Schenkel, rollte mit den Augen und schüttelte den Kopf. »Du fragst mich tatsächlich, warum ich sauer bin? Das kann ich dir sagen: Ich komme mir vor wie ein Spielzeug. Ich habe den Eindruck, als wäre ich nicht die Frau, die du liebst, sondern ein Freizeitvergnügen, dem du dich daheim hingibst, es dann aber schnell im Schrank versteckst, wenn jemand zu Besuch kommt. Deswegen bin ich verärgert.«

Sharielle warf ein Kleid beiseite und nahm Sannas Hände. »Sieh mich an! Du weißt, dass es nicht so ist. Wir müssen diese Maskerade aufrechterhalten, wenn wir über die Runden kommen wollen. Ich kann es mir nicht leisten, Landro und Praiodane zu enttäuschen. Unser Verhältnis war noch nie besonders liebevoll und im Augenblick würden mir weitere Probleme das Genick brechen. Ich bin auf mich allein gestellt und ich habe noch keine Lösung für all das gefunden.«

Sanna umfasste Sharielles Hüften und zog sie zu sich heran: »Du bist nicht allein, ich bin immer für dich da, so lange ich lebe.«

Sharielle gab Sanna einen Kuss auf den Mund. »Ich weiß. Ich liebe dich. Nur dich allein.«

Die Dunkelhaarige löste sich aus der Umarmung und stapfte, sich einige Male in den Stoffen verheddernd, durch den Kleiderberg in Richtung Tür. »Bis gleich!«, lauteten ihre letzten Worte, bevor sie den Raum verließ. Sie schien zumindest ein wenig besänftigt.

Sharielle saß noch einige Herzschläge grübelnd auf dem Bett. *Im Leben ist nicht alles so einfach, wie du es gern hättest, Mädchen. Ich kann nicht einfach meinen Status, mein Erbe und meine Titel, ja, mein ganzes Leben wegwerfen, um meinen Gefühlen freien Lauf zu lassen. Ich bin nicht wie du, ich kann mich nicht hier hinstellen und sagen: So, jetzt hat mein Dickkopf entschieden, unserer Liebe willen mich aus der Gesellschaft auszuschließen. Ich bin als Adelige aufgewachsen und ich denke nun mal wie eine Adelige. Das ist in mir. Warum verstehst du das nicht? Es mag sein, dass Hesinde ihre Gaben an alle Menschen verteilt hat, aber auch Sanna muss einsehen, dass es nun einmal die Aufgabe des Adels ist zu lenken. Das Volk ist dazu selbst nicht in der Lage. Wie kann ich da diese göttergegebene Verantwortung von mir weisen? Du musst die Realität so sehen, wie sie ist, Sanna. In dieser Welt ist kein Platz für Träume und umstürzlerisches Gedankengut.* Sharielle seufzte leise und schüttelte resigniert den Kopf.

Kapitel 2

Die Türglocke verkündete die Ankunft der Gäste und ließ Sharielle aus ihrem weichen Polstersessel hochschrecken. Sie und Sanna traten noch einmal schnell vor den Spiegel, um ihre Gewänder und den Halt ihrer Frisuren zu prüfen. Bertrand öffnete die Tür und begrüßte die Neuankömmlinge, wie es sich gebührte.

Landro war ein leicht gebeugter, fast haarloser Greis von beeindruckender Statur. Obwohl ihm die Last des Alters einen Großteil seiner einstigen Stärke geraubt hatte, konnte man ihn noch immer als stattlichen Mann bezeichnen. Er trug seine alte Uniform, die seine Augen und sein Herz mit Stolz erfüllte. Seine Frau Praiodane war bedeutend kleiner und schmächtiger als er. Ihr langes schlohweißes Haar trug sie kunstvoll am Hinterkopf zusammengesteckt.

Sharielle umarmte ihre Großeltern eher zurückhaltend und hieß sie in ihrem Heim willkommen. Bertrand wollte die Tür schon schließen, als Kapitan di Scilaggio in den Türrahmen trat.

Landro wies mit der rechten Hand auf den Offizier: »Wie ich erfahren habe, arbeitest du mit dem ehrenwerten Kapitan zusammen. Ich hielt es für angebracht, ihn ebenfalls einzuladen.«

Garvor lächelte spöttisch, neigte grüßend den Kopf in Sharielles Richtung und überreichte Bertrand seinen langen Mantel. Anschließend half er Praiodane aus ihrem dünnen Brokatjäckchen und reichte dies ebenfalls an Bertrand weiter. Sharielle schluckte schwer und ihre Gedanken begannen zu rotieren. *Bei allen Göttern! Garvor hat sich bei meinem Großvater eingeschmeichelt und ihn hierher geschickt, um mich weiter bei meiner Arbeit zu behindern. Was soll ich nur tun? Solange Garvor dabei ist, wird er jede Lüge in Bezug auf Sanna aufdecken und mich den intoleranten Attacken meiner Großeltern preisgeben.*

Praiodanes leise Stimme riss die Hausherrin aus ihren Gedankengängen: »Liebes, willst du uns nicht die edle Dame dort vorstellen?«

Sharielle faltete ihre Hände, um das Zittern ihrer Finger zu verbergen, und sandte ein Stoßgebet gen Alveran. »Oh, verzeiht bitte, wie unhöflich von mir! Das ist meine gute Freundin Sanna; sie arbeitet für die Redaktion des *Aventurischen Boten* hier in Vinsalt.« Sanna machte einen artigen Knicks und neigte demütig das Haupt. Sharielle deutete auf ihre Verwandten: »Und dies sind mein ehrenwerter Großvater Landro di Jazayeri und seine Frau Praiodane. Den Kapitan kennst du ja bereits.«

Landro hauchte Sanna einen Kuss auf die Hand und verneigte sich knapp, während Praiodane knickste. Die Kinder wurden von ihren Großeltern weitaus freundlicher begrüßt; Landro hob Sion hoch in die Luft und umarmte Madanne überschwänglich. Dann begab sich die Gesellschaft zu Tisch und der Mundschenk bot Landro einen erlesenen Wein an.

Auf den ermahnenden Blick Sharielles hin hörte ihre Freundin damit auf, vor Nervosität mit der Serviette zu spielen. Nachdem Landro den Rebensaft probiert und für gut befunden hatte, ergriff er das Wort: »Der Kapitan hat mir einige interessante Dinge über eure Zusammenarbeit erzählt. Sag, Sharielle, es muss dich gewiss ungeheuer stolz machen, mit einem großen Mann unserer Zeit Seite an Seite zu streiten.«

Mit gezwungenem Lächeln entgegnete sie: »O ja. Ich bin ungemein stolz und überglücklich.« Bevor Sharielle weiterlügen musste, wurde bereits die erste Vorspeise aufgetischt, sodass die Konversation ins Stocken geriet.

Das Essen verlief sehr ruhig, und Sharielle fragte sich bereits, wann der Kapitan zu einem seiner Schläge gegen sie ausholen würde. Ein Diener hatte gerade den Nachtisch abgeräumt, als Sharielle ihren sichtlich gelangweilten Kindern erlaubte, sich von der Tafel zu verabschieden.

Kaum waren die beiden verschwunden, erhob Praiodane ihre Stimme: »Ich denke, wir sollten so langsam zum Grund unseres Besuches kommen. Nach all den Jahren, in denen wir dich fraglos unterstützt haben, denken dein Großvater und ich, dass es an der Zeit ist, dass du einmal unseren Wünschen folgen könntest. Du bist jetzt schon über dreißig, und wir dachten uns, dass es höchste Zeit für dich wird, zu heiraten und Kinder zu bekommen.«

Sharielle hatte große Mühe, ihren Unwillen zu verbergen. Ich wusste es*! Ich bin doch kein Zuchtkarnickel! Ich verwette mein Vermögen, dass Garvor ihnen diesen Floh ins Ohr gesetzt hat, weil er über Sanna und mich Bescheid weiß. Wenn ich diesen Tag überstehe, wird er dafür bitter bezahlen müssen!*

Sanna griff unter dem Tisch nach Sharielles Hand und drückte sie so fest, dass die Adelige ihre Fassung allmählich wiedergewann. »Entschuldigt, aber wieso kommt ihr denn gerade jetzt mit einer solchen Idee zu mir? Ich bin alt genug, um mein Leben ganz allein zu führen und zu entscheiden ob, wen oder wann ich heiraten will.«

Landro hob beschwichtigend die Hände und versuchte seine Enkeltochter zu beruhigen: »Natürlich kannst du das selbst entscheiden, aber du solltest vielleicht auch ein wenig an uns denken. Ich will nicht darauf herumreiten, aber angesichts deiner enormen Schulden uns gegenüber solltest du uns vielleicht ein wenig entgegenkommen. Kapitan di Scilaggio sagte mir, dass es noch keinen Mann in deinem Leben gibt. Ich dachte, dass eine Heirat mit dem Hause di Scilaggio von Vorteil für unsere beiden Familien sein könnte, und ich habe den Kapitan als aufrechten, ehrgeizigen und statthaften Mann von beachtlichem Rang und Ansehen kennen gelernt. Du wirst ihm bestimmt eine liebevolle Frau und Mutter seiner Söhne sein.«

Garvor grinste breit und aalte sich in den Qualen, die Sharielle nun durchlitt; noch schien kein Ende der Tiefschläge in Sicht.

Sharielle wurde leicht schwarz vor Augen, und sie war dankbar für den Halt, den Sannas Händedruck ihr spendete. Die Kraft von Sannas schlanken Fingern war das Einzige, was sie vor dem Sturz in die tiefe, dunkle Leere einer wahrhaft bodenlosen Fallgrube der Hoffnungslosigkeit bewahrte. *Wieso mutet Garvor mir das zu? Was, im Namen der Zwölfgötter, habe ich ihm getan? Er weiß, dass ich einer solchen Verbindung niemals zustimmen werde, also bleibt mir nur, meinen Großeltern die Wahrheit zu sagen und sie somit gegen mich aufzubringen, was mir wiederum finanziell das Genick brechen könnte. Auch wenn ich mich wiederhole: Wenn ich diesen Tag überstehe, dann wird Garvor für seine üblen Schandtaten bezahlen müssen!*

Der Offizier grinste noch immer und erwartete offenbar gespannt die Antwort der Cavalliera. Sharielles Kehle fühlte sich an wie zugeschnürt, so als ob ihr jemand eine Schlinge um den Hals gelegt hätte und nun mit aller Kraft daran zöge. Stotternd brachte sie eine Antwort hervor. »Ich … ich, also, nein, ich werde den Kapitan unter keinen Umständen heiraten.«

Blankes Entsetzen zeichnete sich auf dem Gesicht

Praiodanes ab. »Aber Kind, du weißt ja gar nicht, was du sagst!« Sie wandte sich zu Garvor und begann sich mehrfach für ihre unvernünftige Enkelin zu entschuldigen. Der Kapitan genoss dieses Spiel und mimte den leicht irritierten Verehrer. Landro fragte ernst: »Was spricht gegen diese Heirat, Sharielle?«

Auf der Suche nach einer Antwort blickte die Adelige in Sannas Gesicht. Fassungslosigkeit, Sprachlosigkeit und Verzweiflung spiegelten sich in den grünen Augen. »Ich liebe ihn nicht. Deswegen kommt für mich eine Heirat nicht in Frage.«

Praiodane fuhr wütend dazwischen: »So ein kindischer Unsinn! Du hast wohl zu viele dieser billigen Lustspiele gesehen, mein Kind. Glaubst du etwa, du könntest dir einfach einen Mann aussuchen, egal, welchen Stand er bekleidet?«

Sharielle wollte antworten, aber Garvor kam ihr zuvor. Er richtete sein Wort an Sanna: »Sagt doch auch etwas dazu, meine Dame. Ihr seid schließlich eine gute Freundin der Cavalliera, Ihr kennt sie zweifellos besser als jeder andere hier am Tisch.«

Sanna kauerte sich auf ihrem Stuhl zusammen, als sie spürte, dass sich aller Augen auf sie richteten. »Ich denke, Sharielle sollte handeln, so wie es ihr beliebt. Man darf niemanden in ein ungeliebtes Schicksal zwingen und sollte sich eine derartige Verbindung auch nicht von seinem Stand diktieren lassen.«

Nachdem Sanna ihren eigensinnigen Ansichten auf direktem Wege Luft gemacht hatte, geriet Landro immer weiter in Rage, wohingegen seine Frau aus dem atemlosen und äußerst pikierten Staunen nicht mehr herauskam. Der alte Soldat knurrte deutlich verärgert: »Deine junge Freundin scheint mir ein zu großes Mundwerk zu haben. Man sollte sie einmal richtig züchtigen!«

Sanna schlug mit der Faust auf den Tisch, sodass die

Gläser einen kleinen Satz vollführten und ihr Haarzopf über ihre linke Schulter sprang. Wütend und sich langsam bedrohlich erhebend, fauchte sie Landro an: »Nur zu! Macht Eurer Unfähigkeit, mich mit Worten in die Schranken zu weisen, durch primitive Gewalt Luft! Stellt Euch ein weiteres Armutszeugnis Eures Verhaltens aus! Euer Mangel an rhetorischen Fähigkeiten ist typisch für die alteingesessenen und stocksteifen Traditionalisten dieses Landes, die nur auf ihren Privilegien sitzen und das Volk wie Sklaven knechten. Ihr seid selbst ein Leibeigener Eures engstirnigen, tyrannischen und ungerechten Herrschaftssystems! Und Ihr seid zu allem Überfluss auch noch stolz darauf und glaubt, dass alle, die nicht wie Ihr ein verstaubtes Relikt vergangener Zeiten sind, von Euch unterwürfig lernen könnten. Aber da täuscht Ihr Euch!«

Betretenes Schweigen bestimmte die aufgeheizte Atmosphäre am Tisch, und Sharielle wusste gar nicht, wie ihr geschah. *Ich habe Sanna noch nie so energisch und aufbrausend erlebt. Für gewöhnlich gehört sie mehr zu den Menschen, die einen Konflikt vermeiden. Nur selten fängt sie einen Streit an, und ich habe nur ein einziges Mal erlebt, dass sie ein Duell provozierte. Vielleicht hat sie dieses Spiel und die ignoranten Spieler, die daran teilnehmen, einfach satt. Ich sollte womöglich der ganzen Scharade jetzt und hier ein Ende setzen, damit ein für allemal klar wird, dass ich mich von niemandem zu irgendetwas zwingen lasse. Kein Mensch zwingt mir seinen Willen auf!*

Landro sprang auf und stemmte seine beiden Fäuste schwer auf die Tischplatte. »Das ist ja ungeheuerlich! Ich wusste nicht, dass meine eigene Enkelin aufbegehrende Revolutionäre in ihrem Haus duldet.« Garvor lehnte sich geziert zurück, nahm einen langen Schluck aus seinem Glas und genoss das gefühlsgeladene Spektakel, das ihm geboten wurde.

Sharielle unterbrach den Disput mit leiser Stimme:

»Ich kann den Kapitan nicht heiraten, weil ich bereits jemandem versprochen bin.« Sie hob die Hand und zeigte den Silberring, an welchem der Smaragd im spärlichen Sonnenlicht funkelte. Praiodanes Gesicht wurde gleich versöhnlich, und sie zupfte ihren Ehemann am Arm, woraufhin dieser, genau wie Sanna, wieder Platz nahm.

Shariellles Großmutter fragte neugierig sofort nach der Identität des Verehrers und warum sie das nicht gleich gesagt hätte. Sharielles Herz hämmerte gegen ihren Brustkorb, als wollte es die Begrenzung durchbrechen. »Es gibt in meinem Leben nur eine Person, die ich wirklich über alles liebe, und das ist Sanna.«

Der Zorn auf dem Gesicht der Angesprochenen verflog und machte einem liebevollen, warmherzigen Lächeln Platz. Sharielles Großeltern waren für mehrere Augenblicke sprachlos, als sich die beiden Frauen vor ihren Augen die Hand reichten. Lediglich Garvor blieb gelassen, hatte er doch sein Ziel erreicht: Zwischen Sharielle und ihren Großeltern war eine Kluft entstanden, die nicht zu überbrücken sein würde.

Landro ging um den Tisch herum und versetzte Sanna eine schallende Ohrfeige, wobei er Sharielle verächtlich anfuhr: »Ich kann nicht glauben, dass du dir von einer so unbedeutenden Mätresse den Kopf hast verdrehen lassen. Sie nutzt dich doch nur aus, ohne dass du etwas davon merkst.«

Sharielle kochte vor Wut und ohrfeigte nun ihrerseits Landro. »In meinem Haus wagt es niemand, mich oder Sanna zu schlagen! Verlasst sofort mein Anwesen! Na los, ihr habt mich verstanden!«

Praiodane ging energisch dazwischen: »Was fällt dir ein? Du kannst uns nicht einfach aus deinem Haus werfen, da dieses immerhin auf unserem Grundstück steht. Das solltest du in deiner Unverfrorenheit vielleicht doch bedenken, meine Liebe.«

Sharielle reckte ihr Kinn arrogant in die Höhe und tat so, als hätte sie den letzten Kommentar überhaupt nicht gehört. Verärgert verließen die Großeltern der Cavalliera das Anwesen, doch bevor Landro die Türschwelle überschritten hatte, drehte er sich noch einmal um und drohte: »Das wirst du noch bitter bereuen, meine Liebe! Ich verlange Satisfaktion von deiner impertinenten Freundin. Kapitan di Scilaggio ist mein Sekundant, er wird die näheren Bedingungen aushandeln.«

Garvor folgte dem alten Mann und nickte Sharielle und Sanna freundlich zu, woraufhin er sich von beiden giftige Blicke einfing.

Nachdem die Großeltern in ihre Kutsche gestiegen waren, wandte sich Garvor noch einmal zu den beiden Frauen um, die zitternd vor unterdrückter Wut in der offenen Haustür standen. »Ich schlage ein Duell mit dem Rapier vor. Nennt Ihr nun Zeit und Ort! Aber bitte stellt Eure Feigheit hintenan und wählt nicht erst einen Termin in drei Monden oder gar im nächsten Jahr.«

Sanna konnte kaum noch an sich halten, stemmte die Hände in die Hüften und sagte trotzig: »Ich bin weder feige noch ungeschickt im Umgang mit der Waffe! Heute Abend bei Sonnenuntergang, hier im Garten der Villa!«

Sharielle konnte ihr Entsetzen kaum verbergen. *Was machst du da? Wieso willst du dich von meinem Großvater in unserem eigenen Garten abstechen lassen? Ich bin doch sonst immer diejenige, die impulsiv und manchmal unüberlegt handelt.*

Mit einem breiten Grinsen verneigte sich der Kapitan und wünschte den beiden Damen noch einen angenehmen Nachmittag, auf dass sie am Abend ausgeruht und vorbereitet seien, wenn die Stunde des ehrenhaften Kampfes anbrechen würde.

Langsam, wie ein alter Mann, der seine Bürde nicht länger tragen kann, senkte sich die Praiosscheibe dem Horizont entgegen. Das Auge des Sonnengottes machte Platz für das Madamal und die dunklen Stunden, die Boron und ebenso Praios' diebischem Bruder Phex gehörten. Sanna saß, nur in Unterwäsche, auf dem breiten Bett in dem gemeinsamen Schlafzimmer im ersten Stock der Villa. Der Verband an ihrem linken Oberarm war gerade gewechselt worden und dementsprechend noch weiß. Vor ihr stand eine geöffnete Kleidertruhe, aus welcher sie bereits alles herausgefischt hatte, was sie benötigte. Gedankenverloren starrte sie auf den Rand der Truhe und bemerkte, dass die Eisenbeschläge an einer Kante zu rosten anfingen. Leise wurde die schwere Schlafzimmertür geöffnet und Sharielle trat ein. Ihr Kleid raschelte, während es über den tulamidischen Teppich schleifte, und ihre Füße versanken in dem teuren Stück. Sanna blickte auf und ein gequältes Lächeln bahnte sich den Weg auf ihr Antlitz. »Sharielle?«

Die Angesprochene setzte sich neben ihre Freundin auf das weiche Laken und blickte ihr in die Augen, die nun keine Ruhe und Selbstsicherheit, sondern nichts als Zweifel und Furcht ausstrahlten.

»Ich habe Angst. Vorhin, da ist mein Temperament mit mir durchgegangen. Ich habe mich dumm und unüberlegt verhalten. Der Kapitan hat uns eine offensichtliche Falle gestellt und ich bin blindlings hineingetappt. Jetzt bezahle ich mit dem Leben und du mit deinem Status. Ich … es tut mir so Leid.« Ihre Stimme war nicht mehr als ein ersticktes Krächzen und versagte schließlich vollständig. Verzweifelt schlug sie beide Hände vor die Augen und versuchte krampfhaft, die Tränen zu unterdrücken, die ihr dennoch in die Augen traten. Ihr Hals fühlte sich wie ein Seemannsknoten an und ihre Nase begann bereits zu laufen. Schniefend presste sie die Lippen aufeinander, als auch schon die erste Träne über ihre Wange lief.

Sharielle legte ihr sanft die Hand auf die Schulter und spürte das Beben, welches den schmächtigen Körper ihrer Freundin erschütterte. Die warme Berührung zerbrach den letzten Rest Selbstbeherrschung, der Sanna noch geblieben war. Sie umarmte die Adelige und ließ ihren Tränen mit einem erstickten Schluchzen freien Lauf. Sharielle zog ein weißes Taschentuch hervor und wischte ihrer Freundin die salzigen Perlen aus den Augen.

Sanna schüttelte entmutigt den Kopf und wurde langsam wieder Herrin ihrer Gefühle. »Wie soll ich nur gegen diesen Mann bestehen? Sieh mich an! Meine Hände zittern, als ob ich eine stundenlange Wanderung durch die Eiswüste Yetilands unternommen hätte.«

Sharielle ergriff die bebenden Hände ihrer Freundin und flüsterte in ihr Ohr: »Lass den Kopf nicht hängen, Geliebte. Das Duell wird nur bis zum zweiten Blut ausgetragen, was bedeutet, dass so lange gekämpft wird, bis einer der Kombattanten kampfunfähig ist oder aufgibt. Landro ist zwar alt, aber ich befürchte, dass er immer noch ein geschickter Kämpfer ist. Du bist nicht gerade eine Fechtmeisterin, dafür aber bist du flink, schnell und sehr geschickt. Diese Vorteile musst du nutzen, dann hast du eine realistische Chance, das Gefecht für dich zu entscheiden.«

Sanna nickte und erhob sich, um die Kleider anzuziehen, die sie sich zurechtgelegt hatte. Die Adelige legte ihrer Freundin ermutigend die Hand auf die Schulter. »Du schaffst das, glaube an dich selbst.«

Sharielle stand auf, als sie das Läuten der Türglocke vernahm, und wandte sich zum Gehen. »Das wird der Kapitan sein. Ich warte unten auf dich.«

Der Kapitan und Landro warteten mit Sharielle im Garten. Sanna trat hinaus, ohne dass sich der Knoten in ihren Eingeweiden gelöst oder das dumpfe Pochen in ihrem Hinterkopf geendet hätte; sie fühlte sich mehr als schlecht, denn ihre Furcht zerrte an ihren Nerven. Um das Zittern ihrer Hände zu verbergen, verschränkte sie diese hinter ihrem schmalen Rücken.

Garvor hielt ein prächtiges Rapier in einer verzierten Scheide, welches er Sanna nach ihrer Ankunft im Garten überreichte. Sharielle half ihrer Freundin aus dem schwarzen Samtjäckchen, sodass die Duellantin nur noch ihre schwarze Hose, eine blütenweiße Bluse und schwere Stiefel trug. Landro legte seine alte Uniformjacke ebenfalls ab und vollführte erste Übungen mit der schlanken Stichwaffe. Ein metallisches Schleifen erklang, als Sanna ihre Waffe aus der geschmückten Scheide zog und prüfte, wie die Waffe in ihrer Hand lag. Mit fester Stimme fragte der Kapitan: »Duellanten, seid ihr bereit?«

Beide Kontrahenten nickten knapp und näherten sich auf das Signal des Offiziers hin, sodass eine Klingenbindung möglich war. Sharielle trat neben den Soldaten und gab das Signal für den Beginn des Kampfes: »Allez!« Kaum war das Wort gesprochen, griff Landro auch schon an. Die scharfe Spitze seiner Waffe zielte auf Sannas Hals, doch gelang es ihr, ihr eigenes Rapier hochzureißen und den Stich klirrend zur Seite zu lenken. Schnell stieß Sharielles Großvater wieder zu, doch Sanna war auf der Hut und parierte auch den zweiten Hieb.

Scheinbar wütend über seine misslungene Offensive, holte Landro aus und führte kraftvoll einen waagrechten Hieb gegen den Kopf der dunkelhaarigen Frau. Blitzschnell zog Sanna den Kopf ein und spürte gerade noch den Luftzug an ihrem Ohr, als die Waffe fauchend daran vorbeifegte.

Sie packte das Rapier mit der rechten Hand fest im Griffkorb und riss die Waffe nach oben, wo sie auf ihr Gegenstück in Landros Händen prallte. Dann wich sie tänzelnd zwei Schritte zurück und entfloh vorerst dem direkten Gefahrenbereich von Landros Attacken. Sie ließ die Spitze ihrer Stichwaffe einen Kreis beschreiben, und während der alte Krieger langsam nachsetzte, beugte sie ihr rechtes Knie und streckte das linke Bein zum Ausfallschritt. Durch ihren ausgestreckten Waffenarm schnellte das Rapier vor und zielte direkt auf Landros Brust. In der Vorwärtsbewegung begriffen, reagierte der alte Offizier zu langsam auf den energisch geführten Angriff. Reflexartig brachte er seine Waffe gerade noch in die Angriffsbahn und lenkte die blitzende Spitze des Rapiers ein Stück nach unten. Ungehindert drang die Klinge in den linken Oberschenkel Landros, dass dieser vor Schmerz aufschrie.

Die Klinge bog sich leicht unter dem Druck des Stoßes, dann zog Sanna ihr Rapier zurück. Ein dünner Blutstrom bahnte sich seinen Weg über die lindgrüne Hose des alten Mannes bis hinunter zu seinem Knie. Ungläubig betastete Landro die Verletzung und starrte verwundert und völlig fassungslos auf seine blutigen Finger. Sanna konnte ein triumphierendes Grinsen nicht unterdrücken, als offenbar wurde, dass der pensionierte Krieger sie scheinbar unterschätzt hatte. Dann sammelte sich der alte Mann wieder und griff, angetrieben von Wut und Verachtung, mit ungeahntem Elan an.

Sanna wich einen Schritt nach dem anderen zurück und parierte erst einen Hieb von links, dann einen von oben und sprang schließlich vor einem präzise geführten Stich zurück. Landro täuschte einen Hieb gegen ihren Kopf vor und stach dann zu. Sannas Waffe war nach oben gezuckt, um den vermeintlichen Schlag abzufangen, und hatte ihren Körper ungedeckt gelassen.

Das scharfe Rapier peitschte über ihren Leib und zog einen breiten, roten Striemen über ihre linke Rippenseite. Verzweifelt hieb sie nach der Waffe, die sie verletzt hatte, doch ihr Ausfall ging ins Leere und erneut war sie schutzlos. Wieder schlug Landro zu und diesmal stieß die Spitze seiner Waffe tief in Sannas linken Arm. Als der Alte die Waffe zurückzog, zerriss der Verband, mit dem ihre alte Wunde versorgt war. Ein unglaublich stechender Schmerz schoss durch den Körper der Dunkelhaarigen, und sie spürte, wie sogleich das Blut ihren Arm hinablief. Die Wunde, die Garvor ihr zugefügt hatte, war noch weit davon entfernt gewesen zu verheilen; jetzt hatte ein weiterer Treffer sie aufgerissen und vertieft. Sannas linke Hand zitterte, und sie bemerkte, dass von ihren Fingerkuppen bereits Blut tropfte.

Der gesamte linke Ärmel ihrer Seidenbluse war rot, feucht und klebte an ihrem Arm. Langsam wurde ihr schwindelig und die Augen fielen ihr kurz zu. Sie spürte, wie ihre Beine schwer wie Blei wurden, und auch ihr Waffenarm konnte das an sich leichte Rapier kaum noch halten. Landro stach gnadenlos weiter auf sie ein. Fast apathisch drehte sie ihre Waffe aus dem Handgelenk heraus und parierte einen Stich zur Seite. Das schmerzhafte Ziehen ihres Armes raubte ihr jedoch jegliche Konzentration und sie spürte die Finger ihrer linken Hand kaum noch. *Ich muss aufgeben, sonst verblute ich – oder dieser alte Berserker massakriert mich wie einen dahergelaufenen Straßenköter!*

Schwer atmend versuchte sie zu sprechen, doch außer einem angestrengten Keuchen brachte sie kein Wort über die Lippen. Eine bittere Eiseskälte kroch langsam ihren Arm herauf und fraß sich wie ein hungriger Sandlöwe durch ihren Leib. Noch einmal lenkte sie einen gegen ihren Hals gerichteten Stich nach unten, doch dann reagierte sie endgültig zu langsam und Landros Klinge drang tief in ihre Brust. Um Atem ringend, ging Sanna in die Knie und schmeckte Blut auf ihrer Zunge. Das Luftholen wurde zur unerträglichen Qual, und sie schien plötzlich neben sich zu stehen und sich wie durch einen Zerrspiegel zu beobachten, während eine andere Sanna röchelnd Blut spuckte, nach Atem rang und mit jedem Augenblick bleicher wurde.

Mit weit aufgerissenen Augen und leichenblassem Gesicht kippte sie vornüber, die Hände fest auf die Wunde gepresst. Landro trat einen Schritt zurück und wischte die Klinge mit einem vom Kapitan gereichten Lappen sauber. Während Sharielle zu ihrer Freundin eilte, erklärte Garvor das Duell für beendet und Landro zum eindeutigen, unanzweifelbaren Sieger.

Die Adelige kniete neben der schwer verletzten Sanna und drehte sie auf den Rücken, um ihren Oberkörper anzuheben, sodass beide sich ins Gesicht sehen konnten. Die Schritte von Bertrand und dem bestellten Medicus näherten sich aus dem Hintergrund, doch Sharielle hatte nur noch Augen für ihre leidende Freundin. »Sanna! Halte durch! Du darfst jetzt nicht sterben! Bitte, hörst du mich?«

Sanna schlug die Augen auf und hustete heftig, sodass sich Blutstropfen auf ihren aufgesprungenen Lippen verteilten. »Ich fürchte, dass mir keine Zeit mehr bleibt. Entschuldige meine Dummheit.« Sie wurde plötzlich von heftigen Krämpfen geschüttelt und immer mehr Blut strömte unaufhörlich aus ihren Wunden. »Sharielle?«

Die Adelige presste ihre Finger fest auf die offenen Verletzungen und blickte in Sannas Augen. »Ja?«

»Ich verspreche dir, dass ich auf dich warten werde. Wenn ich jetzt sterbe, dann werden wir nicht für die Ewigkeit getrennt sein. In Borons Hallen habe ich alle

Zeit Deres, um auf dich zu warten. Vergiss niemals, dass ich dich immer lieben ...« Sie brach mitten im Satz ab und ihre Hände krampften sich in Shariel-les Kleid. Immer schneller schnappte die Verwundete nach Luft und ihre Augen weiteten sich vor blankem Entsetzen. Hustend und röchelnd, tropfte ihr das Blut aus dem Mund und ihr Atem kam nur noch stoßweise. In einem letzten, verzweifelten Versuch, am Leben zu bleiben, krampfte sich ihr Körper zusammen, dann holte sie noch ein letztes Mal Luft und brach in den Armen ihrer Geliebten zusammen.

Sharielles Augen waren fest geschlossen und erste Tränen rannen ihre Wangen hinab. Der junge Medicus fasste die Adelige an der Schulter. »Geht zurück, Ca-valliera. Lasst mich sehen, ob ich noch etwas für sie tun kann.« Der Heiler kniete sich neben Sanna und legte ein spitzes Ohr an ihre Brust. Dann schien er sich in sich selbst zurückzuziehen, während von seinen Lippen ein monotones Murmeln kam. Sharielle saß neben ihrer Geliebten zusammengekauert, allein mit ihrem Schmerz. *Sanna, verlass mich nicht ...*

Kapitel 3

Rückzug!« Die Stimme Garvors überschlug sich, während er sich halb rennend, halb stolpernd vom Kampfgeschehen entfernte. Die Insulaner hatten die Horasier zu einem Gespräch mit ihrem Häuptling geladen, aber anstatt einer Willkommensfeier hatte die Soldaten vor Ort ein gut geplanter Hinterhalt erwartet. Von allen Seiten hatte es Wurfspeere und Blasrohrpfeile geregnet, dann waren die Insulaner wie Berserker über die Mitglieder des Kolonialkorps hergefallen.

Aus dem Gestrüpp vor Garvor tauchte plötzlich Takate auf und winkte dem Offizier knapp; er hatte wohl einen Fluchtweg entdeckt. Garvor warf einen Blick über die Schulter und brüllte seine Leute an: »Los doch! Hier entlang!« Drei seiner Männer kamen über die Anhöhe gestürmt, einer verhakte sich in einer Wurzel und stürzte den Hang hinab. Platschend kam der Soldat in einem Bach zum Liegen und rappelte sich unmittelbar wieder auf.

Garvor wartete noch einige Augenblicke, doch es schien keine weiteren Überlebenden mehr zu geben. »Wo ist Ensignia Rondraja?«

Der letzte Soldat, ein alter Veteran, der schon über vierzig Götterläufe zählte, salutierte knapp und erstattete Bericht, während ihm der Schweiß in Strömen über das Gesicht lief. »Wir sind die Letzten, die es geschafft haben, Leutnant di Scilaggio. Die Ensignia kämpfte mitten im Zentrum des Gemetzels. Sie ist entweder tot oder in Gefangenschaft.« Diese Nachricht versetzte Garvor einen Stich ins Herz. *Nein! Sie darf nicht tot sein! Schon als ich mich in sie verliebte, wusste ich, dass eine Beziehung zwischen einem Offizier und einer Untergebenen niemals halten würde. Krieg ist das Metier des Soldaten und Soldaten sterben für gewöhnlich früh; es ist ihre Pflicht. Aber doch nicht Rondraja! Das können die Herren Alverans nicht zulassen, so ungerecht können die Götter nicht sein!*

Der alte Veteran packte den jungen Offizier am Arm und schrie ihn an: »Kommt jetzt! Wir müssen hier weg!« Apathisch schüttelte der Leutnant den Kopf und lief langsam zurück, den schlammigen Hügel hinauf. Mit gezogenem Rapier bahnte er sich einen Weg durch feuchte, grüne Blätter, Schlingpflanzen und dichtes Gestrüpp. Takate war seinem Freund hinterhergeeilt und zog ihn mit aller Kraft zurück. »Dein Geist ist von den Dämonen des Hasses verschleiert, du darfst jetzt nicht zurückgehen.«

Auf der Hügelkuppe erschienen zwei dunkelhäutige Männer mit langen Speeren. Ihre fast schwarze Haut war an manchen Stellen mit Knochen durchstochen und mit verschiedenfarbigen Mustern bemalt. Langsam kam Garvor zur Besinnung und ließ sein Rapier zurück in die Scheide gleiten. Von den übrigen Männern war nichts mehr zu sehen. *Ich trage noch immer die Verantwortung für das Leben meiner Leute. Ich darf sie nicht im Stich lassen.*

Geduckt verbargen sich der Offizier und sein Pfadfinder im Dickicht. Takate deutete mit ausgestrecktem Arm in eine Richtung, woraufhin die beiden sich auf dem Bauch robbend durch den Schlamm bewegten. Behutsam rutschte Garvor die Böschung hinunter und kroch dann an einem kleinen Bach entlang. Er spürte ein Kitzeln im Nacken und schlug ohne zu zögern danach. Angewidert betrachtete er seine leicht gerötete

Handfläche und entdeckte einen zerquetschten Moskito. »Bei Horas, diese Plagegeister kosten mich noch den Verstand!«

Takate, der ein Stück vor dem Offizier kroch, wandte ruckartig den Kopf und bedeckte seinen Mund mit einer Hand, ein Zeichen, welches dem Leutnant bedeutete, auf keinen Fall zu sprechen. Garvor verfluchte sich im Stillen für seinen Fehler und folgte dem Moha. Seine Uniform hatte schon längst den Grad erreicht, an dem sie keine Flüssigkeit mehr aufsaugen konnte. Außerdem klebten Schlamm, Blätter und ein paar zerdrückte Käfer an der Jacke, die immer schwerer wurde. Die Luftfeuchtigkeit und die unerträgliche Hitze erschwerten dem Horasier das Atmen, seine Stiefel waren voll brackigem Wasser und seine Muskeln schmerzten vom Kampf und anderen Strapazen.

Auf einmal hielt der mohische Kundschafter inne und bedeutete seinem Vorgesetzten, ebenfalls ruhig zu bleiben. Garvor drückte sich gegen den breiten und modrig stinkenden Stamm eines Baumes. Vor den beiden versteckten Kriegern bewegte sich etwas im Dickicht. Garvors Konzentration wurde vom schrillen Schrei eines Urwaldvogels unterbrochen und er schüttelte eine harmlose Wasserschlange ab, die sich gerade sein Bein heraufschlängeln wollte. Leicht angeekelt streifte er die Finger, mit denen er das Tier berührt hatte, an der schmierigen Uniform ab.

Die beiden Insulaner mit dem auffälligen Hautschmuck kamen hinter einer verkrüppelten Palme in Sicht und schlichen sich geduckt an die vermeintliche Position des Leutnants an. Offenbar vermuteten sie ihre Gegner etwas weiter im Westen. Garvor zog vorsichtig seinen Parierdolch aus dem Gürtel und hielt ihn in Deckung seines Körpers, damit das blinkende Metall ihn nicht verraten konnte. Takate bedeutete Garvor mit gespreizten Fingern zu warten, bis der richtige Augenblick für den Überraschungsangriff gekommen wäre.

Die beiden Insulaner kamen leichtfüßig und fast ohne jedes Geräusch näher an die lauernden Krieger heran. Schließlich ballte Takate die Hand zur Faust und sprang auf, dicht gefolgt von Garvor. Wuchtig stieß der Späher dem ersten Eingeborenen sein leicht gekrümmtes Messer in die Brust und riss ihn durch seinen Angriff zu Boden. Der Horasier stürmte hinterher und griff den zweiten Schwarzen an, der verblüfft die Attacke Takates verfolgte.

Gedankenschnell riss der Waldmensch seinen Speer zur Abwehr hoch, doch zu spät. Garvor trieb den schlanken Parierdolch mit seiner ganzen Kraft zwischen die Rippen des Dunkelhäutigen, der aufkeuchte und leblos zu Boden sackte.

Takate richtete sich auf und prüfte die Umgebung mit aufmerksamen Blicken. »Wir müssen hier weg, es werden bald noch mehr von ihnen kommen!« Garvor wischte sich das Blut des Getöteten aus dem Gesicht und folgte seinem kundigen Führer widerspruchslos. Nach einer Stunde harten Marsches erreichten beide völlig erschöpft den Strand.

Erleichtert sprangen die Soldaten auf, die sich in Sicherheit hatten bringen können, und rannten den beiden Männern entgegen. Bei den Ruderbooten warteten bereits etliche Matrosen und einige der an Bord gebliebenen Soldaten. Garvor fiel sofort auf, dass der alte Veteran fehlte. Noch während er sich ermattet in den warmen Sand sinken ließ und eine Wasserflasche dankbar entgegennahm, fragte er: »Wo ist Murak?«

Einer der Krieger blickte betreten zu Boden und flüsterte: »Er hat es nicht bis zurück geschafft. Er war ohnehin schon langsam, aber nachdem diese riesige Schlange ihn gebissen hatte, war er praktisch gelähmt.

Wir mussten ihn zurücklassen, sonst wären wir selbst nicht entkommen.«

Der Kamerad dieses Soldaten, ein blutjunger Mann, der wohl direkt nach Ablauf seiner Rekrutenzeit in die Kolonien versetzt worden war, kauerte bibbernd und schluchzend einige Schritte entfernt im hellen Sand.

Garvor nickte, leerte die Wasserflasche und reichte sie seinem Untergebenen. »Habt ihr vielleicht die Ensignia gesehen?«

Der Soldat schüttelte den Kopf, und Garvor spürte, wie dieser unerträgliche Schmerz wieder in ihm aufstieg. Obwohl er gerade eine ganze Flasche Wasser getrunken hatte, fühlte sich seine Kehle ausgetrocknet und rau an.

»Takate sah die heilkundige Frau, die Garvors Männer nach den Kämpfen stets behandelte.«

Der Offizier riss den Kopf hoch und blickte den Moha ernst an. »Was ist mit ihr? Los, heraus damit!«

Takate verzog wie immer keine Miene und antwortete leise, aber bestimmt: »Sie wurde von den Utulu gefangen und wird wahrscheinlich als Geschenk zum weisen Mann ihres Stammes, der über die Geister gebietet, gebracht werden. Vielleicht macht er sie zu seiner Frau. Oder er tötet sie.«

Garvor grübelte angestrengt nach. *Dann gibt es noch eine Chance für mich, sie zu retten. Aber wie finde ich jetzt heraus, wo der verfluchte Schamane der Wilden haust?* »Wir haben doch noch Gefangene! Wo sind die beiden Gefangenen? Aus ihnen werde ich herausbekommen, wo der Schamane ihres Stammes lebt!«

Der Soldat deutete auf die prachtvolle Schivone, die in der Bucht vor Anker lag, woraufhin sich alle zu den Beibooten begaben, um zum Schiff hinüberzurudern.

Kapitan Olborn di Elzira, ein alter Offizier mit beachtlichem Leibesumfang und ebenso reichhaltiger Erfahrung, begrüßte die Reste der Truppe an Bord. Garvor erklärte, dass er nun das Kommando der Infanterieabteilung übernommen hätte, da alle ranghöheren Offiziere tot oder vermisst seien.

»Kapitan, übergebt mir die Gefangenen, ich wünsche sie zu verhören!«

Der alte Schiffskapitän zog die Brauen hoch: »Wenn ich erfahren dürfte, was Ihr vorhabt, Leutnant?«

»Ich möchte den Aufenthaltsort des Stammesschamanen erfahren, um einige meiner Männer und meine Medica zu retten.«

»Entschuldigt einen Augenblick ...« Der Kapitan gab den Befehl, die Segel zu setzen und den Anker zu lichten, bevor er sich wieder dem Hünen zuwandte: »Tut mir Leid, Leutnant. Ich habe die Wilden exekutieren lassen, nachdem sie einen meiner Matrosen angegriffen haben. Außerdem sind die mir übergebenen Befehle eindeutig, di Scilaggio! Wie erwartet sind die Verhandlungen gescheitert. In diesem Fall sollen wir umgehend zu unserem Stützpunkt zurückkehren. Und genau das werde ich tun, denn ich habe keine Lust, den kärglichen Rest der Männer, die noch laufen können, auf eine waghalsige Rettungsaktion zu schicken, deren Ausgang uns allen klar sein dürfte. Sucht Euch eine neue Kompanieheilerin, Leutnant, das dürfte doch eigentlich kein Problem darstellen.«

Wutentbrannt packte Garvor den Offizier am Kragen und hob ihn ein Stück in die Luft. Die in der Nähe befindlichen Soldaten hielten die Luft an, manche griffen bereits nach ihren Waffen, bereit, den ungestümen Leutnant zu arretieren. »Wie meint Ihr das, die Verhandlungen scheiterten wie erwartet?«

Der Kapitan riss sich los und schrie seinen Untergebenen an: »Reißt Euch zusammen! Ihr kennt die Politik der Krone genau: Anzugreifen, ohne wenigstens einen Kommunikationsversuch unternommen zu haben, das ist die äußerst barbarische Eroberungspolitik, die von Al'Anfa praktiziert wird, nicht von uns. Wenn Ihr jetzt nicht vernünftig werdet, dann lasse ich Euch in Ketten legen und unter Deck schaffen!«

Garvor trat zurück und wandte sich von Kapitan Olborn di Elzira ab, hin zur Reling. Er vergrub sein zerschundenes Gesicht in den Händen und schloss die Augen. Die kühle Seeluft wehte ihm entgegen und trieb ihm den Geruch des Salzwassers in die Nase. Jemand fasste ihn am Arm und Garvor schreckte aus seinem Traum hoch.

Er saß in seinem Arbeitszimmer, eine einzelne Kerze brannte auf dem aufgeräumten Schreibtisch. Durch das weit geöffnete Fenster drang kein Licht mehr. Nach dem Duell war er nach Hause gegangen und hatte sich für den späteren Abend erneut mit Landro verabredet. Er blickte verschlafen auf und sah in Takates ernstes Gesicht. »Takate weiß, dass du Schlaf brauchst, aber der große Vater des Goldhaars ist gerade angekommen. Warum sieht mein weißer Bruder noch bleicher aus als sonst? Wurde er von Dämonen aus der Vergangenheit gemartert?«

Garvor nickte müde. »Ja. Aber nun verblasst der Albtraum bereits. Bitte Landro doch herein!«

Ohne eine Bestätigung verließ der Waldmensch das Zimmer auf leisen Sohlen und wenige Augenblicke später betrat der greise Großvater Sharielles den Raum. »Kapitan di Scilaggio, ich freue mich, Euch wieder zu sehen, und entschuldige mich nochmals für die Unannehmlichkeiten, die ich Euch bereitet habe.« Garvor hob abwehrend die Hände und setzte ein entwaffnendes Lächeln auf: »Ich bitte Euch, Landro! Es wäre mir eine Ehre, wenn ich die Angelegenheit für Euch weiterhin regeln könnte, denn Eure Enkeltochter dürfte mit Euch kein Wort mehr reden.«

»Gern lege ich diese Sache in Eure Hände, Kapitan. Ihr habt meine volle Unterstützung, gegen meine bornierte Enkelin vorzugehen. Ich werde sogleich ein Schriftstück aufsetzen, welches einige meiner einflussreichen Freunde in meinem Namen bittet, Euch bedingungslos zu unterstützen.« Garvor neigte den Kopf ergeben und bedankte sich für die Mühen, die der alte Mann bereit war, auf sich zu nehmen.

»Eines müsst Ihr mir noch erklären, Landro: Warum habt Ihr die junge Frau umgebracht? Das war unnötig und meiner Ansicht nach äußerst töricht. Ihr habt gesehen, dass sie schwer verwundet war und kurz vor der Aufgabe stand. Es zeugt nicht gerade von Ehre, einen unterlegenen Gegner abzuschlachten.«

Landros Gesichtszüge verhärteten sich und er reckte das Kinn arrogant nach vorn. »Ich dulde es nicht, dass ein Mitglied meiner edlen Familie unseren Namen beschmutzt, indem es Sittenverfall propagiert und noch dazu freidenkerische Tendenzen fördert. Ich wünsche Euch einen angenehmen Abend, Kapitan di Scilaggio.« Mit diesen Worten verließ der alte Krieger den Raum und schloss die Tür beim Hinausgehen hinter sich.

Du erbärmliche Ratte! Ich kenne niemanden, der so von falschem Stolz verblendet ist wie dieser Mann. Ich hätte nicht übel Lust, ihn für seine Ehrlosigkeit zur Rechenschaft zu ziehen. Außerdem begreife ich langsam, was ich Sharielle wirklich antue. Ich nahm ihr die Frau, die sie liebte, ohne dass sie eine Chance erhielt, sie zu retten – genau wie es mir einst erging. Sanna war eine gefährliche Revolutionärin, die es auszuschalten galt. Mir machte es nichts aus, sie gegen die Cavalliera zu verwenden, aber ihr Tod wäre nicht nötig gewesen. Es war ein dummer und von falscher Kriegertugend geleiteter Akt, sie zu töten, wo doch das Duell bereits entschieden war.

Warum muss sich dieser Einsatz als so schwierig herausstellen? Ich bin schon lange kein Soldat mehr, sondern ein schmieriger Intrigant, der sich hinterrücks durch die Reihen seiner angeblichen Feinde mordet. Und warum? Sharielle hat mir nie ein Leid getan. Warum also? Immer aus demselben Grund: ein Befehl, der gegeben wurde, ist zu befolgen; es gibt kein Zurück. An meinen Händen klebt Sannas Blut, und ich hoffe, dass mir die Götter vergeben können, denn ich glaube, niemand sonst wird es tun. Aber jetzt ist es zu spät für eine Kehrtwende, ich werde tun, was mir befohlen wurde, kein Zweifeln, kein Zögern.

Garvor öffnete wie so oft in letzter Zeit das kleine Schränkchen und holte die bauchige Flasche und ein kleines Glas hervor. *Mein Freund, der Branntwein, er stellt keine dummen Fragen und macht mir keine unnötigen Vorwürfe. Leider kann er aber auch keine Ratschläge geben oder tröstende Worte spenden.* Nachdem er sich eingeschenkt hatte, löschte er die Kerze und saß allein in der Dunkelheit – lediglich der Alkohol und seine düsteren Gedanken leisteten ihm Gesellschaft bis tief in die Nacht.

Caric erreichte das prächtige Anwesen der di Mestilios kurz vor der Mittagsstunde. Sein Blick glitt über die hohe, aus einfachem Sandstein erbaute Mauer, die das gesamte Anwesen einrahmte. Das zweiflügelige Eingangstor stand weit offen und ein sorgfältig gepflasterter Weg führte durch die Stirnseite des Hauses in den Innenhof, wo sich vom ersten Stock herab eine mächtige, aus weißem Sandstein gefertigte Freitreppe anmutig auf den gepflasterten Hof schwang. Im offenen Torweg kauerte eine kleine Katze, ganz vertieft in das Spiel mehrerer Amseln, die in der eindrucksvollen Gartenanlage hinter dem Haus einander nachjagten.

Auf dem linken Torflügel prangte das Familienwappen des Geschlechts di Mestilio, auf der rechten Seite war das Wappen des Reiches zu erkennen. Kurz bevor Caric das Tor erreichte, fiel ihm ein Türsteher auf, der den Eingang bewachte und prüfte, wer sich dem Anwesen der Adelsfamilie näherte. Seine dunkelgrüne Pagenuniform saß wie angegossen, die dunkle Perücke und die glänzenden Schnallenschuhe ließen auf den enormen Reichtum des Granduco schließen, konnte er es sich doch augenscheinlich leisten, selbst seine geringsten Bediensteten derartig herauszuputzen.

Caric rückte sein goldbesticktes Wams zurecht und fuhr sich noch einmal durch Haar und Bart, bevor er dem Diener entgegentrat, um ihm einen götterfürchtigen Gruß zu entbieten. Der Bedienstete blinzelte distinguiert, rümpfte leicht die Nase und fragte mit leiser Stimme: »Ihr wünscht, Herr?«

Der Mittelreicher räusperte sich und entgegnete: »Ich, Caric von Falkenhorst, meines Zeichens tobrischer Baron, wünsche die Nichte des Granduco, Aleanore di Mestilio, zu sprechen.«

Der Diener legte die Stirn in Falten und musterte den Mann vor sich aufmerksam. »Mir ist nichts darüber bekannt, dass die junge Dame am heutigen Tage Besuch empfängt. Es tut mir aufrichtig Leid, Hochgeboren von Falkenhorst, aber ich muss Euch den Zugang verwehren. Trotzdem wünsche ich Euch noch einen angenehmen Tag.«

Caric stutzte und suchte verzweifelt nach passenden Worten, die den Mann vielleicht doch noch umzustimmen vermochten. »Vergebt mir, aber ich bin ein guter Freund der jungen Aleanore, vielleicht könntet Ihr mich bei ihr anmelden, und wenn sie dann noch immer entscheidet, mich nicht sehen zu wollen, werde ich sofort wieder gehen. Ihr habt mein Wort als Edelmann.« Stumm schickte Caric ein Stoßgebet zu den Göttern in der Hoffnung, dass der Diener sich erweichen ließe, und tatsächlich bat der Bedienstete Caric einen Augenblick zu warten und machte sich dann auf den Weg ins Haupthaus.

Nach kurzer Wartezeit in der warmen Mittagssonne kehrte der Torwärter zurück und verkündete in gleichgültigem Tonfall: »Die junge Dame wird Euch nun empfangen, folgt bitte dem gepflasterten Weg bis zum Innenhof, man wird Euch dort erwarten.«

Caric nickte, lächelte freundlich und lief freudig den Weg zur großen Freitreppe und von dort die Stufen hinauf auf die breite Terrasse, in deren Mitte eine prunkvoll geschnitzte Tür aus dunklem, vor Alter fast schwarzem Holz den herrschaftlichen Eingang des Stadthauses darstellte.

Die Tür wurde geöffnet und ein anderer, etwas kleinerer Diener nahm den weiten, blauen Umhang und die Waffe des Mittelreichers entgegen.

Auf dem Weg zu den Gemächern der jungen Frau bewunderte Caric die kunstvollen Wandteppiche und Gemälde, die sowohl die breiten, mit tiefen Teppichen ausgelegten Treppenaufgänge als auch die Galerie schmückten.

Nach deutlichem Klopfen öffnete man dem Mittelreicher die Tür zum Salon der Dame und bat ihn einzutreten. Der Raum war mit allerlei luxuriösen Möbeln und geschmackvollen Vasen, Bildern und Skulpturen ausstaffiert, durch die leicht geöffneten Fenster schien die Sonne herein und tauchte den Raum in ein warmes Licht. Alea, die auf dem polsterbezogenen Kanapee gesessen hatte, sprang auf und stürzte Caric entgegen. Die in ihr rotes Brokatkleid verwobenen Silberfäden glitzerten im Schein der Sonne und hüllten sie in ein helles Leuchten.

Carics Herz tat einen Sprung, und als er Alea auf sich zufliegen sah, verspürte er wieder dieses eigenartige flaue Gefühl im Magen, welches ihm kalte Schauer über den Rücken jagte. Er atmete schneller und spürte, wie seine Hände feucht und sein Mund gleichzeitig trocken wurden. Eine beschwingte Leichtigkeit erfasste ihn und vermittelte ihm das Gefühl, dies alles wäre nur ein Traum und nicht die Realität, jeden Augenblick würde man ihn schütteln und er würde erwachen.

Doch während er noch auf dieses abrupte Ende seiner Glücksphantasie wartete, schloss Alea ihn in die Arme und drückte ihn fest an sich. Der süße, blumige Duft ihres Parfums und all die damit verbundenen Erinnerungen ließen Caric begreifen, dass die Frau in seinen Armen Wirklichkeit war. Sanft fuhren seine Finger über ihre rotbraune Lockenpracht und über ihre Wange. Ein liebevolles Lächeln strahlte ihm von ihren Lippen entgegen und er vergaß für einen Augenblick lang alles um sich herum. Die Umgebung, sein Auftrag, wer er eigentlich war, all das löste sich in ihrem zärtlichen Kuss auf. Nur Alea war ihm jetzt noch wichtig.

Die junge Frau drückte ihn noch immer an sich wie ein Spielzeug, welches man ihr wegzunehmen drohte, und blickte erwartungsvoll und mit unbezähmbarer Neugier in den funkelnden Augen zu ihm auf.

»Ich hätte niemals zu hoffen gewagt, dass du so schnell wieder zu mir zurückkehren würdest, Caric. Ich machte mir bereits Gedanken, wie ich dir eine Nachricht zukommen lassen könnte, um dich in der Stadt zu treffen. Aber nun bist du da, die Götter seien gepriesen! Komm, setz dich, ich lasse uns eine Erfrischung bringen, und dann erzählst du mir, wie es dir ergangen ist.«

Wie es mir geht? Caric hielt ihren Kopf in beiden Händen und küsste sie sanft auf die geschlossenen Lider. Ihre Frage dröhnte in seinen Ohren, während sein Auftrag und alle daraus entstehenden Probleme wieder in sein Bewusstsein traten und ihn zu ersticken drohten. *Wenn du wüsstest, dass ich gekommen bin, um deinen Onkel zu bespitzeln und ihn den Behörden ans Messer zu liefern, dann würdest du wohl nicht fragen. Wie un-*

schuldig sie mich ansieht … Ich kann sie nicht länger benutzen. Ich muss ihr sagen, warum ich hier bin und wer sich hinter dem Namen Caric verbirgt. Eine größere Dummheit kann ich nicht begehen, aber ich muss damit anfangen, auf mein Gewissen zu hören, denn wenn ich meiner inneren Stimme folge, dann leiten mich hoffentlich die Weisheit und die Allmacht der Götter, sodass ich keine Sünde zu begehen vermag. Die Zeiten, in denen ich bedingungslos der Stimme meiner Vorgesetzten folgte, sind vorbei. Ich höre nur noch die Worte meines Herzens, und sie sagen mir, dass für Lüge, Betrug und Hinterlist kein Platz in meiner unsterblichen Seele ist.

Während er auf dem weichen Sofa Platz nahm, holte er tief Luft und nahm seinen ganzen Mut zusammen: »Alea … Es gibt etwas Wichtiges, das ich dir noch nicht erzählt habe. Etwas, das vielleicht alles ändern wird. Ich weiß selbst, dass es jetzt ein wenig spät ist, um damit herauszurücken, aber ich muss es dir sagen. Mir bleibt nur zu hoffen, dass du meine Offenheit zu schätzen weißt und an meine aufrichtige und unbedingte Liebe glaubst. Ich habe Angst, dass dies alles zerstören könnte, doch andererseits kann ich nicht mit einer Lüge leben.«

Aleas Kopf sackte leicht nach vorn und sie schloss die Augen. »Du Schuft! Ich habe doch gewusst, dass du schon eine andere Frau hast! Ich habe es gleich geahnt! Los, verschwinde!« Völlig perplex saß Caric auf dem Sofa und wusste einige Augenblicke lang nicht, was er sagen sollte, während Alea dasaß, die Hände vor das Gesicht geschlagen, zwischen denen Tränen, Sturzbächen gleich, hervorbrachen.

Endlich gewann er seine Fassung zurück: »So ein Unsinn! Ich habe keine andere Frau und ich bin auch nicht verheiratet. Wie kommst du denn auf so einen Blödsinn?«

Alea blickte ruckartig auf und ihre geröteten Augen spiegelten ihre Zerrissenheit zwischen ungläubiger Hoffnung und Misstrauen. »Aber was ist es dann, wenn nicht dies? Wenn deine Liebe wirklich aufrichtig ist, was könnte so schlimm sein, dass du dich nicht traust, mir davon zu erzählen? Was kann dich einerseits derartig belasten und andererseits stark genug sein, unsere Liebe auseinander zu reißen?«

Sie setzte sich neben Caric auf das Kanapee und rückte nahe an ihn heran, sodass ihre Körper sich leicht berührten und sie sich ins Gesicht sehen konnten. Mit zitternden Händen strich Caric über die feuchten Wangen Aleas, unfähig weiterzureden. Mit einem Mal fühlte sich der Mittelreicher wie gelähmt, so als hätte man ihm eine giftige Tinktur in den Trank gemischt, die ihn zu einer reglosen Statue erstarren ließ und deren Wirkung sich blitzartig über den ganzen Körper verteilte.

Wie erkläre ich ihr nun, warum ich eigentlich gekommen bin? Soll ich sagen: Ach, übrigens, da ist noch etwas, was ich zu erwähnen vergaß: Ich bin ein feindlicher Spion, der deinen Onkel bespitzeln und ans Messer liefern will. So ein Unsinn! Aber etwas anderes als die Wahrheit kommt für mich nicht in Frage. Wie könnte ich die Frau, die ich liebe, anlügen? Ich könnte ihr nie wieder unter die Augen treten. Viel zu lange schon scheine ich von den Tugenden, die mein wahrer Herr vertritt, abgekommen zu sein.

Ich diene dem Herrn Praios und verstricke mich in einer Lüge nach der anderen! Meine Eltern können wahrlich stolz auf mich sein. Die Wahrheit also. Ich kann nur hoffen, dass sie Verständnis dafür aufbringt, dass man jemanden, der in Verdacht steht, mit den übelsten dämonischen Mächten zu paktieren, observiert und Nachforschungen über den Wahrheitsgehalt dieser Anschuldigungen anstellt. Wenn Alea das nicht versteht, wird sowohl unsere Beziehung als auch mein Leben einem eher schnellen Ende entgegengehen. Andererseits, was wäre es schon für ein Leben, wenn sich Alea von mir abwenden würde?

»Alea, was ich dir jetzt sage, kann mich durchaus den Kopf kosten oder zumindest dafür sorgen, dass ich den Vinsalter Kerker von innen bestaunen kann.« Die Gesichtszüge Aleas entgleisten deutlich, und vor Schreck holte sie tief Luft, bis ihre Brust nichts mehr aufnehmen konnte. Sprachlos schüttelte sie den Kopf.

»Du kannst sicher sein, dass alles, was ich zu dir gesagt habe, mein voller Ernst war. Ich liebe dich aufrichtig, ehrlich und von ganzem Herzen. Nichts davon ist gespielt oder vorgegaukelt, um dich auf meine Seite zu ziehen, auch wenn du vielleicht gleich genau diesen Eindruck bekommen wirst.« Caric zögerte, atmete tief durch und blickte sich verzweifelt um, so als vermutete er einen Spion hier in einem der Schränke oder gar hinter den Gardinen. »Ich bin kein einfacher Edelmann aus Tobrien, der durch das Horasreich zieht, um Sympathien und Gelder für seine zerstörte Heimat zu ergattern. Ich bin im Auftrag der Garether Krone hier, und es ist meine Mission, deinen Onkel, Granduco Laserian di Mestilio, auszuspionieren. Nach unseren Informationen steht zu befürchten, dass er möglicherweise mit Borbarad im Bunde steht. Sollte dies der Fall sein, werden wir ihn zur Rechenschaft ziehen oder euren Behörden übergeben.«

Wenn Alea zuvor schon sprachlos gewirkt hatte, so musste man ihren Zustand nach diesem erschreckenden Geständnis als regelrecht versteinert bezeichnen. Alle Gesichtsfarbe war einer kränklichen Blässe gewichen, aus der ihre dunklen Augen reglos, gleich einem Basiliskenblick, hervorstachen. In dem weißen Gesicht brannten die geröteten Spuren der geweinten Tränen wie Wunden, während die Augen tiefen Brunnen glichen, in denen sich jegliches Licht verloren hatte.

Caric konnte diesen halb erschütterten, halb vorwurfsvollen Blick nicht länger ertragen und senkte beschämt das Haupt. *Dieses Schweigen ist kaum auszuhal-*

ten. Wenn sie mich wirklich liebte, dann hätte sie längst etwas gesagt, irgendetwas. Gleich wird sie ihre Fassung wieder finden und nach den Wachen rufen. Man wird mich verhaften und ins Gefängnis werfen. Adoran wird scheitern und vielleicht getötet werden, wenn er in die hier gestellte Falle tappt. Ich bin wirklich ein Held! Nein, noch ist nicht alles vorbei! So wird es nicht enden!

Carics linke Hand wanderte langsam an seinem Oberschenkel hinab zu einer verborgenen Lederscheide, welche einen scharfen Dolch für den Notfall bereithielt. Kampflos würde er sich nicht in sein Schicksal fügen, sie würden ihn schon mit Gewalt niederringen müssen. Ruckartig riss er seinen Kopf nach oben, wilde Entschlossenheit im Blick, bereit aufzuspringen und sich den Weg nach draußen freizukämpfen. Doch der eherne Panzer, den er um sein Herz geformt hatte, zerschmolz wie weiches Wachs an einer Kerzenflamme, als er in Aleas dunkle Augen sah. Ihre leise Stimme klang gebrochen. »Onkel Laserian – ein Borbaradianer? Nein, das kann nicht sein. Du musst dich irren. Euer Informant hat gelogen!«

Caric sah Alea traurig in die Augen. Wie oft schon hatte er solche Reaktionen erlebt. »Glaube mir, Alea! Wir wissen es mit an Sicherheit grenzender Wahrscheinlichkeit. Sonst wären wir doch gar nicht erst aktiv geworden.«

Die Rothaarige packte Caric fest an den Schultern: »Das kann nicht sein. Du musst mir einfach glauben. Ich hätte es bestimmt gemerkt, wenn er finstere Zauber üben würde.«

»Alea, Schatz. Wenn es auch nur den geringsten Anschein hat, dass dein Onkel unschuldig ist, dann werde ich persönlich dafür sorgen, dass Euch kein Leid geschieht.« Lange sah er ihr in die Augen. »Denn immerhin will ich, wenn dies alles vorüber ist, bei deinem Onkel um deine Hand anhalten.«

Alea schluckte trocken, während aus ihrem Augenwinkel eine einzelne Träne sanft ihre Wange herunterrann. »Es ist mir egal, wer du bist und was du hier machst. Hörst du? Solange du meinetwegen gekommen bist und nicht nur, weil ein Mann in Uniform es von dir verlangt hat, schert mich der Rest wenig. Wenn du Recht hast und Onkel Laserian mit dem Sphärenschänder im Bunde ist, dann musst du einschreiten. Wie könnte ich anders, als dir in allem zu helfen.« Doch eine weitere Träne perlte langsam, eine glänzende Spur hinterlassend, an ihrer Wange herab.

Lange Zeit saßen Caric und Alea schweigend nebeneinander, jeder den eigenen Gedanken nachhängend. Dann griff Caric mit fast zerreißender Bedächtigkeit nach Aleas Hand. Jeden Augenblick rechnete er damit, sie würde sich ihm entziehen. Zum ersten Mal in seinem Leben hatte er das Gefühl, als wäre er ohne Haut, als spürte er die Anwesenheit Aleas mit jeder Faser seines Körpers. Er war sich schmerzlich bewusst, dass eine Ablehnung ihn härter und tiefer treffen würde als jeder Schmerz, den er im Leben bisher empfunden hatte. Ungeheuer vorsichtig führte er die schmalen Finger an sein Gesicht, sog den Duft ihrer nackten Haut, umsponnen von ihrem feinen Parfum, tief in sich hinein, beugte sich der Hand entgegen und ließ behutsam seine Lippen über die glatte Oberfläche gleiten.

Alea drehte die Hand, fuhr ihm in einer schmerzhaft zärtlichen Geste über sein bärtiges Kinn und hob bedächtig seinen Kopf an. Seine Augen verloren sich in den dunklen Teichen ihrer Pupillen, als sie ihm zärtlich über die geschwungenen Lippen strich. Die Luft zwischen den beiden Verliebten knisterte förmlich vor Spannung. Caric nahm Aleas Hand und drückte sanft ihre kalten Finger. Um die richtigen Worte verlegen, sagte er: »Deine Finger sind ja von Firuns Hauch überzogen.« Alea grinste unbeholfen und antwortete schlicht: »Ja.«

Fast furchtsam sah Caric sie an und lächelte schief, als sie seinen Blick erwiderte, die Lippen in einem rätselhaften Lächeln geschwungen, das tief in ihren Augen begonnen hatte und nun ihr gesamtes Gesicht leuchten ließ. Völlig verwirrt bemerkte Caric, dass er immer noch ihre Finger umfasste, und ließ die Hand frei, unsicher und verwundbar. Die schmalen Finger schwebten in der Luft, hoben sich dann, flatternd wie Schmetterlingsflügel, seinem Gesicht entgegen, um jede Narbe, jede Falte darin in schier unerträglicher Zärtlichkeit nachzuziehen.

Satinav selbst schien die Zeit zum Stillstand gebracht zu haben, sodass Aleas Hand verharrte, in der Luft hing, eine einzelne, salzige Perle auf der Fingerspitze balancierend, die sie Caric von der Wange gestohlen hatte. Nur diese Augen, diese wunderschönen Augen, Zentrum ganz Deres, direkt vor ihm und doch unerreichbar weit entfernt. Langsam näherte sich die Fingerspitze den geschwungenen Lippen, die Caric alle Hoffnung und allen Schmerz gleichzeitig bedeuteten und die sich nun in einem Lächeln öffneten, einladend, vergebend, nah, seine Tränen wegküssend.

Die Sehnsucht nach diesen Augen, diesem Mund, dieser Frau raubte Caric den Atem, ließ ihn erzittern, während ihm Schauer des Glücks über den Rücken jagten. Womit hatte er sich die Liebe dieser Frau verdient? Würde er den Göttern eine solche Schuld jemals begleichen können? *Herrin Rahja, nimm dich dieses Unwürdigen an und beschütze Alea! Denn wenn ihr jemals etwas passieren sollte, dann werde ich unweigerlich vergehen.*

Sanft berührten sich ihre Lippen, erst zaghaft, dann immer heftiger und leidenschaftlicher. Aleas rechte Hand hielt Carics Kinn in festem Griff, während ihre linke wild durch sein dunkelblondes Haar fuhr. Der Kuss löste die Anspannung zwischen den beiden wie ein erlösendes Sommergewitter nach einem drückend schwülen Tag.

Die Sonne war bereits seit einer vollen Stunde untergegangen, doch Sharielle saß noch immer am Bett ihrer Geliebten in einem der Gästequartiere. Den magischen Fähigkeiten des Heilers verdankte die Schwerverletzte ihr Leben. Jedoch würde es Wochen dauern, bis sie sich richtig erholt hätte, trotz der Rettung vor Golgaris Flug durch die Magie des Halbelfen. Sanna atmete ruhig und gleichmäßig. Außer ihrem Gesicht mit den geschlossenen Augen lugte nur ihre rechte Hand unter dem hellen Stoff der Bettdecke hervor.

Die Augen der Adeligen brannten und die bleierne Schwere der Müdigkeit drohte sie jeden Augenblick in die schwarze Leere des Schlafs zu zerren. Dennoch wollte sie nicht von Sannas Seite weichen.

Leise wurde die Tür geöffnet und Sion schlich sich herein. Seine Mutter blickte kurz auf, blinzelte verschlafen und gähnte erschöpft.

»Bertrand hat gesagt, dass gerade ein Bote hier war, der diese Nachricht für dich abgegeben hat.« Der Junge überreichte ihr einen Brief, der mit dem Zeichen Pherion di Avonas versiegelt war. Dankend nahm sie das Schriftstück entgegen und brach das Siegel auf. Obwohl ihr die Augen fast den Dienst versagten und die Buchstaben zu verschwimmen drohten, überflog sie hastig den Inhalt der kurzen Nachricht, worin Pherion sie aufforderte, sich zu ihm zu begeben, da er einige äußerst interessante Informationen für sie habe. Es sei von einer solch eminenten Wichtigkeit, dass ein Gespräch unter vier Augen stattfinden müsse; je schneller, desto besser. *Warum ausgerechnet jetzt? Hat das nicht Zeit bis morgen früh? Ich kann Sanna doch jetzt nicht allein lassen! Was, wenn es ihr auf einmal schlechter geht und niemand da ist, der dies bemerken könnte? Was, wenn sie doch noch stirbt?*

Verzweifelt schüttelte sie ihr schweres Haupt und holte tief Luft. Sie reckte sich im Sitzen und ließ ihre Schultern kreisen, um die schmerzhaften Verspannungen zu lösen.

Aber auf der anderen Seite kann ich es mir nicht leisten, den Generaladvokat zu enttäuschen, jetzt, wo er sich auf mich verlässt. Bertrand wird auf Sanna aufpassen müssen und außerdem bin ich ja auch in Kürze zurück; Pherion wird verstehen, dass ich nicht lange bleiben kann und will.

Zuversichtlich erhob sie sich, nur um von einem leichten Schwindelanfall überrascht zu werden, der ihr kurz schwarz vor Augen werden ließ. Sie konnte ein neuerliches Gähnen kaum unterdrücken, während sich die warme Hand Sions in die ihre schob. »Sie wird doch wieder gesund, oder?«

Die dunklen Schatten in Shariellcs Augen schienen sich zu vertiefen. *Was soll ich sagen? Es reicht, wenn ich vor Angst nicht schlafen kann. O ihr Götter, nehmt mir mein Geld, den ganzen nutzlosen Besitz, aber nicht Sanna, bitte!* Langsam fuhr sie dem Jungen über das zerzauste Haar und sah in ein Gesicht, dessen tiefe Sorgenfurchen ihre eigenen widerspiegelten. Die geröteten Augen, die von dunklen Rändern umgeben waren, bedurften keiner Erklärung. »Ja, Sion. Der Medicus meint, dass Sanna wieder gesund werden wird. Noch ist sie schwach, aber sie ringt nicht mehr mit dem Tode, und wenn sie erst ausgeschlafen hat, dann wird sie auch bald wieder die Alte sein.«

Leise ließ sie die Worte in sich nachhallen, spürte ihnen nach, prüfte sie, ob sie ihr Hoffnung gaben und ob sie selbst daran glauben konnte. Und wieder sah sie jenen Augenblick vor sich, den sie nie vergessen würde: wie sich die Pupillen Sannas weiteten und brachen und ihr Körper in einem letzten Atemzug erschlaffte, während der Medicus in fieberhafter Eile seine Hand auf Sannas Brust legte und leise vor sich hin murmelte.

Erschreckt fuhr sie auf. Hoffentlich hatte der Junge nicht gemerkt, wie sehr sie selbst an ihren Worten zweifelte. Doch Sion hatte sich unterdessen in den schweren Sessel gesetzt und unbewusst die Rolle seiner Mutter übernommen. Die Augen unter den langen schwarzen Wimpern unverwandt auf die Schlafende gerichtet, die Arme fest um die angezogenen Knie geschlungen, beobachtete das Kind das leichte Auf und Ab der Bettdecke.

Sharielle lächelte müde, dann verließ sie leise das Zimmer. Sie zog sich schnell ihre Uniform an. Den wohlgemeinten Rat Bertrands, vielleicht doch zuerst ein wenig zu ruhen, wischte sie mit einer apathisch wirkenden Geste zur Seite und warf vor dem Gehen noch einen letzten Blick auf die Schlafende, die ruhig und friedlich in ihrem Bett lag. Sion hatte sich auf dem Sessel zusammengerollt wie ein Kätzchen, ein kleines Bündel unordentlicher Kleider, gekrönt von einem unordentlichen Haarschopf. Kurz überlegte Sharielle, ob sie Bertrand bitten sollte, den Jungen in sein Bett zu tragen, entschied sich aber dagegen. Sie eilte die Auffahrt hinunter, stieg in ihre Kutsche, kauerte sich auf der Sitzbank zusammen und lehnte ihren Kopf gegen die gepolsterte Wand der Kabine. Polternd ratterte die Karosse über den gepflasterten Hof an der Rückseite ihres Anwesens auf die Straße hinaus, vorbei an einer Gestalt, die im Schatten eines Krämerladens wartete und sich gemächlich eine Pfeife anzündete, nachdem das Fahrzeug um die nächste Straßenecke gebogen war.

Caric fand allmählich Gefallen an den Räucherwaren, die hierzulande sehr verbreitet waren. Er zog genüsslich an seiner Pfeife, bis er sie aufgeraucht hatte, und machte sich dann auf den Weg zu Sharielles Anwesen. Den Zaun überwand er mit Leichtigkeit und schlich sich geduckt durch den Garten, indem er die hübsch gestutzten Hecken und Bäumchen stets als Deckung benutzte. Niemand, der mit seinen natürlichen Sinnen nach ihm Ausschau gehalten hätte, wäre in der Lage gewesen, ihn zu entdecken. Ein kurzer Blick offenbarte ihm, dass zwei Fenster im ersten Stock offen standen. Kein Lichtschimmer drang aus den Räumen, er durfte also zuversichtlich sein, dass entweder niemand zugegen war oder dass eine anwesende Person schlief.

Er griff in seine schwere Umhängetasche und zog ein langes Hanfseil mit einem kleinen Wurfanker daraus hervor. Ein letztes Mal blickte er sich sorgfältig nach allen Seiten um, nahm dann Maß und ließ den Wurfanker zielsicher nach oben schnellen. Mit einem leisen metallischen Geräusch klemmte sich der Metallhaken innen unter das Fensterbrett. Prüfend zog Caric am Seil und hängte sich schließlich mit seinem gesamten Gewicht daran. Zufrieden stellte er fest, dass es ihn tragen würde, und so machte er sich auf den Weg nach oben.

Kurz darauf schwang er sich geschmeidig wie eine Raubkatze über den Fenstersims und kam auf leisen Sohlen auf. Das dunkle Zimmer wurde spärlich vom Licht der Sterne erleuchtet, und so konnte er die schemenhaften Umrisse mehrerer Schränke, eines Schreibtisches und eines großen Himmelbetts erkennen. Er überzeugte sich lauschend davon, dass er allein war, bevor er das Zimmer durchsuchte. In den Schränken befanden sich hauptsächlich schöne und teure Frauengewänder, welche er oberflächlich untersuchte, die ihn aber nicht weiter interessierten. Die Begutachtung des Sekretärs würde erfahrungsgemäß erfolgreicher sein. Schnell hatten seine geschulten Sinne das Geheimfach an der Unterseite der zweiten Schublade entdeckt; der Mechanismus des Schlosses klickte, als er einen Dietrich zum Öffnen nahm. Sorgsam zog er eine Aktenmappe aus dem Fach und stellte bedauernd fest, dass es zu dunkel war, um auch nur annähernd zu lesen, was dort geschrieben stand. *Soll ich vielleicht eine Kerze anzünden? Das ist zwar riskant, aber wer sollte um diese Zeit den Schein einer einzelnen Kerze aus einem Zimmer dieser Größe bemerken?*

Nach einigem Zögern entzündete Caric eine bereits halb heruntergebrannte Kerze, die sich auf einem der kleinen Nachttische neben dem breiten Bett befunden hatte. Vorsichtig öffnete er die Mappe und betrachtete das oberste Blatt, nur um erschrocken nach Luft zu schnappen. Vor ihm lagen Schriftstücke, die über seine eigene Karriere und die seiner Kollegen äußerst detaillierte Auskünfte gaben. Es waren sogar auch recht treffende Zeichnungen von Quendan, Adoran und ihm selbst enthalten, ergänzt durch Bilder, auf denen der unbekannte Zeichner Bärte und Haare gestutzt hatte, wohl um auf eventuelle Verkleidungen aufmerksam zu machen.

Völlig fassungslos betrachtete er die Aufzeichnungen. *Wir sind verraten und verkauft! Wenn Adoran und ich morgen auf dieser Feier erscheinen, wird man uns bereits eine Falle gestellt haben, aus der es kein Entkommen mehr gibt. Die Horasier werden uns erwarten und freudig festnehmen. Woher hat sie nur diese Informationen über uns? Jemand muss uns an sie verkauft haben, aber wer könnte das getan haben? Quendan? Vielleicht ist er nicht tot, sondern in Gefangenschaft, wo er eifrig geplaudert hat. Nein, er würde eher sterben, als Verrat zu begehen, da kann ich mir sicher sein. Wer wusste noch davon? Nur Adoran, Khorena und ich. Adoran und ich riskieren hier ohnehin unser Leben, er wäre gewiss nicht so dumm, sich selbst in eine Falle zu manövrieren! Aber dann bleibt nur noch die Edle von Erris.*

Warum sollte sie so etwas tun? Das macht keinen Sinn … es muss noch jemanden geben, der davon Wind bekommen hat, aber ich weiß nicht, wer. Noch nicht.

Tappende Schritte vom Flur her unterbrachen jäh Carics Gedankengänge, woraufhin er eiligst die Kerze löschte, zur Seite stellte und sich geschmeidig unter das Bett rollte. Er lauschte den sich nähernden Schritten, die offenbar kurz vor der Tür verweilten. Während er die Luft anhielt, hörte er kaum mehr als das schnelle, harte Pochen seines Herzens in den Ohren. Dann, nach einer Zeit, die sich wie eine Ewigkeit zu dehnen schien, ging die Person weiter und die Schritte verhallten langsam.

Leise ächzend kroch der Agent wieder unter dem großen Bett hervor, den Blick immer noch starr und gespannt auf die Tür gerichtet, beseelt von der Furcht vor einer Entdeckung. Doch sein Unbehagen verflog nach einer Weile; im Haus war wieder Stille eingekehrt. Er setzte die Untersuchung des Sekretärs im Licht der neu entzündeten Kerze fort und wühlte neugierig in den verbliebenen Schubladen. Es fielen ihm noch unterschiedliche Papiere in die Hände, unter anderem ein gerolltes Pergament mit einem schönen Liebesgedicht, das mit einem blauen Seidenband umwunden war.

Schließlich legte er alles an seinen Platz zurück, verschloss das Geheimfach an der Unterseite der Schublade wieder und rückte die Kerze zurecht. Dann warf er noch einen letzten Blick in das Zimmer, um sich zu vergewissern, dass er alles durchsucht hatte, und kletterte über das Seil zurück in den Vorgarten. Leise schlich er davon und verschmolz wieder mit den Schatten.

Kapitel 4

Am folgenden Vormittag herrschte im Haushalt di Mestilio helle Aufregung. Die plötzliche Verschiebung des Festes hatte eine ganze Reihe von Problemen nach sich gezogen, die der Hausherr getrost und frohen Mutes seiner Dienerschaft überlassen hatte, um sich wichtigeren und vor allem anregenderen Dingen zu widmen. Fast panisch hatte man Dutzende von Eilbriefen verfasst und auf den Weg gebracht, um die geladenen Festgäste von der überraschenden Terminänderung zu unterrichten und deren Verständnis zu erbitten. Der Umstand, dass gerade Künstler über einen besonderen Hang zur Dramatik verfügten und damit verständlicherweise kleinere Unzuverlässigkeiten einhergingen, musste immer wieder herhalten, das verspätete Erscheinen der Diva di Zsavar zu entschuldigen.

Auch musste ein weiterer Künstler umsorgt und vertröstet werden, ein Querkopf, dessen Engagement den Granduco fast genauso teuer zu stehen kam wie die Feierlichkeiten selbst. In einem Anfall von Übereifer hatte es sich Laserian erlaubt, einen der exquisitesten Küchenchefs Vinsalts zu verpflichten, sich des leiblichen Wohls der Gäste anzunehmen. Sein eigener Chefkoch hatte zwar sofort pikiert gedroht, Konsequenzen zu ziehen und seinen Dienst zu quittieren, der Granduco hatte jedoch an seinem einmal gefassten Entschluss festgehalten, galt der Maître der *Goldenen Gans* nicht von ungefähr als Meister des Kochlöffels und unumstrittene Koryphäe der feinen Vinsalter Küche.

Und eben jener George Didier, Maître de Cuisine, Träger der grün-goldenen Schürze und Meisterschüler des unübertroffenen Pol Pogüs – Leonhard sträubten sich allein schon bei der Aufzählung der Auszeichnungen des, wie er stets betonte, ›eingebildeten Laffen‹ die Haare –, musste nun vorsichtig und freundlich dahingehend unterrichtet werden, dass sich das Festmahl, welches er auszurichten gedachte, um einen Tag verschieben würde.

Um gegen alle Eventualitäten gefeit zu sein, hatte Leonhard zu seiner letzten Zuflucht gegriffen und die gute Consuela auf den störrischen Meisterkoch angesetzt. Wenn irgendjemand auch nur annähernd in der Lage war, mit diesem Ausbund an Arroganz fertig zu werden, dann sie; da war sich Leonhard sicher.

Schwungvoll riss Consuela – in einen taubenblauen Reifrock und ein kobaltblaues Oberteil gewandet sowie einen passenden Seidenschal um die Schultern drapiert – die schwere Eingangstür des altehrwürdigen Speiselokals in der Vinsalter Innenstadt auf. Herrschten draußen die Hektik und der Lärm des Marktes vor, so war die Stille, die Consuela in der Vorhalle des Lokals empfing, fast boronisch zu nennen. Weiche, dunkelblaue Teppiche schluckten jedes Geräusch, und die großen, mit traviagefälligen Motiven bestickten Wandteppiche taten ein Übriges, den Straßenlärm auszuschließen.

Aus der geöffneten Tür des Salons zur Rechten klang gedämpfte Bandurriamusik, begleitet vom leisen Gemurmel angeregter Unterhaltungen. Ein Mann in tadelloser Livree musterte Consuela kurz, verließ dann beflissen seinen Platz hinter einem hohen Schreibpult und strebte mit gestrengem Blick auf die Dame zu, die da unschlüssig in der Halle stand. »Ich hoffe, Gnädigste, Ihr habt reserviert. Sonst wird sich wohl kaum ein Tisch finden lassen.«

Consuela musste sich verblüfft eingestehen, dass dies nach langer Zeit das erste Mal war, dass sie doch ein wenig eingeschüchtert war. »Ich habe nicht vor, bei Euch zu speisen. Im Gegenteil wurde ich von Granduco Laserian di Mestilio geschickt und soll Maître Didier eine wichtige Nachricht überbringen.«

Die Braue des Empfangschefs wanderte merklich in die Höhe, Etikette und Erziehung verboten es aber, auch nur eine einzige Frage zu stellen – ein Umstand, der Consuela einmal mehr vor Augen führte, wie wichtig doch eine gute Ausbildung sein konnte. Dankbar aufseufzend nahm sie auf dem ihr dargebotenen Stuhl am Fenster Platz, während der Mann in den hinteren Bereich des Hauses eilte, wohl um dem Koch Bescheid zu geben.

Wie kann man auch nur für einen Wimpernschlag daran zweifeln, wie wichtig heutzutage Etikette ist. Ob die junge Aleanore irgendwann auch nur ein wenig mehr als die grundlegendsten Dinge guten Benehmens lernen wird? Was waren das noch Zeiten, als Höflichkeit und Disziplin selbstverständlich waren! Wenn man sich heute nur umschaut, schrecklich …

Der Empfangschef schreckte sie aus ihren trübsinnigen Gedanken auf. »Kann ich Euch die Wartezeit mit einem kleinen Imbiss oder einer Erfrischung überbrücken? Der Meister wird, so bald es ihm möglich ist, höchstpersönlich erscheinen.« Dankbar nahm Consuela das Angebot an und nippte schon bald, in Gedanken wieder bei der ach so unkultivierten Jugend, an einem Gläschen feinsten Portweins.

Am hinteren Ende der Halle öffnete sich mit einem leisen Zischen eine Tür und entließ eine Gestalt, deren Aussehen allein bereits die Fähigkeiten des Kochs erahnen ließ. George Didier hatte gut und gerne vierzig Götterläufe hinter sich gebracht, und seine Leibesfülle war beredtes Zeugnis seines eigenen Genusses an der hohen Kunst, die er in der Küche erreicht hatte. In eine blütenreine, weißblau gestreifte Schürze gekleidet, maß der Mann gerade einmal eindreiviertel Schritt bei einem Gewicht, das auch zwei Männern gut zu Gesicht gestanden hätte. Das dunkelbraune Haar mit Brillantine unter die hohe Kochmütze gezwängt, erinnerte das Gesicht mit den schwarzen Augen, die Consuela nun musterten, an ein Frettchen. Der Schnurrbart, peinlich in Form gebracht und gewichst, zitterte aufgeregt, während der Blick flink über das Gesicht der Dame huschte, bedacht, den Grund des Besuches bereits im Vorfeld auszumachen.

»Verehrteste?« Die Verbeugung des Kochs war untadelig und verriet die jahrelange Schule verschiedenster Dienstherren. »Ich hoffe doch, dass mit der Speisenfolge für das Essen alles in Ordnung ist und nicht im letzten Augenblick noch das Dessert abgeändert werden soll?«

Consuela suchte fieberhaft nach Worten, um dem Koch die Lage möglichst gefasst und gleichzeitig beruhigend darzulegen. »Nun, werter Maître, es haben sich Umstände ergeben, welche eine sofortige Änderung aller Vereinbarungen nötig machen.« Der Koch vor ihr erblasste sichtlich. »Die Dame di Zsavar wird einen Tag später als geplant in Vinsalt eintreffen und so muss das Essen leider verschoben werden.«

Entsetzen trat in die Augen Didiers, während sich Schweißtropfen auf seiner Stirn sammelten. »Dies ist nicht Euer Ernst, nicht wahr, ein Scherz, aus einer Laune heraus, die ich nur noch nicht nachvollziehen kann? Ihr wollt mich prüfen?« Dann, das Ausmaß der Lage begreifend, fiel die kugelrunde Gestalt regelrecht in sich zusammen. Die Schultern sackten nach unten, während die Arme, aufgeschreckten Vögeln gleich, in die Höhe schossen und wild herumzuckten: »Aber das ist eine Katastrophe! Einen ganzen Tag, das kann nicht sein, nein, Ihr müsst Euch irren. Eine Tragödie! Die Pâtés, die Desserts. Sie werden in sich zusammenfallen. Mehliger, unansehnlicher Brei! Könnt Ihr dieses Desaster überhaupt nachvollziehen? Und die Füllung der Wachteln ... Seit vier Tagen harrt sie der sanften Brüste und sollte just in einer Stunde verarbeitet werden. Worauf habe ich mich bloß eingelassen? Ein Tag. Ihr Götter! Ganz Vinsalt wird Zeuge des Trauerspiels sein. Mein guter Ruf wird ruiniert werden, und alles nur, weil die Diva offensichtlich den Verstand verloren hat! Wie kann man mir nichts, dir nichts einen Empfang, auf dem George Didier die kulinarischen Höhepunkte der Saison kredenzen wird, um einen Praioslauf verschieben?«

Der Küchenchef war so aufgebracht, dass er sich mit beiden Händen das Haar raufte, seine Mütze aus dem Gleichgewicht kam und gerade eben noch vor dem Herabstürzen bewahrt werden konnte, ein Umstand, den Consuela mit befriedigter Erleichterung zur Kenntnis nahm. »Reißt Euch zusammen, Maître! Man hat Euch engagiert und Ihr habt zugesagt. Nun müsst Ihr die Verzögerung in Kauf nehmen und das Beste daraus machen. Ich empfehle mich.« Und während der Koch bestürzt in seinem ureigensten Reich verschwand, verließ Consuela in einer eigenartigen Hochstimmung das Lokal. Wieder einmal hatte sich gezeigt, dass kaum jemand mit ihrer Selbstbeherrschung mithalten konnte. *Wie hoch sie auch dekoriert sein mögen – Chefköche bleiben im Grunde doch einfache Dienstboten.*

Ein wüstes Hämmern gegen die Tür ließ Garvor aus seinem traumlosen Schlaf hochschrecken. Er war wieder in seinem Arbeitszimmer eingeschlafen; vor ihm stand noch die Flasche, die er im Lauf der Nacht geleert hatte. Ein Blick aus dem Fenster verriet ihm, dass die Sonne gerade aufging. Verschlafen schüttelte er den Kopf und rieb sich energisch die Augen, bevor er in unfreundlichem Ton knurrte: »Ja! Herein!« Efferdan stürzte förmlich durch die Tür, er wirkte abgehetzt und aufgeregt.

»Efferdan, was treibt Euch denn nun wieder zu mir?«

Der Ordensritter knallte eine Tageszeitung auf den Tisch und verwies stumm auf die fett gedruckte Schlagzeile: »Korrupter Inspector begeht Selbstmord und belastet in Abschiedsbrief hochrangigen Offizier.« Garvor überflog den Text, so schnell er konnte, und filterte die wichtigsten Informationen heraus: Jarim di Varesa war verhaftet und der Korruption verdächtigt worden, woraufhin er Garvor in seinem Geständnis stark belastet und sich anschließend in seiner Zelle erhängt hatte.

Efferdan schrie in hysterischem Tonfall, so als wollte er einem Schwerhörigen etwas mitteilen: »Wir sind erledigt, Kapitan! Weil Ihr Euch wie ein Anfänger verhalten habt! Unser Vorhaben, Sharielle und ihre Verbündeten zu stürzen, ist auf klägliche Art und Weise gescheitert. Und warum? Weil Ihr versagt habt! Ihr seid ein erbärmlicher Mann, Kapitan, ich wusste von vornherein, dass Ihr nichts taugt, weder auf der Bühne der Hofpolitik noch im Feld!«

Garvor erhob sich mühsam und blickte voller Verachtung auf den viel kleineren Ordensritter herab. Obwohl Efferdan zum ›Orden des Heiligen Blutes‹ gehörte, hatte er nicht das Recht, Garvor auf solch unverschämte Weise zu beleidigen. Nur kurz flackerte im Hinterkopf des Kapitans die Idee auf, ihn zum Duell zu fordern, doch ein Kampf mit solch einem aufgeblasenen Hänfling wäre alles andere als ehrenvoll.

»Nun, da Ihr Eurem Unmut auf unqualifizierte Weise Luft gemacht habt, könntet Ihr vielleicht einmal etwas Konstruktives tun, und zwar eine Lösung für unser gemeinsames Problem vorschlagen. Was haltet Ihr davon?«

Efferdan war außer sich vor Wut. Er schrie, als wollte er sich die Seele aus dem Leib brüllen: »Ihr begreift gar nicht, worum es hier geht! Diese Cavalliera ist doch nur Mittel zum Zweck. Es kümmert niemanden, ob diese extravagante Landadelige wirklich fähig oder ob sie mit ihrer Verwandtschaft uneins ist. Sie ist einfach nur der ideale Stolperstein für einen sehr mächtigen Mann. Wenn sie in Ungnade fällt, dann gilt das erst recht für ihren Gönner Pherion di Avona. Sollte er die Gunst des Hofes verlieren und abgesetzt werden, könnte sein Stellvertreter das Amt übernehmen, wobei dieser Mann ein getreuer Anhänger unserer Sache ist, versteht Ihr? Diese Position hätte uns Macht in ungeahnter Fülle zugeschanzt. Und nicht nur Macht, sondern auch Geheiminformationen von höchster Bedeutung. Aber ich schätze, Ihr versteht überhaupt nichts, Garvor. Das Maß des Schadens, den Ihr mit Eurer Unfähigkeit angerichtet habt, scheint Euch noch gar nicht klar geworden zu sein!« Efferdan ging aufgeregt im Raum auf und ab, gestikulierte wild, ruderte mit den Armen wie eine Windmühle und grübelte, in Selbstgespräche versunken, darüber nach, wie es nun weitergehen mochte. »Dann müssen wir doch zu einer nicht ganz so subtilen Lösung greifen. Wir werden sie erpressen: Sie wird entweder für Euch aussagen oder wir werden ihre kleine Freundin ermorden.«

Garvor runzelte die Stirn und schüttelte den Kopf. »Aber ich dachte, Sanna sei bereits tot? Hat sie überlebt?«

Das Ordensmitglied nickte knapp. »Ja. Der Heilkundige, der sie behandeln sollte, kam gerade noch rechtzeitig, um sie mit seinen magischen Fähigkeiten vor dem Tod zu bewahren. Es muss sehr knapp gewesen sein. Aber umso besser für uns; das gibt uns die Chance, doch noch erfolgreich zu sein, was unsere Bemühungen um den Posten des Generaladvokats betrifft.«

Der Kapitan schüttelte energisch den Kopf. »Nein.«

Efferdan fuhr herum, als hätte sein Gegenüber gerade den Weltuntergang verkündet. »Was heißt das: ›Nein‹?«

Der Offizier verschränkte die Arme vor der Brust und sagte: »Es ist genug. Ich habe Sharielle genug angetan. Ich habe wie eine Ratte gegen sie gekämpft, mit den schmierigsten Tricks, stets aus einem Hinterhalt. Es reicht jetzt. Dafür, dass ich sie mit Hinterlist drangsaliert habe, hat sie sich als hartnäckiger, unbeugsamer und durchaus ritterlicher Gegner erwiesen. Auch wenn ich ihre Lebensart nicht billige und sie ihres Postens für unwürdig erachte, so hat sie sich trotzdem allen Tiefschlägen gegenüber behauptet. Jetzt weiterhin gegen sie vorzugehen und stets auf die Leute einzuschlagen, die den dummen Fehler begangen haben, ihr nahe zu stehen, ist unehrenhaft und falsch. Es scheint mir, als wäre meine Laufbahn dank Eurer Intrige ohnehin beendet. Also werde ich mir wenigstens im Herzen treu bleiben: Ich bin Soldat und ein Mann von Ehre; ich folge nicht weiter Euren undurchsichtigen Plänen und höre nicht länger auf Eure Lügen. Sofern mir die Möglichkeit gegeben wird, werde ich meine Pflicht erfüllen und Sharielle helfen, die Feinde unseres Reiches, die sich hier eingeschlichen haben, zu vernichten. Außerdem werde ich mich jedem entgegenstellen, der dies auf irgendeine Weise beeinflussen oder gar verhindern will. Hast du mich verstanden, Ordenspage?«

Garvors Stimme war bei den letzten Worten immer

lauter und bedrohlicher geworden. Efferdan, der nie gern daran erinnert wurde, dass er, von seinen Verbindungen zu den Söhnen des Horas einmal abgesehen, überhaupt keine tatsächliche Macht besaß und auch keine angesehene Position bekleidete, griff sich einen Langdolch von der Wand und schwenkte ihn bedrohlich in Richtung des Offiziers. »Ihr könnt nicht einfach einen Rückzieher machen, Kapitan, so läuft das bei uns nicht. Ihr solltet wissen, was das für Euch zu bedeuten hat! Denn Euch wird bedauerlicherweise keine Zeit mehr bleiben, überhaupt noch etwas zu unternehmen. Da man Euch nun auch noch des Mordes an Sanna bezichtigen wird, die Ihr heute in den frühen Morgenstunden umgebracht habt … Ich empfehle mich. Mein Schiff wird in Kürze ablegen.« Er verstaute den Dolch in seinem Wams und verließ eilig den Raum.

Garvor lief ihm nach, doch vor dem Haus begegnete er einem Trupp der Stadtwache und einer Beamtin des Adlerordens, die ihn aufhielt. Die Frau zog ein Pergament aus ihrer Tasche und verlas den Haftbefehl, der ihr von einem Richter ausgestellt worden war. »Kapitan, wenn Ihr uns bitte Eure Waffe geben und uns folgen würdet … Kapitan?«

Garvors Blick war immer noch starr auf den sich entfernenden Mann in roter Gewandung gerichtet. Die behandschuhten Finger der Beamtin glitten langsam zum Griff ihrer Schusswaffe, die in einem Lederhalfter unter ihrem linken Arm steckte. Ihre meerblauen Augen verengten sich und ihr kurzes schwarzes Haar wurde leicht von einer frischen Brise gezaust; Garvor selbst fröstelte im Wind.

»Kapitan, ich bitte Euch. Legt Eure Waffe nieder und macht keine Dummheiten.«

Seine Hand lag ruhig auf dem Griff seines scharfen Rapiers. Aus den Augenwinkeln heraus hatte er bemerkt, dass Takate aus dem Haus getreten war. Die

Gardisten wurden beim Anblick des Waldmenschen unruhig, an dessen Gürtel eine Axt und ein Messer hingen. Garvor sog die frische Morgenluft tief durch seine Nase ein und spürte, wie der Sauerstoff seinen mächtigen Brustkorb füllte. *Vier Wachen, eine Beamtin des Adlerordens. Zumal diese Frau noch ein halbes Mädchen ist, höchstens knapp über zwanzig. Das Flackern ihrer Augen verrät mir, dass sie nicht gleich schießen, sondern zunächst zögern wird. Also bleiben nur noch die Wächter gegen Takate und mich. Geradezu lachhaft! Ich habe schon gegen eine viel mächtigere Übermacht gesiegt. Ein Handzeichen, und der Moha stürzt sich auf den ersten Feind, ganz wie in alten Zeiten!*

Die junge Beamtin atmete schnell und unregelmäßig, sie schluckte schwer und riss dann entschlossen die Waffe aus ihrem Halfter, um sie auf den Offizier zu richten. Die Wachsoldaten folgten ihrem Beispiel und zogen ihre Säbel blank. Unterdessen ließ Takate die Stoffschärpe, die seinen halben Oberkörper bedeckte, zu Boden gleiten; seine linke Hand schloss sich um den Knochengriff seines Messers, die rechte Hand umfasste kraftvoll den hölzernen Schaft seiner kleinen Axt.

Die junge Frau räusperte sich und wiederholte ihre Forderung. »Kapitan di Scilaggio, ich weiß, Ihr seid ein Mann von Ehre, den man nicht respektlos behandeln sollte, gerade wegen seiner Verdienste dem Reich gegenüber. Aber Ihr müsst verstehen, dass ich meine Befehle habe. Bitte, ergebt Euch und folgt uns ins Commissariat!« Der blank polierte, silberne Lauf der Balestrina zeigte genau auf Garvors Gesicht; ein Schuss aus dieser Entfernung würde ihn nicht verfehlen. Doch nur schwerlich konnte die Beamtin das Zittern ihrer rechten Hand beherrschen, die die Schusswaffe auf ihn gerichtet hielt.

Ein Lächeln schlich sich auf die Züge des Kapitans. »Wie ist Euer Name?«

Leicht verwirrt wischte sie sich mit der linken Hand eine Strähne aus dem jugendlichen Gesicht und antwortete: »Ich bin Isora ya Verron.«

Garvor taxierte sie mit einem kühlen Blick. »Isora, ich glaube nicht, dass Ihr auf mich schießen werdet. Denn so, wie Eure Hand zittert, denke ich mir, dass Ihr noch nie auf einen Menschen geschossen, geschweige denn schon einmal jemanden getötet habt.«

Eine Schweißperle rann die linke Wange der Frau herunter, ihr Gesicht war bleich vor Anspannung, die Lippen hatte sie fest aufeinander gepresst, und ein kurzer Blick über die Schulter sollte ihr die Sicherheit geben, dass wenigstens ihre eigenen Leute Vertrauen in ihre Fähigkeiten hatten. »Seid Euch nicht zu sicher, dass ich unfähig bin, Kapitan.« Sie umklammerte die Schusswaffe mit beiden Händen und stabilisierte so den zittrigen Griff, mit dem sie die Balestrina hielt.

Doch, liebe Isora, ich bin mir sicher. Du wirst zögern, und wer zögert, stirbt. Das war die erste Lektion, die ich im Krieg gelernt habe. Langsam hob Garvor die Hände, und als sich das Gesicht Isoras entspannte, schlug er mit dem linken Arm ihre Waffe zur Seite, die klappernd ein paar Schritt entfernt auf dem Pflaster der Straße aufschlug. Sie hatte gezögert und nicht abgedrückt, und als ihr klar wurde, dass sie hätte handeln müssen, war es längst viel zu spät. Flink glitt Garvors rechte Hand zu dem Halfter an seinem Gürtel, und mit einer flüssigen Bewegung zog er seine eigene Balestrina, deren Laufmündung nun wiederum auf das Gesicht der Beamtin zeigte. Verängstigt hob sie beide Hände und schluckte erneut. Die Gardisten standen reglos hinter ihr; Takate war näher gekommen, bereit, einen jeden anzugreifen, der sich zu rühren wagte.

Kampflust pulsierte durch Garvors Blut und ließ ihn hellwach werden; wieder einmal stand ein Gefecht bevor. Seine Feinde waren wie so oft in der Überzahl, doch auch diesmal würden sie keine echte Chance haben. Ihre Anführerin hatte sich durch einen schweren Fehler bereits ausmanövriert und auch die Stadtbüttel würden kein ernst zu nehmendes Hindernis sein.

Die Praiosscheibe war über den Dächern der nächsten Häuserreihe erschienen und tauchte die Straße in ein blutrotes Licht. Die Sonnenstrahlen brachen sich auf dem Lauf der Schusswaffe, die hell funkelte, so als wäre sie von einem Dämon besessen, der die Vorfreude auf die bevorstehende Gewalttat kaum noch zu verbergen wusste.

»Glaubt Ihr, dass ich zögern werde, Isora?«

Sie versuchte eine Träne fortzublinzeln, die sich in ihr Auge gestohlen hatte, und da die Todesangst ihr die Kehle zuschnürte, schüttelte sie leicht den Kopf und sank auf die Knie. Die Tränen rannen ihr jetzt ungehindert über ihr Gesicht, ihr kurzes dunkles Haar wurde vom Wind immer mehr zerwühlt, doch schon in wenigen Lidschlägen würde das für sie keine Rolle mehr spielen. Sie richtete den Blick nach oben, wo sie in die gnadenlose Schwärze der Mündung starrte, jene Schwärze, die Tod und Verderben ausspeien und sie mit Qual und Schmerzen umfangen würde.

»Eigentlich ist das Töten nur eine Fingerübung, aber es ist wie eine Krankheit, die einen langsam in ihren unüberwindbaren, eiskalten Griff zwingt. Hat man einmal damit angefangen, hört man nie mehr damit auf, denn es ist zu leicht geworden. Ihr zweifelt nicht daran, dass ich Euch töten kann, oder?«

Sie schüttelte apathisch den Kopf und der leere, von Hoffnungslosigkeit durchdrungene Blick ließ ihre schönen blauen Augen leblos und müde erscheinen. »Nein, Ihr seid ein hoch dekorierter Krieger, der Held zahlreicher Schlachten; man erzählt sich sogar, Ihr hättet in einem Kampf einmal zwölf Feinde getötet. Mein kleiner Bruder verehrt Euch wie einen Gott; wie so viele Kinder in seinem Alter will auch er einmal ein so angesehener Mann wie Ihr werden, Kapitan.« Eine Träne lief über ihre blassen, schmalen Lippen hinunter zu ihrem Kinn, wo sie einen Herzschlag verharrte und dann auf den kalten Boden der Straße tropfte. »Ich kann Euch nur um das Leben meiner Männer bitten, sie müssen nicht gegen Euch kämpfen. Ich habe jedoch die direkte Anweisung erhalten, Euch zu inhaftieren.« Sie schwieg einen kurzen Augenblick. »Nein, ich glaube nicht, dass Ihr zögern werdet.« Sie ließ den Kopf auf die Brust sinken und schluchzte leise, denn sie wusste, dass sie ihrem Schicksal ausgeliefert war. Bange Momente standen die Gardisten wie angewurzelt da, keiner wagte es, ein Wort zu sprechen, geschweige denn in irgendeiner Form zu handeln.

Der Offizier sog die Luft mit einem gewaltigen Atemzug ein, lockerte die Finger der linken Hand lässig, als wäre er ein Pianist, der sich auf eine Darbietung vorbereitete. Kurz schloss er die Augen und lauschte dem leisen Säuseln des Windes, der durch die noch unbelebten Gassen der Hauptstadt blies. »Dann, Isora, scheint es mir, als müsstet Ihr noch eine ganze Menge lernen.«

Garvor ließ den Hahn langsam zurückgleiten und reichte ihr seine Hand, um ihr beim Aufstehen zu helfen. *So weit hätte es niemals kommen dürfen. Sie tut lediglich ihre Pflicht; ich habe kein Recht, sie zu behindern. Sie hat ebenfalls geschworen, unsere Heimat zu verteidigen, zwar auf eine andere Weise als ich, aber dennoch gehört sie zu den wahren Beschützern unserer Gesellschaft.*

Es scheint der Tag gekommen zu sein, an dem ich meinem Land nicht mehr diene. Es ist Zeit, alles zu überdenken; meine Ideale, meine Ziele und mein Pflichtbewusstsein stehen vor einer Zerreißprobe. Dieses Mal kann kein Kampf zu einer gerechten Lösung führen, er würde mir lediglich helfen, mich vor meiner Verantwortung zu verbergen. Kein guter Offizier lehnt die Verantwortung für die Konsequenzen seiner Taten ab, nur Feiglinge und Politiker leugnen und verleumden, was das Zeug hält. Die Zeit, sich zu entscheiden, wem meine Treue gehört, ist da. Kein Aufschub mehr, keine Ausreden und kein Zaudern.

Unsicher richtete Isora sich auf, klopfte sich den Staub von den Knien und schüttelte den Kopf, wie um zu fragen, was dies zu bedeuten habe. Er reichte ihr seine Waffe, und auch Takate trat einen Schritt zurück und verstaute die Mordwerkzeuge wieder an seinem Gürtel. »Ich gebe Euch mein Wort, dass ich Euch begleiten werde, aber Ihr müsst mir gestatten, noch kurz mit meinem Adjutanten zu sprechen.«

Isora nickte und gab ihren Männern ein Zeichen, auf dass sie ihre Klingen wieder einsteckten. Erleichtert seufzten einige von ihnen auf, andere wischten sich den Angstschweiß von der Stirn, denn ihnen allen war klar, dass ein Gefecht gegen den Kapitan wahrscheinlich mit ihrem Tod geendet hätte.

Nach kurzer Unterredung kehrte Garvor zu den Wachen zurück und überreichte der Beamtin sein Rapier, um ihr anschließend beide Hände gekreuzt entgegenzustrecken.

»Euer Wort genügt mir, Kapitan, ich sehe keinen Grund, Euch fesseln zu lassen.«

Der Offizier warf noch einmal einen Blick über die Schulter und flüsterte: »Mein Wort ist meine Ehre und meine Ehre ist mehr wert als mein Leben.« Takate nickte mit ausdrucksloser Miene und machte sich auf den Weg; es gab noch einiges zu tun.

Mit einem leisen Seufzen öffnete Sanna die Augen. Ihr Genick war völlig steif, und als sie ihren Kopf hob und sich aufzusetzen versuchte, schossen scharfe Schmerzen ihre Wirbelsäule entlang bis unter die Schädeldecke. Ein dumpfes Pochen in ihrer Brust machte sich unangenehm bemerkbar und sie spürte Galle aus dem Magen aufsteigen. Einen Augenblick lang glaubte sie, sich übergeben zu müssen, doch dann verebbte die Welle der Übelkeit und sie konnte sich darauf konzentrieren, ihre Umgebung auszumachen. Matt wischte sie sich den Schlaf aus den Augen und zunächst erschien ihr alles äußerst verschwommen und unscharf. Sie nahm schemenhaft die Anwesenheit einer Person wahr, die an ihrem eigenen Bett stand. Durch das offene Fenster fiel ein wenig Licht herein, die Sonne war wohl gerade aufgegangen.

»Sharielle?« Schweigen. Langsam klärte sich Sannas Sicht und sie erkannte einen großen, schlanken Mann mit dunklem Haar, gepflegtem Schnurrbart und dazu passendem Kinnbart. Er trug rote Gewänder, die an einen Waffenrock erinnerten; in seiner rechten Hand hielt er einen scharfen, länglichen Dolch. *Hört das denn nie auf? Warum trachtet mir dieser Mensch denn auch noch nach dem Leben?*

»Was wollt Ihr von mir? Und wer seid Ihr überhaupt?«

Der Mann trat näher heran und flüsterte: »Ihr kennt mich nicht, und wenn ich ehrlich bin, kenne ich Euch auch nicht. Es tut mir aufrichtig Leid, aber Euer Tod ist meinen Zielen mehr als opportun, natürlich einmal davon abgesehen, dass ich für Revolutionäre absolut nichts übrig habe.«

Panik machte sich in Sanna breit. Ihre Kehle schmerzte und sie fühlte sich schwach und hilflos; noch nicht einmal um Hilfe würde sie rufen können. »Na los doch, du Halsabschneider. Warte nur, wenn Sharielle dich erwischt, wird sie dich in Scheibchen schneiden!« *Abgesehen davon, dass mir das im Augenblick leider auch nicht hilft. Sharielle, wo bei allen Göttern steckst du denn? Ich brauche dich.*

Süffisant grinsend umfasste der Rotgewandete den

Dolch fester und ließ die Spitze dicht über Sannas Hals kreisen. »Eigentlich ist es Verschwendung, eine so hübsche Frau wie dich einfach aufzuschlitzen. Schade, dass ich in Eile bin, sonst hätten wir noch einen anregenden Disput führen können.«

Wut und Verachtung brodelten in Sanna, am liebsten wäre sie aufgesprungen und dem Fremdling an die Kehle gegangen. Aber wie? Sie konnte höchstwahrscheinlich noch nicht einmal allein aufstehen, geschweige denn irgendeinen komplexeren Kraftakt vollbringen. *Du dummes Schwein! Sei froh, dass ich mich nicht mehr wehren kann, sonst hätte dieser Disput noch ein bisschen anders ausgesehen! Halt, diesen Dolch habe ich bereits vorher gesehen, aber wo nur? Wem gehört dieses Stück?* Plötzlich fiel es ihr wie Schuppen von den Augen. »Sagt, warum benötigt Ihr ausgerechnet den Dolch von Kapitan Garvor di Scilaggio?«

Ein Lächeln machte sich auf Efferdans Gesicht breit. »Ganz einfach: Der böse Kapitan kam hier herein und hat vollendet, was der alte Stümper – verzeiht, ich meine natürlich den ehrenwerten Landro di Jazayeri – nicht fertiggebracht hat. Ihr versteht? Man wird diesen Dolch hier neben Eurer Leiche finden. Aber nun haben wir genug geredet, ich muss mein Schiff erreichen. Ihr versteht das bestimmt.«

»Aber natürlich, macht ruhig weiter«, sagte sie in sarkastischem Tonfall, mit einem schiefen Lächeln auf den Lippen. *Dieser Kerl hat einen äußerst bedenklichen Dachschaden. Der Orden der heiligen Noiona würde ein solches Prachtexemplar an Irrsinn bestimmt gern in seinen Hallen willkommen heißen. Ich glaube, jetzt wäre der Zeitpunkt, wo mich jemand retten sollte!*

Ein heiserer Hilfeschrei entrann Sannas gepeinigter Kehle und dann ein zweiter, der sogar noch leiser als der vorangegangene war. Niemand konnte diesen Ausruf gehört haben.

Efferdan blickte mitleidig auf sie herab und schüttelte verständnislos den Kopf. »Gebt Euch keine Mühe! Alle in diesem Haus, abgesehen von Euch natürlich, schlafen oder liegen verschnürt in der Küche. Und Eure Freundin Sharielle ist noch nicht wieder zurückgekehrt. Eure Rufe verhallen ungehört, so traurig das für Euch auch sein mag.« Er ging lässig um das Bett herum und trat an die offene Balkontür heran.

»Seht, vor Eurem Haus habe ich meine Männer postiert. Selbst wenn jemand auf Eure missliche Lage aufmerksam werden sollte, wird das nicht helfen.« Er blieb an der Tür stehen und sog die frische Morgenluft gierig in seine Lungen. Dann veränderte sich sein Gesichtsausdruck von einem selbstzufriedenen, leicht zerstreuten Grinsen zu einem Ausdruck merklicher Verwirrung. »Wo sind meine Männer? Beim heiligen Horas! Wo sind diese Stümper nur hin, ich sagte doch, zwei sollen unten an der Straße warten!«

Die Tür wurde leise geöffnet und jemand kam herein. Ein eisiger Windhauch ließ die Vorhänge wie prächtige Banner flattern und Efferdan wandte sich langsam um. Wie ein gleißend heller Blitz durchzuckte ihn die Erkenntnis, dass es nun kein Entrinnen mehr geben würde, keine Gnade und kein Mitleid. Der Dolch glitt ihm aus der Hand und schlug mit einem metallischen Geräusch auf dem Holzboden auf. Er schluckte schwer, doch der vermeintliche Kloß im Hals wollte nicht weichen, und während sein Herz wild in seiner Brust hämmerte und ihm der kalte Angstschweiß auf die Stirn trat, brachte er, mit heiserer, gebrochener Stimme, nur noch zwei Worte heraus, die letzten seines Lebens: »O nein!«

Tief einatmend öffnete Sharielle die Augen und verspürte einen stechenden Kopfschmerz, der sie zusammenzucken ließ. Sie lag in einem kleinen schmucklosen Zimmer in einem einfachen Bett. Lavendelfarbene Vorhänge verdunkelten den Raum ein wenig und auf einer Kommode lagen ihre Sachen verstreut, so als hätte sie alles wahllos ausgezogen und achtlos zusammengeknüllt. *Bei allen Göttern, wo bin ich? Ich muss im Haus des Generaladvokats sein, ich habe mich doch gestern noch mit ihm unterhalten.*

Mühselig richtete sie sich auf und zog sich die Kleider an. Erschreckt musterte sie die Knitterfalten, welche die Uniform verunstalteten, und versuchte mit nur geringem Erfolg, den Stoff zu glätten. Langsam kehrte die Erinnerung an den letzten Abend zurück. Ein Blick aus dem Fenster bestätigte ihre vage Vermutung, dass die Sonne gerade aufgegangen war und die Stadt in rotes Licht hüllte. *Wie peinlich! Ich muss bei dem Gespräch mit Pherion eingeschlafen sein, woraufhin er mich in eines seiner Gästezimmer hat verfrachten lassen. Wie konnte mir nur so etwas passieren? Schämen müsste man sich!*

Nachdem sie ihre Frisur halbwegs in Ordnung gebracht und sich so weit frisch gemacht hatte, dass sie sich unter Leute wagen konnte, verließ sie das Zimmer. Auf dem Flur begegnete ihr eine Dienerin, die ihr im Namen des Horas einen wunderschönen Morgen wünschte. »Folgt mir bitte, Cavalliera. Der Hausherr erwartet Euch bereits zum Frühstück.« Sich immer mehr ihrer kompromittierenden Lage bewusst werdend, errötete sie und folgte dem Mädchen schweigend.

Das Esszimmer war groß und geräumig. Der Boden war mit marmorierten Kacheln ausgelegt, die Wände wurden von Ölgemälden und Tapisserien geschmückt, und neben einem der großen Fenster stand eine Bronzestatuette, die eine beeindruckend große Urwaldspinne darstellte. Ein lang gezogener Tisch, der mit einem dunkelroten Tischtuch bedeckt war, bildete den Mittelpunkt des Raumes und ein kurzer Blick darauf zeigte Sharielle etliche Leckereien, die Pherion zum Frühstück hatte vorbereiten lassen: unter anderem frisches Obst, Eier, helles Brot, Honig und zwei Kannen mit dampfendem Inhalt. Der süßliche Geruch von Kakao stieg der Adeligen in die Nase und jagte ihr einen heißen Schauer der Vorfreude über den Rücken.

Pherion saß am Ende der Tafel und hielt seine irdene Tasse mit beiden Händen fest. Er hatte Sharielle seit ihrem Eintritt in das Speisezimmer aufmerksam beobachtet. Vorsichtig stellte er die Tasse neben seinem noch leeren Teller ab und begrüßte sie: »Guten Morgen, Cavalliera. Ich hoffe, Ihr habt Euch ausgeruht und seid nun in besserer Verfassung als am gestrigen Abend.«

Sharielle senkte demütig den Kopf, räusperte sich und antwortete: »Vergebt mir bitte vielmals! Es tut mir aufrichtig Leid, dass ich Euch auf solch schamlose Weise erzürnt habe. Ich kann mich nur aus tiefstem Herzen bei Euch entschuldigen, Pherion, und mir bleibt zu hoffen, dass Ihr mir meinen Mangel an Selbstbeherrschung verzeiht.« Diese Entschuldigung zauberte ein Lächeln auf das Gesicht des Juristen und er akzeptierte die Entschuldigung der Cavalliera, wenn auch nur unter der Bedingung, dass sie mit ihm frühstückte und nun aufmerksam zuhörte, da er wichtige Neuigkeiten hätte. Sie nahm Platz und schenkte sich von dem heißen Schokoladengetränk ein, um anschließend ihre ganze Aufmerksamkeit auf die Worte des Advokaten zu richten.

Pherion griff zu einem Stuhl, der sich zu seiner Rechten befand, nahm die darauf liegende Akte in die Hand und warf sie vor Sharielle auf den Tisch. Mit einem fragenden Blick in Richtung des Juristen stellte sie die Tasse ab und zog die Mappe näher zu sich heran.

»Dies ist das Dossier des Adlerordens über Eure

Freundin Sanna, angelegt von Inspector Jarim di Varesa. Ich hoffe, Ihr wisst, was Ihr damit zu tun habt. Nun, nehmt sie und erwähnt die Sache niemals wieder, sonst könnte ich nicht sagen, dass mir nichts darüber bekannt ist.«

Die Adelige schüttelte den Kopf und fuhr sich mit der linken Hand durch ihr Haar. »Aber, wenn Ihr mir die Akte überlasst, dann werde ich sie vernichten, sodass es keinen Anhaltspunkt mehr über Sannas … Anwandlungen gibt.« Leicht konsterniert legte sie die Stirn in Falten und beobachtete, wie Pherion sich an einem Ohr zog: »Vielleicht sollte ich einen Medicus aufsuchen. Ihr kennt doch bestimmt einen guten Heilkundigen, der einem bei Gehörproblemen helfen kann. Ich bin untröstlich, aber ich habe Eure letzten Worte leider nicht verstehen können. Wollt Ihr sie vielleicht wiederholen?«

Sharielle lächelte erleichtert und nahm die Mappe vom Tisch.

Der Generaladvokat nickte verständnisvoll und hob wieder an zu sprechen: »Also, es gibt wahrlich gute Neuigkeiten, Sharielle. Ich habe vor einer Stunde erfahren, dass Kapitan di Scilaggio verhaftet werden soll. Mit etwas Glück ist er bereits in Gewahrsam.«

Sharielle kam aus dem Staunen nicht mehr heraus. Di Avona hatte augenscheinlich Freude an ihrer Überraschung. »Wenn Ihr eine Zeitung aufschlagt, werdet Ihr eine Meldung finden, dass der arretierte Inspector di Varesa Selbstmord begangen und vor seinem Ableben den Kapitan in einem Geständnis schwer belastet hat. Ich habe alle Hebel in Bewegung gesetzt, sodass eine Verhandlung noch am heutigen Tage im Bereich des Möglichen liegt. Ihr werdet ebenfalls als Zeugin aussagen müssen, Eure Anschuldigungen und Ausführungen über die kontraproduktive ›Kooperation‹ mit Euch werden di Scilaggio den Gnadenstoß versetzen.

Ich bin stolz auf Euch, Cavalliera. Dieser Sieg bringt Euch Ruhe, Frieden und die Sicherheit, die Ihr angestrebt habt. Ich hingegen werde wohl auf Ruhe und Frieden verzichten müssen.« Ein dünnes Lächeln glitt über das Gesicht des Anwalts. »Die erfolgreiche Anklage gegen den großen Helden der Kolonialstreitkräfte wird mir das Ansehen und somit die Möglichkeit geben, mich für das höchste Amt des Adlerordens zu bewerben, sobald die jetzige Vorsteherin in den verdienten Ruhestand geht.« Ein triumphierendes Grinsen breitete sich auf den zerfurchten Gesichtszügen des Anwalts aus und wuchs an zu einem wilden Gelächter, das bis vor das große Haus hallte.

Jetzt weiß ich endlich, wer seine Hand über mich gehalten hat und warum. Ich habe Pherion immer geachtet und respektiert, ihn für einen Mann mit Idealen und höheren Zielen gehalten. Aber so habe ich mich wieder einmal getäuscht; er ist auch nicht anders als die Mehrheit unserer Gesellschaft, die nach Macht und Einfluss giert, um ein möglichst pompöses Leben zu führen und im Blickpunkt der Öffentlichkeit zu stehen. Jeder will von den Massen beklatscht und bejubelt werden, egal um welchen Preis, nur das Aufsehen und der Trubel zählen. Je eindrucksvoller oder skandalöser, umso besser.

Manchmal schäme ich mich für meine Landsleute, die jedes Gefühl an Menschlichkeit und Mitgefühl abgelegt haben, um Platz für ihr übergroßes Ego zu machen. Jetzt ist es ohnehin zu spät: Der Kapitan erhält, was er verdient. Vor einer Weile noch hätte ich triumphierend gesagt: Niemand legt sich auf diese Weise ungestraft mit mir an. Nun hat nicht nur Garvor, nein, auch ich selbst habe eine schwere Lektion in Politik und Intrigenspiel hinnehmen müssen.

»Gut, ich werde vor Gericht aussagen, damit ich mich endlich wieder meiner eigentlichen Aufgabe, dem Ausschalten der KGIA-Spione, widmen kann. Am heutigen Abend werden sie uns ins Netz gehen, Pherion, darauf könnt Ihr Euch verlassen.«

Der Generaladvokat nickte zufrieden und nahm einen Apfel von einem Silbertablett, den er mit einem dünnen Messer schälte. »Ja, in der Tat. Heute ist ein glorreicher Tag für das horasische Volk: Er hat das Ende eines hochrangigen Verräters gesehen und sieht bald das Ende der erbärmlichen mittelreichischen Bemühungen, unseren Staat zu unterwandern. Horas sei gepriesen!«

Sharielle verabschiedete sich und verließ mit eiligen Schritten das Haus, Sannas Polizeiakte fest an sich gedrückt.

Auf der Fahrt in ihrer Kutsche hatte sie Zeit, die Mappe grob zu studieren und schmunzelnd den Kopf über Sannas abstruse Aktivitäten zu schütteln. *Gefährdung der öffentlichen und göttergegebenen Ordnung. Ich habe tolle Freunde!*

Als die Karosse vor ihrem Haus hielt und sie ausstieg, beschlich sie augenblicklich ein ungutes Gefühl. Die Praiosscheibe sandte ihre warmen Strahlen über den blauen Himmel, und obwohl dies ein wunderschöner Tag werden würde, fröstelte Sharielle. Bertrand hätte längst herauskommen und sie willkommen heißen sollen.

Sich nach allen Seiten umblickend, beschleunigte sie die Schritte, bis sie die Haustür erreicht hatte, die zu ihrem Schrecken nur angelehnt war. Sofort drehte sie sich um und rief ihrem Kutscher zu, er solle auf dem schnellsten Wege die Stadtwache alarmieren, höchstwahrscheinlich handele es sich hier um Einbruch oder gar noch Schlimmeres.

Vorsichtig öffnete sie die Tür und betrat ihr Heim. Ein erschreckter Aufschrei entrang sich ihrer Kehle, als sie die Leiche sah, die ausgestreckt im Flur vor der Eingangshalle lag: ein junger Mann mit kurzem dunkelblondem Haar, in helle Gewänder gekleidet, ein Stichdegen in der geschlossenen Faust. Eine beachtliche

Blutlache hatte sich um den Toten gebildet und war zum Teil im Teppich versickert, um dort einen bräunlichen Fleck zu hinterlassen. Behutsam umrundete die Cavalliera den Toten und setzte ihren Weg ins Innere des Hauses fort.

Am Fuß der Treppe stieß sie auf die nächste Leiche, diesmal eine Frau. Sie trug einfache Reisegewänder aus Leinen; ihr blondes Haar hatte sie zu einem Zopf geflochten, der von bunten Bändern zusammengehalten wurde. Ihre kleinen, behandschuhten Hände umklammerten in eisiger Todesstarre ein Rapier und einen Parierdolch. Ein grausiges Loch prangte an der linken Seite ihres Schädels, von blutverschmierten, ehemals blonden Locken umgeben. Die Augen vor Entsetzen weit aufgerissen, starrte die Tote nun seit unbekannter Zeit ins Leere, war ihre Seele doch längst von Golgari geholt worden.

Ein dumpfes Rumpeln aus der Küche ließ Sharielle hochschrecken. Sie presste die ausgetrockneten Lippen aufeinander und zog einen langen, schmalen Dolch aus einer wildledernen Unterarmscheide an ihrem linken Arm. Auf leisen Sohlen schlich sie sich wie eine Katze bis zur verschlossenen Küchentür. Angespannt presste sie ein Ohr gegen das harte Holz und hielt den Atem an. Das Pochen ihres Herzens schien überlaut in ihren Ohren zu hämmern. Nach kurzer Zeit war wieder dieses eigenartige Geräusch zu hören, so als würde jemand gewaltsam gegen einen hölzernen Gegenstand schlagen. Sachte probierte sie, die Tür zu öffnen, doch ihr Drücken blieb vergebens, man hatte die Tür offenbar verschlossen.

Sharielle eilte zurück in den Flur zu einem Holzkästchen, das neben einem Landschaftsbild hing und in welchem sich die Schlüssel für das gesamte Haus befanden. Nach kurzer Suche fischte sie den groben Kupferschlüssel der Küchentür heraus. Problemlos schloss sie die Tür auf und lugte ängstlich und vor Anspannung zum Zerreißen gespannt, in den Raum hinein.

Bertrand lag gefesselt und geknebelt auf dem Boden und strampelte wild mit den umwickelten Beinen, sodass er gelegentlich gegen einen der Stühle stieß. An seiner Seite lagen der Koch, die Kammerzofe, die Küchenmagd und der Stallknecht, ebenfalls eingeschnürt, die Augen verbunden. Der Schrecken lähmte Sharielle einige Lidschläge lang, doch dann fing sie sich wieder und begann, ihre Bediensteten zu befreien. Bertrand schnappte mit hochrotem Kopf verzweifelt nach Luft und schlug panisch mit den Armen um sich wie eine Windmühle. Die Augen weit aufgerissen, erkannte er schließlich doch seine Herrin und stieß einen Ruf der Erleichterung aus: »Den Zwölfen sei ewiglich Dank! Seid gesegnet, Cavalliera, es wurde allmählich auch Zeit, dass uns jemand aus unserer misslichen Lage befreit!« Noch bevor Sharielle fragen konnte, was sich überhaupt ereignet hatte, sprudelte es aus ihrem Haushofmeister heraus: »Als es an der Tür läutete, dachte ich, Ihr wärt endlich nach Hause gekommen, war ich doch schon in Sorge, als Ihr über Nacht nicht da wart. Vorausschauend hatte ich mir erlaubt, bereits ein Frühstück und ein Bad für Euch vorbereiten zu lassen, ach ja, und nach dem Medicus für die Dame Sanna hatte ich auch schon schicken lassen …«

Die Adelige unterbrach ihren Bediensteten mit einem harschen Ausruf: »Bertrand! Bleib bei der Sache!«

Leicht verdutzt, oder vielmehr konsterniert, hielt der Angesprochene inne, setzte sein Monokel auf und wollte bereits den Zeigefinger mahnend gen Himmel strecken, um zu erwähnen, dass all diese Dinge, von denen er soeben berichtet hatte, lediglich zum Wohlgefallen Sharielles hätten geschehen sollen, doch dann überlegte er kurz und kam zu dem Schluss, dass dieser Einwand kaum von Bedeutung war und dass tatsächlich die Beschreibung der ungeheuerlichen Vorfälle im Hause Priorität hatte.

»Wie ich bereits erwähnte, klingelte die Türglocke, und als ich öffnete, schlug mir jemand einen harten Gegenstand auf den Kopf. Später, als mich Boron aus seinem finsteren Griff entlassen hatte, fand ich mich mit den anderen Bediensteten in der Küche, gefesselt und geknebelt, wie Ihr selbst habt feststellen können. Es tut mir Leid, aber ich kann Euch keine Erklärung für das geben, was hier geschehen ist.«

»Sag, Bertrand, was ist mit Sanna?« Betretenes Schweigen machte sich unter den Anwesenden breit, und auch nachdem Sharielle ihre Frage wiederholt hatte, blickten noch immer alle verlegen zu Boden. »Wo ist sie?«, rief sie wütend.

Bertrand deutete mit dem Kopf zur Decke und schluckte schwer. Daraufhin stürmte sie, aller Proteste ihres Haushofmeisters zum Trotz, aus der Küche und eilte die Treppen hinauf. Sharielle sah sich unsicher um, irgendetwas fühlte sich hier gar nicht richtig an. Sie sann verzweifelt darüber nach, was sie übersehen hatte. Doch sie hatte nicht die Zeit für lange Überlegungen, zu groß war ihre Sorge.

Völlig außer Atem, den Dolch immer noch fest umklammert, stieß sie die angelehnte Tür zum Krankenzimmer auf und lief hinein. Sanna lag noch immer in ihrem Bett und war offenbar bei Bewusstsein. Ihr Gesicht hatte schon wieder ein wenig Farbe gewonnen und beim Anblick der hereinstürmenden Sharielle stahl sich sogar ein schiefes Lächeln auf ihre müden Züge.

Bevor die Adelige etwas sagen oder noch einen Schritt nach vorn machen konnte, schloss ein starker Arm ihren Brustkorb und ihre Arme in eine unbarmherzige Umklammerung, während ihr von der Seite ein scharfes Messer gegen die ungeschützte Kehle gedrückt wurde. Kein Zweifel, der Angreifer meinte es ernst und würde nicht zögern, sein Opfer zu töten, sollte es sich ihm widersetzen. Doch dann ließ der Druck der Waffe völlig unerwartet nach und Sharielle wurde aus dem stahlharten, erbarmungslosen Griff entlassen. Erschrocken drehte sie sich um und blickte in das vernarbte Gesicht Takates. Wie immer war darin keine Gefühlsregung zu erkennen; nur eine Aura von absoluter Präzision, Disziplin, Härte und auch ein Hauch von animalischer Entschlossenheit umgaben den so fremd wirkenden Waldmenschen.

Allmählich begriff Sharielle, dass der Moha ihr nichts antun würde. *Wenn er mich töten oder gefangen nehmen wollte, so hätte er dies schon längst getan, egal, ob ich mich widersetzt hätte oder nicht. Was kann er hier wollen?*

Zögernd setzte sie zu sprechen an und hob beide Arme fragend nach oben, während sich ihre Stirn in tiefe Falten legte. »Was willst du hier?«, brachte sie stockend hervor.

»Takates weißer Bruder hat ihn geschickt, um die Frau und die Kinder des Goldhaars vor den Männern des Rotrocks zu beschützen. Die falsche Schlange hat ihren letzten Atemzug auf dieser Welt getan und wird sie nicht länger mit ihrem unwürdigen Gestank verpesten.«

Sharielle entdeckte zwei rot bekleidete Beine, die hinter Sannas Bett hervorragten. »Wie bitte?«, platzte es ungehalten aus ihr heraus. Gleich darauf bedauerte sie den harschen, unfreundlichen Tonfall, den sie diesen Worten zugemessen hatte, doch zu ihrer Beruhigung scherte sich der Moha kaum um Umgangsformen.

»Takate sagte bereits, warum er die Hütte des Goldhaars betreten hat. Aber wie bei so vielen deines Volkes ist die Fähigkeit, einem anderen zuzuhören, schon lange verloren. Ihr redet so viel, dass ihr nicht mehr wisst, wie es ist, die eigene Stimme nicht zu hören. Denn aus euch ist schon lange jedes Leben gewichen, genau wie aus den steinernen Dörfern, in denen ihr euch vor dem Leben versteckt. Ihr redet, damit ihr die Stille des Todes, die ihr in euch beherbergt, nicht ertragen müsst.«

Auf einen solchen Vortrag nicht gefasst – hatte sie den grobschlächtigen Waldmenschen doch eher für einen wortkargen Mann gehalten –, konnte sich Sharielle eines verdutzten Staunens nicht erwehren. Schnell fing sie sich wieder und schloss den Mund. »Verzeih mir, ich habe natürlich zugehört, aber ich verstehe nicht, warum Garvor dich geschickt hat. Er hat doch alles versucht, um mich zu vernichten, und jetzt eilt er mir zu Hilfe? Erhofft er sich, dass ich nun vor ihm krieche, da ich ihm Sannas Leben schulde?« Sie verschränkte demonstrativ die Arme vor der Brust.

Der Moha stand noch immer reglos neben der Tür und blickte starr in Sharielles Augen. »Nein.«

Diese knappe Antwort ließ die Hausherrin verwundert aufhorchen.

Der Moha machte einen Schritt auf das Bett zu und deutete auf die verwundete Frau. »Takates weißer Bruder will nicht mehr gegen Feinde kämpfen, die ihm kein Leid zugefügt haben und denen er nicht auf dem Schlachtfeld begegnen kann.« Auf diese Worte hin nickte der dunkle Waldmensch und schritt schnell an Sharielle vorbei. Grübelnd stand sie im Raum, bevor sie sich einen Stuhl heranzog und sich zu ihrer Freundin setzte. Sanft strich sie der Dunkelhaarigen über die Wange und schenkte ihr ein weiches, warmherziges Lächeln. »Wie geht es dir, meine Liebe?«

Sanna schloss kurz die Augen und brachte mit krächzender Stimme eine knappe Antwort hervor: »Bestens.« Sharielle zog die Mappe, die ihr von Pherion überreicht worden war, unter ihrem Umhang hervor und zeigte sie Sanna. »Wir werden in nächster Zeit keine Probleme mehr mit dem Gesetz bekommen, da diese Polizeiakte noch heute den Weg alles Weltlichen geht und du vorerst keine Dummheiten mehr anstellen wirst.«

Hämmernde Schritte auf der Treppe verkündeten die Ankunft der Stadtwachen und das Ende ihres Zwiegesprächs.

Kapitel 5

Was haben wir?« Die leise ausgesprochene Frage des Generaladvokats richtete sich an die junge Frau, die ihm, grübelnd über mehrere Dokumente gebeugt, an dem langen Tisch gegenübersaß. Sie sah auf und atmete tief ein, bevor sie ein raubtierähnliches Grinsen aufsetzte. Pherion hatte sie persönlich ausgebildet und zu einer Assistentin geformt, die ihm in jeder Beziehung ebenbürtig war. Jesabela war voller Ehrgeiz, Energie und Tatendrang; zudem war sie eine attraktive Frau, und in einem Beruf, bei dem das Auftreten einfach alles bedeutete, konnte dies gewiss nicht schaden. Sie war zwar nicht sehr groß gewachsen, dafür aber schlank und hellblond, und dank der in Gold gefassten Brille, die auf ihrem schmalen Nasenrücken thronte, konnte sie den Blick ihrer stahlblauen Augen zu einer bohrenden Nadel fokussieren. Ihre Stimme war feminin und weich und ließ keineswegs auf ihre kaltblütige Effizienz und Präzision schließen, die sie schon mehr als einmal unter Beweis gestellt hatte.

»Wenn ich alles kurz zusammenfassen darf: Als Belastungszeugen haben wir Kapitan Olborn di Elzira, Sharielle di Jazayeri, ihre Diener und … Na ja, eigentlich haben sich unsere Möglichkeiten hier bereits erschöpft. Mehr waren in der kurzen Zeit einfach nicht aufzutreiben. Bleibt nur noch das Geständnis des toten Inspectors. Verzeiht mir, Pherion, aber es ist nicht gerade üppig, was sich uns hier als Beweislast präsentiert. Das Schriftstück eines Toten, die Aussage eines Offiziers, der mit dem Angeklagten vor über zehn Jahren Streit hatte, und der Haushalt der Cavalliera.« Die Erwähnung des letzten Namens entlockte ihrer Stimme eine deutliche Spur Misstrauen und Geringschätzung.

»Glaubt mir, Jesabela, das Geständnis wird dem Angeklagten die Schlinge um den Hals legen und die Aussage der Cavalliera wird ihm den Hocker unter den Füßen wegtreten.« Die Assistentin zuckte mit den Achseln und nickte. Der Anwalt wollte sich gerade erheben, um den Raum zu verlassen, da fiel ihr noch etwas ein. »Ach, beinahe wäre es mir entfallen. Ich ließ heute Morgen Shariells Großvater Landro inhaftieren, bevor er …«, sie blätterte in ihren Aufzeichnungen und zog mit einem triumphierenden Lächeln ein Notizbuch unter den Papieren hervor, »… laut seinen eigenen Angaben eine dringende Geschäftsreise nach Khunchom unternehmen konnte. Er hatte in seinem Namen mehrere einflussreiche Leute gebeten, die Bemühungen Garvors in Bezug auf Sharielle zu unterstützen.«

Pherion lachte laut auf und schlug mit der geballten rechten Faust auf die hölzerne Tischplatte. »Bei allen Göttern! Jesabela, dafür schätze ich Euch so, Ihr seid manchmal noch gewiefter und skrupelloser als Euer Lehrmeister. Und der muss schon ein verdammt verruchter Kerl gewesen sein. Sehr gut, wir schlagen gleich zwei Fliegen mit einer Klappe, denn diese Art der Unterstützung für Verräter wird vor Gericht wohl kaum Anklang finden.« Pherion notierte sich ein paar neue Stichpunkte und sah dann unvermittelt auf: »Wer hat eigentlich die Verteidigung des Angeklagten übernommen? Ich hoffe doch, dass Ihr Euch informiert habt.«

Jesabela nickte selbstzufrieden, blätterte um und verkündete das Ergebnis ihrer Nachforschungen: »Laut meinen Angaben soll Hilberian Strassinger die Verteidigung des ehrenwerten Kapitans übernehmen.« Innerlich zuckte der Generaladvokat bei der Erwähnung dieses Namens zusammen. *Warum ausgerechnet diese kleine, rund gefressene Ratte? Ich habe in meinem Leben so gut wie nie verloren, doch bereits zweimal gegen diese kugelförmige Parodie eines Rechtsgelehrten. Egal, auch er wird den Anschuldigungen nichts entgegenzusetzen haben; ich lasse mich von so einem Zwerg nicht mehr aufhalten!*

Er wischte die aufkeimenden Zweifel beiseite und straffte sich. »Ach übrigens, Jesabela, Euch ist gewiss bekannt, dass die Bestechung eines Gerichtsdieners, um an Informationen über den Rechtsbeistand der Gegenpartei zu gelangen, illegal ist. Was sagt Ihr zu diesen erdrückenden Vorwürfen?«

Die Assistentin schlug ihr kleines Notizbuch zu und hob die Hände zur Abwehr, während sie eine Unschuldsmiene aufsetzte. »Nun, ich kann dazu nur noch sagen, dass ich von der tiefen Hoffnung beseelt bin, dass Ihr mir die entstandenen Kosten zurückerstatten werdet.«

Schmunzelnd nickte Pherion und sammelte seine Unterlagen ein, um, dicht gefolgt von seiner Gehilfin, das Studierzimmer zu verlassen.

Der Gerichtssaal war wie eine Arena erbaut: von rundem Grundriss und nach oben hin mit einem Kuppeldach mit schmückenden Deckenmalereien versehen. Im ersten Stock befanden sich die Eingänge der Besucherränge, die, ausgehend von der hüfthohen Balustrade, in breiten Stufen bis weit nach oben reichten. In der Mitte des Saales befanden sich drei Pulte: je eines für Kläger, Beklagte und den Richter. Zudem gab es noch einen Zeugenstand, der von einer hölzernen Absperrung eingerahmt wurde. Hinter dem erhöht an der Stirnseite stehenden Schreibtisch des Richters hingen ein Porträt der Kaiserin und eine Reichsflagge an der Wand. Zwei in Uniform gekleidete Gerichtsdiener flankierten sowohl die Haupteingänge zum Saal als auch die bescheidene Tür zum Richterzimmer, die sich hinter dem breiten Pult unterhalb der Landesfahne befand.

Wieder einmal war der Saal fast überfüllt, da zahlreiche Schaulustige sich einen solchen Prozess keinesfalls entgehen lassen wollten. Die Gelegenheit, einen mächtigen Mann fallen zu sehen, bot sich dem Volk nicht allzu oft.

Pherion legte seine Aktenmappe auf den für die Anklage reservierten Schreibtisch und platzierte Hut und Spazierstock daneben. Jesabela rückte sich ihren Stuhl zurecht und schenkte ihrem Vorgesetzten ein Glas Wasser aus einer auf dem Tisch stehenden Karaffe ein. Ein kleiner Seitenblick bestätigte dem Generaladvokaten die Zuverlässigkeit der Informationen seiner Gehilfin. Hinter dem Pult der Verteidigung saßen Kapitan di Scilaggio in Ausgehuniform und eine kleine, rundliche Gestalt mit markanter Halbglatze, die nur Hilberian Strassinger gehören konnte. Der dicke Anwalt lächelte freundlich und hob die Hand zum Gruß, was dazu führte, dass Pherions Miene erstarrte und einen Lidschlag lang dem leblosen Ausdruck einer Steinstatue ernsthafte Konkurrenz machte.

Pherion hatte kaum Platz genommen, da läutete einer der Gerichtsdiener eine Glocke, während er vor das Richterpult trat. Mit fester Stimme verkündete er: »Erhebt Euch! Den Vorsitz führt der ehrenwerte Richter Yserian del Araggia.«

Nachdem das Gemurmel langsam verstummt war und alle Anwesenden sich von ihren Sitzen erhoben hatten, öffnete sich die Tür zum Richterzimmer knarrend und ein Mann in schwarzer Robe, eine grau gelockte Perücke auf dem Kopf, trat heraus. Majestätisch schritt er auf seinen Platz zu und setzte sich. Sein Gesicht war von tiefen Falten zerfurcht und zeugte davon, dass er sein Amt schon seit vielen Götterläufen ausübte. Lässig schob er die Papierbögen, die sich vor ihm türmten, zur Seite, und seine schwielige, von Altersflecken überzogene rechte Hand umklammerte den zierlichen Holzhammer, der am vorderen Rand des Tisches lag.

Mit einem Krachen schlug das Ordnungsinstrument auf dem bereitliegenden Holzdeckel auf und der Richter ergriff mit krächzender Stimme das Wort: »Im Namen des Praios, seiner elf göttlichen Geschwister sowie im Namen des Horas und Ihrer Horaskaiserlichen Majestät Amene erkläre ich diese Verhandlung für eröffnet. Die Anklage lautet auf Hochverrat, Konspiration und Korruption sowie Anstiftung zur selbigen.« Ein strenger Blick in die Runde, dann ein angedeutetes Nicken, worauf jedermann wieder Platz nahm und angespannt auf den unmittelbar bevorstehenden Beginn der Verhandlung wartete.

Angewidert warf der Richter jene Akte, welche die Anklageschrift beinhaltete, vor sich auf den Tisch und richtete seinen Blick auf den Ankläger. »Sagt, di Avona, was bringt Euch dazu, mich, noch bevor ich mein Mittagsmahl einnehmen konnte, schon wieder mit einem solchen Fall zu belästigen? Ihr wisst doch, dass mir potenzielle Verräter auf den Magen schlagen.«

Gelächter machte sich auf den Rängen breit, wurde jedoch von einem strengen Blick Yserians sofort zum Verstummen gebracht. Pherion hatte schon öfter mit Richter del Araggia zu tun gehabt und wusste, dass er ein wenig verschroben war und keineswegs eine Antwort erwartete. Mit einem deutlich hörbaren Seufzen wendete der Richter sein Haupt dem Angeklagten zu und fragte, in der Hoffnung das Verfahren abkürzen zu können: »Wie plädiert die Verteidigung?«

Hilberian erhob sich, für sein Gewicht wohlgemerkt sehr schnell, und antwortete prompt: »Wir sind der Ansicht, dass mein Mandant keinen Verrat begangen hat und er unschuldig ist.«

Yserian presste die Lippen aufeinander, schüttelte den Kopf und murmelte in seinen nicht vorhandenen Bart: »Ich habe die falsche Profession gewählt, Hellseher hätte ich werden sollen. Da wird man bei besseren Arbeitszeiten auch teilweise noch gut entlohnt. Tja, auf meine alten Tage bleibt mir nichts erspart ...« Sein Selbstgespräch beendend, blickte er wiederum zum Tisch der anklagenden Partei und forderte sie auf, ihre Zeugen aufzurufen oder Beweismaterial vorzulegen.

Mit einem einfachen Handzeichen bedeutete der Generaladvokat seiner Assistentin, das Geständnis des verstorbenen Inspectors vorzulegen. Mit skeptischer Miene nahm der alte Mann das Schriftstück entgegen und nickte Jesabela zu, woraufhin diese wieder Platz nahm.

Ihr Vorgesetzter erhob sich, um den ersten Zeugen aufzurufen. »Als Erstes möchte ich Kapitan Olborn di Elzira in den Zeugenstand bitten.«

Ein älterer Mann in Marineuniform wurde von einem Gerichtsdiener in den Saal geführt. Ein weiterer Bediensteter trat heran und bat den Offizier, die rechte Hand zum Schwur zu erheben. »Ich möchte Euch ermahnen, die Wahrheit zu sprechen und bei den Göttern sowie Ihrer Horaskaiserlichen Majestät Amene Firdayon zu schwören, dass Ihr kein falsches Zeugnis ablegt.«

Der Soldat legte den Eid mit einem knappen »Ich schwöre« ab. Dann trat der uniformierte Gerichtsdiener zurück und überließ den Zeugen dem Generaladvokaten.

Pherion warf einen letzten Blick auf die Aufzeichnungen, die vor ihm ruhten, Jesabela flüsterte ihm noch »Viel Glück!« ins Ohr und dann machte er sich auf den Weg zum Zeugenstand.

Er räusperte sich, rückte den Kragen seiner Jacke zurecht und verschränkte die Hände hinter dem Rücken. Er blickte direkt in die graublauen Augen des Offiziers, der ruhig vor ihm auf dem Stuhl saß. Gespenstisches Schweigen kehrte ein, denn jeder erwartete den Beginn der Befragung. Doch wider alle Erwartungen schwieg der Generaladvokat. Er genoss es, diese Stille vor dem eigentlichen Beginn der Verhandlung in die Länge zu ziehen. Man konnte förmlich spüren, wie die Spannung im Saal wuchs, und niemand, von einem gelegentlichen Husten einmal abgesehen, wagte es, diese Ruhe zu stören. Langsam kroch Pherion ein altbekanntes Kribbeln den Rücken hinauf und er aalte sich in den teils verstörten, teils neugierigen Blicken der Zuschauer.

Das Schweigen dehnte sich zu einer scheinbaren Unendlichkeit, die den Anwesenden langsam den Schweiß auf die Stirn trieb und sie unruhig auf ihren Sitzen herumrutschen ließ. Pherion holte tief Luft und stieß sie gleich darauf wieder aus. Wie ein Signal der Erleichterung entwich auch dem angespannten Publikum der Atem: Jetzt würde er beginnen!

Doch im Gegenteil: Der Ankläger schloss die Augen und verschränkte nun die Arme vor der Brust. Langsam machte sich Gemurmel breit und Richter del Araggia griff bereits nach dem Hammer, als Pherion unvermittelt die Augen aufschlug und mit lauter Stimme zu reden begann: »Kapitan di Elzira, würdet Ihr uns bitte sagen, wie lange Ihr im Dienst der Marine unseres Reiches steht?«

Der Offizier kratzte sich am Schädel und überlegte kurz, antwortete dann aber unverzüglich: »Diesen Sommer sind es jetzt schon neununddreißig Götterläufe.« Pherion runzelte die Stirn und nickte anerkennend. »Beachtlich. Ihr seid ein zuverlässiger Mann mit tadelloser Akte und steiler Karriere. Unser Land kann stolz sein auf Männer, wie Ihr es seid. Nicht wahr?«

Der Offizier fühlte sich sichtlich geschmeichelt und errötete leicht. »Nun, ich diene meinem Reich und meiner Kaiserin treu, so lange ich kann, aber ich werde mich nicht selbst beweihräuchern, wenn Ihr das verstehen wollt.«

Der Generaladvokat lächelte und flüsterte: »Wie bescheiden.« Er ging ruhigen Schrittes auf und ab, bis er schließlich an den Zeugen herantrat und eine Hand lässig auf das Begrenzungsgatter legte. »Nun, bei Eurem Rang seid Ihr es gewohnt, etliche Leute zu kommandieren und schwerwiegende Entscheidungen, womöglich sogar Entscheidungen über Leben und Tod zu treffen.«

Der Offizier nickte, woraufhin Richter del Araggia ihn rügte: »Auch wenn alle hier im Saal erfreut sind über Eure bühnenreife Gestik, wäre es doch schön, wenn Ihr den Mund aufmachen würdet, sofern Ihr etwas antworten möchtet.«

Belustigtes Raunen war von den Rängen zu hören und Yserian schlug energisch dreimal mit dem Hammer auf das Pult, um die Menge zur Ordnung zu rufen: »Ruhe im Saal! Hier hat nur einer etwas zu lachen und das bin ich!«

In die einsetzende Stille hinein entschuldigte sich der Offizier und bestätigte seine letzte Aussage, diesmal in verbaler Form, was di Avona mit einem freundlichen Nicken honorierte. »Was sind Eurer Meinung nach die wichtigsten Tugenden eines Soldaten, der als Vorbild für seine Kameraden fungieren will?«

Der Offizier grübelte erneut und setzte dann zu einer Schulbucherklärung an: »Ein guter Soldat ist diszipliniert, befolgt seine Befehle genau, hilft seinen Kameraden, wo er kann, und zögert nicht, für sein Land und seine Waffenbrüder alles hinzugeben.«

»Sehr gut. Nun, wenn Ihr so genau definieren könnt, was einen vorbildlichen Krieger oder eine tadellose Kriegerin ausmacht, dann sagt mir, was macht einen Verräter Eurer Meinung nach aus?«

Hilberian sprang von seinem Holzstuhl auf und brüllte: »Einspruch! Das ist vage Spekulation! Es gibt dafür keinen rechtsgültigen Maßstab!«

Der Richter winkte müde ab: »Abgelehnt, Strassinger, denn es scheint so, als wolle di Avona heute doch noch zur Sache kommen, und das möchte ich, wie sicherlich die übrigen Anwesenden auch, unter keinen Umständen versäumen. Los, weiter!«

Der Generaladvokat lächelte zuversichtlich und neigte leicht den Kopf in Richtung des Vorsitzenden. Der Offizier räusperte sich und sprach weiter: »Nun, also für mich ist jemand ein Verräter, der durch seinen Ungehorsam seine eigenen Männer und Kameraden in Gefahr bringt oder direkt mit dem Feind kooperiert.«

Pherion unterbrach die Ausführungen des Seefahrers. »Also, wenn ich Euch richtig verstanden habe, dann ist jemand, der sich rebellisch und verantwortungslos aufführt, auch schon ein Verräter?«

Der Offizier wippte mit dem Kopf hin und her. »Eigentlich schon. Befehlsverweigerung, Fahnenflucht und Verrat, das hängt alles zusammen – denke ich zumindest.«

»Vergebt mir, Kapitan, Ihr braucht hier nicht zu denken, also beantwortet lediglich meine Fragen. Erinnert Ihr Euch an solche Vorfälle bei Euren Männern?«

Kapitan di Elzira verneinte vehement. Bei ihm herrsche noch Zucht und Ordnung, daran konnte gar kein Zweifel sein. Pherion biss sich auf die Unterlippe. *Wer hat diesen alten Frachter eigentlich als Belastungszeugen vorgeschlagen? Man sollte mir eine Zange reichen, dann könnte ich ihm alles besser aus der Nase ziehen.*

»Erlaubt, dass ich Euer Gedächtnis auffrische! Ihr habt, meinen Informationen zufolge vor langer Zeit, vor acht Jahren, um genau zu sein, den Angeklagten mit dem Rest seiner Infanterieeinheit an Bord genommen. Ist das korrekt?«

»Ja.«

Pherion seufzte erleichtert und rieb sich die Schläfen. »Gut. Ich möchte, dass Ihr einfach nur meine Aussagen bestätigt oder verneint. Also, Ihr habt an jenem Tage Leutnant di Scilaggio und die Überlebenden seiner Truppe an Bord genommen?«

»Ja, das ist richtig.«

»Entspricht es weiterhin der Wahrheit, dass Ihr den Befehl hattet, unabhängig vom Ausgang der Mission, sofort zur Flottenbasis zurückzukehren?«

»Ja, das ist ebenfalls richtig.«

»Sehr gut. Ich nehme an, dass Ihr diesen Befehl von der Admiralität erhalten hattet, oder?«

»Ja, das hatte ich.«

Richter del Araggia unterbrach das Verhör des Anwalts und forderte ihn auf, zur Sache zu kommen, da er sonst befürchten müsse, vorher an Altersschwäche zu sterben.

Unbeeindruckt setzte Pherion seine Fragestunde fort. »Ist es wahr, dass der Angeklagte diesen direkten Befehl der Admiralität ignorierte und aus persönlichen Motiven wieder an Land gehen wollte?«

»Ja, so war es.«

»Wie bewertet Ihr diese Reaktion?«

Der Kapitan kratzte sich erneut am Schädel und suchte nach einer passenden Antwort. »Ich denke, dass es Wahnsinn gewesen wäre, noch mehr Leute zu opfern, um nach einer Person zu suchen, die ohnehin schon tot war. Es handelte sich hierbei um seine Kompanieärztin.«

Pherion stutzte in gespielter Überraschung. »So? Er wollte für das Leben seiner Kompanieärztin mehrere tapfere Soldaten in den Tod schicken? Das erscheint mir zusammen mit dem tätlichen Angriff auf Euch und seiner Weigerung, Eurem Befehl nachzukommen, doch recht unsoldatisch. Abgesehen von der Frage, ob die Begründung dieser Aktion nicht auf einer Affäre mit einer Untergebenen beruhen könnte. Sagt mir, verhält sich so ein stolzer und treuer Soldat der Krone?« Doch bevor der Zeuge überhaupt zu einer Erklärung ansetzen konnte, schnitt ihm Pherion das Wort mit harscher Stimme ab: »Nur ja oder nein, Kapitan! Alles andere ist im Augenblick nicht von Bedeutung. Ja oder nein?«

Der Seeoffizier senkte den Blick und antwortete: »Nein, so verhält sich kein guter Soldat unserer Streitkräfte.«

Pherion rieb sich siegessicher die Hände und hakte nach: »Wenn ich mich recht entsinne, könnte man sagen, dass Kapitan Garvor di Scilaggio gemäß Eurer eben abgegebenen Definition das Potenzial eines Verräters in sich hat, richtig? Er ist aufsässig, verantwortungslos und ein schlechtes Beispiel für seine Untergebenen, oder etwa nicht?«

Verunsichert rutschte der Offizier auf seinem Stuhl herum und gab nur zögernd eine Antwort. »Ja, das stimmt, aber als Verräter würde ich ihn deswegen noch nicht verurteilen.«

Mit einem trockenen Husten mischte sich Yserian ein und verkündete in sarkastischem Tonfall: »Zu gnädig, Kapitan, ich weiß Euren Anflug von wohltätigem Mitleid zu würdigen, aber vergesst nicht, dass ich hier dafür bezahlt werde zu richten und sonst keiner!«

Pherion verfluchte den Richter für seine Unterbrechung, er musste noch einmal ansetzen: »Also, wenn Ihr vielleicht Eure letzte Aussage noch einmal laut und verständlich formulieren wollt? Ich fragte, ob der Kapitan gemäß Eurer Definition das Potenzial eines Verräters in sich trägt?«

Mit klarer, fester Stimme verkündete der Zeuge erneut: »Ja, so ist es.«

Zufrieden wandte Pherion sich um. Seine Worte hatten ihr Ziel nicht verfehlt, die Zuschauer wurden bereits unruhig, und vereinzelt wurden Rufe laut, die den Angeklagten des Verrats bezichtigten. Er nahm Platz und trank gegen die Trockenheit in seiner Kehle erst einmal einen Schluck des kühlen Wassers, welches ihm von Jesabela dargeboten wurde. »Sagt, Jesabela, habt Ihr diesen Kapitan di Elzira ausgewählt?«

Sie nickte und schenkte ihrem Vorgesetzten nach. »Ich weiß, er ist etwas schwerfällig, aber dafür bietet er absolut nichts, was die Verteidigung gegen ihn verwenden könnte. Wartet ab, vertraut mir!«

Hilberian stand direkt vor dem Zeugen und begann nun seinen Teil des Kreuzverhörs. »Edler Kapitan, Ihr seid bestimmt nicht nur ein gerechter und getreuer Offizier, sondern auch ein götterfürchtiger Mann. Betet Ihr regelmäßig zu den Göttern und opfert den Zehnt?«

Der Soldat wirkte leicht entrüstet über die unterschwellige Unterstellung des Anwalts. »Aber selbstverständlich komme ich meinen Pflichten nach!«

Hilberian besänftigte den Kapitan mit einer abwehrenden Geste seiner Hände. »Natürlich. Verzeiht, ich wollte Euren Glauben keineswegs in Frage stellen! Also, wenn ich Euch richtig verstanden habe, dann huldigt Ihr auch der Göttin Rahja, oder? Euch dürften sicher Begriffe wie Liebe und Begehren ein Begriff sein, nicht wahr?«

Der Offizier wurde bleich und brachte mit heiserer Stimme ein »Nein!« heraus. Erschrocken fuhr der Verteidiger herum und starrte den Zeugen entsetzt an. »Bitte? Ihr wollt mir sagen, dass Ihr noch nie verliebt wart und noch keiner Frau ein wenig näher kamt?«

»Ja, so ist es.«

Der Anwalt zog seinen Kragen zurecht und schnäuzte sich in ein Stofftaschentuch, welches er aus seiner Tasche geholt hatte. »Ich möchte Euch daran erinnern, dass Ihr unter Eid steht, Kapitan. Also, Ihr wollt mir ernsthaft sagen, dass Ihr keinerlei Verständnis für all die Geschenke der schönen Göttin übrig habt?«

»Ja, ich achte zwar Rahja als eine der Zwölfgötter, aber ich halte diese Art der Beziehung für überflüssig. Ein Soldat hat so etwas nicht nötig.«

Langsam trat dem Anwalt der Schweiß auf die Stirn. »Aber jetzt versetzt Euch einmal in die Lage, in der sich Garvor di Scilaggio damals befand! Er kam aus einem verlustreichen Gefecht, und als er die Möglichkeit sah, einen seiner Offiziere doch noch zu retten, da hat er überreagiert. Sagtet Ihr nicht, dass Kameradschaft ein wichtiger Bestandteil des Soldatenlebens sei? Sollte man nicht bereit sein, für seine Gefährten etwas zu riskieren?«

Der Offizier wog den Kopf erneut hin und her und antwortete: »Doch natürlich, aber …«

»Danke. Wenn Ihr mir insofern zustimmt, haltet Ihr es dann nicht für möglich, dass Garvor nicht bewusst rebellieren wollte, sondern vielmehr von seiner Liebe zu der Unteroffizierin kurzzeitig geblendet war? Ein Ausrutscher sozusagen?«

»Nein, ich glaube, dass ein Offizier, der solche Affären zulässt, die Moral der eigenen Männer und Frauen unter seinem Kommando untergräbt, und solche Schwächen kann sich kein guter Offizier erlauben.« Hilberian wurde zusehends ungehaltener, während Pherion leicht den Kopf schüttelte und ein hämisches Lächeln nicht mehr unterdrücken konnte.

Mit unfreundlicher Stimme fuhr der Anwalt fort: »Wie könnt Ihr Euch einen götterfürchtigen Mann nennen, wenn Ihr die Gaben Rahjas derart verachtet?«

Langsam hob Pherion die rechte Hand und rief, noch bevor der Zeuge antworten konnte: »Einspruch! Die Göttin Rahja möge mir verzeihen, aber als Soldat des Horasreiches werden dem Zeugen verständlicherweise die Herrin Rondra und der Herr Praios näher stehen!«

Richter del Araggia nickte langsam und rief den kleinen Anwalt zur Ordnung: »Stattgegeben. Strassinger? Würdet Ihr so freundlich sein und uns Eure visionäre Form der Romantik sowie die Darlegung Eurer persönlichen Glaubensansichten ersparen? Dies hier ist ein ordentliches Gericht und nicht ein zwölfgöttlicher Disputierkreis! So, genug meiner umfangreichen Lebensweisheit, fahrt fort.«

»Also, dann habe ich nur noch eine Frage an Euch, Kapitan di Elzira: Wie lange dauert es Eurer Meinung nach, einen Soldaten vollständig zu beurteilen?«

»Nun ja, wenn ich die Ausbildungszeit von einem Jahr bedenke, so dürfte abzüglich der Konditionierung noch ein halbes Jahr nötig sein, um die Fähigkeiten, Stärken und Schwächen eines Mannes zu erkennen.«

»Wie oft seid Ihr auf Kapitan Garvor di Scilaggio getroffen, egal ob dienstlich oder privat?«

»Nur dieses eine Mal.«

Hilberian zog verwundert beide Augenbrauen hoch und fragte weiter: »So? Wie könnt Ihr ihn dann derartig verdammen, wenn Ihr ihm doch nur in einer verhältnismäßig kurzen Zeitspanne selbst begegnet seid? Sagtet Ihr nicht eben noch, dass man fast ein halbes Jahr benötigt, um das Potenzial eines Soldaten oder einer Soldatin zu erfassen?«

In diesem Augenblick erhob sich erneut Pherions Stimme über die des anderen Rechtsgelehrten: »Einspruch! Euer Ehren, der Verteidiger wollte nur noch eine Frage stellen, doch wenn ich mich nicht verzählt habe, ist das jetzt schon die dritte.«

Wieder brach Heiterkeit auf den Rängen aus und ein Zuschauer rief lauthals: »Recht so, Generaladvokat! Stopft diesem Lackaffen das Maul!«

Das Knallen des Holzhammers ließ schnell wieder Ruhe einkehren und mit einem schweren Seufzer ergriff Yserian das Wort: »Di Avona, Ihr seid wirklich ein Scherzbold. Und da ich von Natur aus ein humorvoller Mann bin, soll auch der Staat etwas zu lachen haben. Daher verhänge ich eine Ordnungsstrafe von fünf Horasdukaten. Greift schon mal tief in den Säckel, di Avona! Weiterhin möchte ich die verehrten Zuschauer doch bitten, etwas mehr Anstand zu wahren, denn wir sind hier weder auf dem Markt noch im Zirkus. Auch wenn es den Eindruck macht, als seien Gaukler und Possenreißer anwesend. Fahrt fort, Strassinger, und kommt so langsam zu Potte, wenn ich bitten darf!«

Der Angesprochene wiederholte seine letzte Frage: »Also, Kapitan, Ihr glaubt, dass Ihr befähigt seid, einen Mann binnen dermaßen kurzer Zeit so zu beurteilen, dass Ihr zu dem gleichen Ergebnis kommt, mit welcher die Prüfungskommission erst nach einem halben Götterlauf aufwarten kann? Das ist wirklich beeindruckend.«

»Ja … Nein, also, ich denke, dass ich in diesem Fall schon richtig geurteilt habe.«

»Gut, dann sagt mir, wieso, im Namen der Götter, dient Ihr dann als Kapitan zur See und nicht als Ausbilder an einer Militärakademie, wenn Ihr doch über solch herausragende Fähigkeiten im Bereich der Menschenkenntnis verfügt?«

Der Offizier blickte betreten zu Boden und suchte verlegen nach einer Antwort, die ihn aus dieser Situation erretten würde.

»Danke, Kapitan di Elzira. Ich habe keine weiteren Fragen.«

Pherion neigte grinsend den Kopf in Richtung seiner Assistentin, sodass er in ihr Ohr flüstern konnte: »Jetzt müsst Ihr mir verraten, woher Ihr gewusst habt, dass di Elzira ein so unromantischer Eisklotz ist.«

Jesabela rückte ihre Brille zurecht und entblößte ihre weißen, ebenmäßigen Zähne zu dem raubtierähnlichen Lächeln, ihrem unverkennbaren Markenzeichen. »Ich habe ein paar Informationen über den Kapitan eingeholt. Unter anderem auch den Hinweis, dass er in einem Seegefecht eine Verwundung erlitt, die ihm seine Manneskraft nahm. Seitdem reagiert er völlig entrüstet auf die Themen Liebe und Affären.«

Der Generaladvokat seufzte und musste tief in seinem Innern zugeben, dass er stolz auf sie war. Sie bedeutete ihm so viel mehr als nur eine schlichte Gehilfin, die ihre Sache gut machte. Im Laufe der Zeit hatte sie etliches von ihm gelernt, und er fühlte sich in ihrer Gegenwart wie ein Vater, der wohlwollend den Lebensweg seiner gelehrsamen, ehrgeizigen Tochter überwacht.

Ich bin wie der mächtige, majestätische Raubvogel, der einsam seine Runden dreht und gnadenlos auf seine Feinde herabstößt. Jesabela ist dagegen wie eine Kobra, unscheinbar im Äußeren, aber dennoch sehr gefährlich.

Sie kriecht in die Löcher, in die ich nicht hineinkomme. Niemand kann unserer vollkommenen Gemeinschaft etwas entgegenhalten. Wenn sie erst alle Kniffe beherrscht, werden wir in Geld und Macht baden; die Öffentlichkeit wird uns als Vollstrecker der Gerechtigkeit verehren, und ich werde endlich die Position erlangen, die mir zusteht. Wobei ich darauf achten sollte, dass die Kobra ihr Gift nicht plötzlich in die falsche Richtung verspritzt und glaubt, sie wäre stark genug, ihren Meister herauszufordern. Sollte dieser Tag dennoch kommen, werde ich schweren Herzens einige Entscheidungen treffen müssen, die mir nicht behagen werden. Aber eiserne Entschlossenheit war schon immer eine meiner Stärken.

Kapitel 6

Das Geräusch des dreimal aufschlagenden Hammers riss Pherion aus seinen selbstgefälligen Machtphantasien und zwang ihn, seine Aufmerksamkeit auf den Richter zu lenken. »Dann kann die Verteidigung jetzt ihren ersten Zeugen aufrufen.«

Hilberian straffte sich innerlich, erhob sich langsam und warf einen Blick auf seine Notizen. Mit lauter Stimme, die Hände hinter dem Rücken verschränkt, hob er an: »Ich berufe Leutnant Zolthan Ahringskreuz in den Zeugenstand.«

Die Gerichtsdiener öffneten die Tür, und ein Mann, der die dreißig knapp überschritten hatte, kam herein. Er trug ebenfalls eine Paradeuniform und die Abzeichen an Kragen und Ärmel wiesen ihn als Leutnant der Kavallerie aus. Sein Säbel klapperte bei jedem Schritt und zusammen mit dem festen Aufstampfen seiner blankpolierten Stiefel gewann man bald den Eindruck, man wäre auf einer Parade. Auch er hob die Hand und leistete ohne zu zögern den Schwur, mit Hilfe der Götter nur die Wahrheit zu sprechen und nichts anderes.

Der Soldat nahm Platz und Hilberian trat heran. »Leutnant Ahringskreuz, wenn ich mich recht informiert habe, dann habt Ihr früher einmal bei den Kolonialstreitkräften gedient? Genau genommen bei der Infanterie unter Leutnant di Scilaggio. Sind diese Angaben korrekt?«

»Ja, das ist alles richtig. Doch hatte ich damals den Rang eines Ensignios inne, man hat mich erst vor fünf Jahren zum Leutnant befördert und auf eigenen Wunsch zur Kavallerie versetzt.«

Hilberian räusperte sich und stemmte die Hände in die Hüften. »Wie gut kennt Ihr den Angeklagten? Verzeiht, ich meine, wie lange wart Ihr bei seiner Truppe?«

»Drei Götterläufe.«

Hilberians Blick schweifte scheinbar gelangweilt über das gespannte Publikum, während die Antwort des Leutnants im Raum schwebte. Pherion lächelte grimmig; ja, auch er hätte genau an diesem Punkt innegehalten und sich versichert, dass das Publikum diesen Sachverhalt wahrnahm. Hilberian war gewiss nicht zu unterschätzen.

»Das ist eine beträchtlich lange Zeit. Erzählt uns doch bitte ein paar Dinge über den Angeklagten! Was war er für ein Soldat? Was war er in Wirklichkeit für ein Mann?«

Der Leutnant fixierte den Anwalt mit seinem Blick, während er angestrengt nachdachte. »Ich denke, der Kapitan ist einer der besten Soldaten, die unserem Land je gedient haben.«

Der Anwalt lächelte: »Was verleitet Euch zu dieser Schlussfolgerung?«

Pherion hielt die Luft an. Es würde wahrlich ein schwerer Kampf werden, aber er hatte schon andere Fälle gewonnen. Er warf einen Seitenblick auf Jesabela, dann fixierte er wieder den Leutnant.

Die Augen weiterhin starr auf den Rechtsgelehrten gerichtet, antwortete der Kavallerist: »Kapitan di Sciaggio ist ein vorbildlicher Offizier und ein Ehrenmann. Er hat seine Untergebenen stets korrekt behandelt und ohne seinen bedingungslosen Einsatz für das Leben seiner Männer wären wohl etliche mehr von uns gestorben.«

»Wenn Ihr uns freundlicherweise erläutern würdet, wie dieser bedingungslose Einsatz für seine Soldaten ausgesehen hat?«

Der Leutnant wandte seinen Blick zum Pult des Richters und fragte verunsichert: »Darf ich ein Beispiel zur Erläuterung heranziehen?«

Yserian nickte aufmunternd: »Natürlich mein Sohn, solange du nicht zu weit vom eigentlichen Thema abschweifst.«

Zufrieden drehte sich der Zeuge wieder dem Verteidiger zu. »Ich möchte hier an eine Schlacht erinnern, die in den Berichten als Schlacht von H'Rakh el A'Batra auftaucht. In der Sprache der Eingeborenen bedeuten diese Worte nicht mehr als ›Heiliger Berg der Geschuppten‹, was darauf schließen lässt, dass dort früher einmal eine echsische Kultstätte lag; aber das tut hier nichts zur Sache.

Wir hatten Befehl, in den tiefen Dschungel vorzudringen, um die Lage eines unserer Handelsposten zu überprüfen. Die Durchquerung des Urwalds war anstrengend und gefährlich. Nach vier Tagen harten Marschs durch das unwegsame Gelände starb Kapitan Mendoza durch den Stich eines Ungeziefers. Von da an übernahm der Leutnant das Kommando und führte uns tiefer in die grüne Hölle. Als wir nach fast einer Woche keine Vorräte mehr hatten und zwei weitere Männer durch das Fieber verloren hatten, erreichten wir endlich unseren Handelsposten. Zu unserem Schrecken waren dort alle tot. Man hatte sämtliche Bewohner auf bestialische Weise umgebracht oder verschleppt.

Zunächst vermuteten wir, dass ein Sklavenjägerkommando aus Al'Anfa die Verwüstungen angerichtet hätte, doch dafür gab es zu viele Tote. Sie hätten kaum menschliche Beute gemacht, kaum ein Viertel so viel, wie es Tote gegeben hatte. Wilde mussten aus dem Wald gekommen sein und in einem Anfall von Wahnsinn alle Weißen abgeschlachtet haben. Wir durchsuchten die Reste des Außenpostens und vervollständigten unsere Vorräte, so weit wir konnten. Dann legten wir einen Tag Rast ein, da die Truppe völlig am Ende war. Der Leutnant übernahm die Erkundung des umgebenden Geländes. Diese ergab, dass überall um den Handelsposten herum deutliche Spuren von Angreifern zu finden waren und dass es Anzeichen dafür gab, dass man tatsächlich ein paar Leute verschleppt hatte. Der Angriff lag aber bereits über zwei Wochen zurück, sodass die Vermutung nahe lag, dass keiner von ihnen mehr am Leben sei.

In der Nacht wurde unser Lager von den Wilden überfallen. Wir haben um unser nacktes Überleben gekämpft; es war eines der brutalsten Gefechte, die ich je miterlebt habe, und glaubt mir, ich habe in diesen drei Götterläufen oft zur Waffe greifen müssen. Wir konnten den Angriff der Mohas abwehren, jedoch verloren wir die halbe Kompanie in dieser einen Nacht, der Rest war mehr oder weniger verwundet.«

Der Anwalt hob die Hand, um den Offizier in seinen Ausführungen kurz zu unterbrechen. »Verzeiht mir, Leutnant Ahringskreuz, ich bin kein Experte für militärische Fragen, aber wie kann es passieren, dass eine gut ausgerüstete, moderne und hervorragend ausgebildete Einheit von fünfzig Mann von einer Horde Waldbewohner dahingemetzelt wird? Hat da nicht der Offizier versagt?«

Der Soldat verzog keine Miene, jedoch wurde der Ausdruck seiner Augen eine Spur kälter: »Nein, keineswegs. Der Gegner kannte das Terrain bestens, hatte keine Probleme mit den dortigen Umweltbedingungen, hatte das Überraschungsmoment auf seiner Seite und war in der Überzahl. Wir verdankten der taktischen Voraussicht, die der damalige Leutnant di Sciaggio beim Errichten des Lagers bewiesen hatte, unser

Überleben. Seine Planung hatte das Lager überhaupt nur von einer Seite angreifbar gemacht, jedoch war eine der Wachen eingeschlafen und somit wurden wir nicht vorgewarnt. Wir konnten die Attacke nur zurückschlagen, da der Gegner einen frontalen Angriff wagen musste, und dafür sei Rondra Dank, denn wenn sie uns nicht beigestanden hätte, wären wir bestimmt alle massakriert worden.«

»Wie hat sich der Angeklagte bei diesem Gefecht verhalten?«

»Er kämpfte tapfer im vordersten Glied und sprang stets dort in die Bresche, wo unsere Reihen zu wanken drohten. Außerdem hat er mir und Soldat Murak in diesem Gefecht das Leben gerettet. Die Bilanz des Kampfes war erschreckend; zwar hatten wir ab diesem Zeitpunkt genug zu essen, aber wir waren nur noch ein Haufen verängstigter, elender Kreaturen, die beteten, dass alles nur ein böser Traum sei.«

Auf den Rängen rutschten einige hohe Militärs aufgeregt auf ihren Sitzen hin und her, behagte es ihnen doch überhaupt nicht, wenn ein Soldat über die Wirklichkeit hinter den prunkvollen Paraden und den Reden über Modernität und militärische Souveränität Klartext sprach.

»Der Kundschafter des Leutnants kehrte am nächsten Morgen zu uns zurück und berichtete, er habe ein Dorf der Eingeborenen entdeckt. Außerdem sagte er, dass man dort noch weiße Gefangene halte und einer von ihnen sogar in eine horasische Uniform gekleidet gewesen sei. Für den Leutnant war sofort klar, dass er diese Menschen retten musste, schließlich hatte er geschworen, unser Reich und alle seiner Bürger zu verteidigen. Von unserem Trupp waren gerade noch acht Leute einsatzfähig. Die restlichen fünfzehn Soldaten mussten zurückbleiben, während wir einen Vorstoß gegen das Dorf unternahmen.

Nach eingehender Beobachtung konnten wir feststellten, dass die meisten Krieger und Jäger das Bergdorf verlassen hatten, sodass nur wenige als Wachen zurückgeblieben waren. Der Leutnant koordinierte unseren Angriff schnell und präzise, und wir beendeten das Gefecht siegreich und ohne eigene Verluste. Vielleicht ist ›Gefecht‹ übertrieben, ein Gemetzel dürfte die Vorgänge besser beschreiben.«

Mit leiser Stimme fragte Hilberian, wie viele Menschen bei diesem Angriff getötet worden waren. Der Kavallerist schluckte, senkte zum ersten Mal den Kopf und sprach dann weiter: »Ich weiß es nicht genau, wir haben wohl über vierzig Stammesmitglieder getötet, jedoch achtete der Leutnant darauf, dass zumindest Kinder und Greise verschont blieben. Nachdem wir das Dorf gesichert hatten, befreiten wir die Geiseln und machten uns auf den Rückweg. Wir verloren einen weiteren Mann, bis wir unsere Verwundeten erreicht hatten, und erkämpften uns den Weg zurück zu unserem Schiff. Leutnant di Scilaggio trug zwei Verwundete die ganze Strecke lang, und als wir drei Leute zurücklassen mussten, versprach er ihnen, nicht ohne sie abzufahren, was er auch tatsächlich hielt: Als wir das Schiff erreicht hatten, kehrte er mit einer kleinen Truppe aus Freiwilligen zurück in den Dschungel, um seine Männer zu retten.

Wir konnten zwei von ihnen nur noch tot bergen, aber es gelang uns, eine junge Soldatin zurückzuschaffen. Ihre Verletzungen waren jedoch so schwer, dass sie aus dem Frontdienst ausscheiden musste und jetzt als Ordonnanzoffizierin an der Militärakademie dient, soweit ich weiß. Ich kann abschließend nur sagen, dass Kapitan di Scilaggio ein Held ist. Wenn alle Soldaten so mutig, entschlossen, loyal gegenüber Ihrer Majestät und ihren Kameraden wären, dann könnte sich unser Land rühmen, eine perfekte Armee zu besitzen. Da dies nicht der Fall ist, bleibt mir nur zu sagen, dass es mir unverständlich ist, warum ein Prozess gegen einen solchen Mann geführt wird. Nie sah ich einen Krieger mit einem unerschütterlicheren Glauben an sein Land als den Angeklagten. Es ist eine Schande, dass man ihn, der sein Leben für alle hier Anwesenden gegeben hätte, des Verrats bezichtigt.«

»Einspruch!«, zerriss die Stimme Pherions die Stille, deren Mantel sich schwer über den Gerichtssaal gebreitet hatte. »Der Zeuge hat kein Recht, eine Bewertung des Angeklagten vorzunehmen.«

Der Offizier blickte nun wieder auf und nahm die Rüge des Richters wortlos entgegen. »Stattgegeben. Auch wenn Euch nicht einleuchten will, worum es hier geht, so bitte ich Euch doch, jegliche Beurteilung mir zu überlassen. Vielleicht ist der Beklagte tatsächlich ein Kriegsheld, aber das, mein Sohn, steht hier nicht zur Debatte.«

Hilberian nahm wieder Platz und vermerkte sogleich auf seinem Notizblatt ein paar zusätzliche Punkte.

Kapitel 7

»Greift das Militär nicht zu direkt an, Pherion! Ihr wisst, wie sehr unser Volk Krieg und Heldentum liebt.« Die Worte Jesabelas klangen noch in den Ohren des Generaladvokaten, als er sich zum Zeugenstand begab.

»Leutnant Ahringskreuz, ich möchte noch einmal auf den Punkt zurückkommen, an welchem Ihr uns von dem Angriff auf das Dorf berichtet habt. Ihr sagtet, dass der damalige Leutnant die Attacke befahl, obwohl Ihr drastisch in der Unterzahl wart. Der Erfolg gibt ihm Recht und ich bin, wie mein ehrenwerter Kollege hier, kein Fachmann in militärischen Fragen, aber sagtet Ihr nicht, es hätte ein Gemetzel stattgefunden? Warum? Hätte es nicht genügt, nur alle Krieger auszuschalten und dann die restlichen Dorfbewohner gefangen zu nehmen?«

»Die Wilden haben verbissen gekämpft, auch wenn sie uns nichts entgegensetzen konnten; wir hatten wirklich keine Wahl.«

Pherion schürzte die Lippen und täuschte ein verständnisvolles Lächeln vor, dann fuhr er fort: »Glaubt Ihr, dass eine solche Schlacht ruhmreich oder gar ehrenvoll zu nennen ist?«

»Nein, keineswegs.«

Nun erhob der Ankläger mahnend den Zeigefinger, bereit, mögliche Unstimmigkeiten unmittelbar aufzudecken: »Aber die horasische Armee ist doch sicherlich eine ehrenhafte Truppe, oder?«

»Selbstverständlich«, antwortete der Offizier prompt und mit einer deutlichen Nuance von Stolz und Entschlossenheit in seiner Stimme.

»Dann sagt mir, Leutnant Ahringskreuz, wie kann ein horasischer Leutnant, also ein Musterbeispiel eines guten Soldaten, einen Befehl geben, bei dem ein solch barbarisches Blutbad das Ergebnis ist? Ja, sagt mir, wie ist das möglich?«

Der junge Krieger zögerte einen Augenblick, sammelte sich und antwortete: »Wie ich bereits erwähnte, hatten wir keine Wahl. Das war kein Truppenmanöver, wo man später beisammen sitzt und über die Anstrengungen lacht; es ging ums nackte Überleben.«

»Einen Augenblick! Wie könnt Ihr sagen, dass *Ihr* keine Wahl hattet? Ihr wart damals Ensignio, Ihr konntet nichts entscheiden oder wählen. Nein, der Leutnant hatte die Wahl. Er allein hat die Befehle gegeben, nicht Ihr oder sonst jemand.«

»Ja, das ist richtig, Leutnant di Scilaggio führte das Kommando.«

»Aber wichtig ist nur, dass er den Befehl gab, einen unmenschlichen Befehl, der eigentlich nie über die Lippen eines erfahrenen Kommandeurs hätte kommen dürfen. Stimmt Ihr mir da zu?«

Als Pherion bemerkte, wie unsicher der Kavallerist geworden war, sah er den Zeitpunkt für den entscheidenden Schlag gekommen und hakte sofort nach: »Ja oder nein? Denkt daran, Ihr steht unter Eid. Also, ja oder nein?« Mit leiser Stimme bejahte der Offizier die drängende Frage des Anwalts, der seinen stechenden Blick kurz über die Reihen des Publikums gleiten ließ, bevor er sich wieder dem Zeugen zuwandte, dessen Gesicht vor Unbehagen erstarrt war. »Gut, dann zurück zu dem nächtlichen Angriff auf das Truppenlager. Ihr habt ausgesagt, dass der Befehlshabende eine optimale Verteidigungsstellung errichten ließ. Ich habe mir die taktischen Aufzeichnungen im Archiv angesehen und ich habe mich von einem Kolonel belehren lassen, dass eine derartige Aufstellung der Wachen und die Wahl der Verteidigungsposition wirklich optimal ist. Darin kann der Fehler nicht gelegen haben. Bleiben also nur noch die im Gefecht erteilten Befehle des Leutnants, die zu den immensen Verlusten geführt haben können.«

Hilberian sprang erbost von seinem Stuhl auf und brüllte: »Einspruch! Das ist vage Spekulation, wenn nicht sogar grober Unfug!«

»Stattgegeben.« Der Richter runzelte die Stirn und wandte sich ernst an den Ankläger: »Bei allen Göttern, di Avona! Bleibt auf dem Teppich der Tatsachen, bevor Ihr noch auf die Idee kommt, dem Angeklagten als Nächstes eine Beteiligung an der Invasion Borbarads anzuhängen!«

»Verzeiht meine Abschweifung, Euer Ehren, ich bleibe ab sofort bei den Fakten.« Der Generaladvokat drehte sich zum Tisch der Verteidigung und richtete das Wort an den Angeklagten: »Wenn Ihr so freundlich sein könntet, Kapitan di Scilaggio. Es würde uns weiterhelfen, wenn Ihr Euch an die Befehle, die Ihr im Kampf gabt, erinnern könntet.«

»Einspruch!« Der neben dem hünenhaften Krieger eher zwergenhaft wirkende Verteidiger explodierte förmlich und lief im Gesicht rot an. »Das liegt dermaßen lange zurück; kein Mensch kann sich genau daran erinnern, was er vor so vielen Jahren in einer solchen Stresssituation gesagt hat! Mein Mandant wird sich nur in Widersprüche verstricken, die niemand mehr beweisen oder widerlegen könnte.«

Der Richter konnte sich ein kehliges Lachen nicht mehr verkneifen, als er sah, wie sehr der Anwalt in Rage geriet: »Stattgegeben. Kriegt Euch wieder ein, Strassinger, bevor ich einen Medicus holen oder die Saalwache Euch in die Schranken weisen muss.«

Jesabela lachte laut auf und schlug mit der Handfläche auf den Tisch, dass das Glas di Avonas einen kleinen Satz vollführte.

Der Richter ergriff mit saurer Miene wieder das Wort: »Nun, vielleicht bin ich zu weit gegangen. Verzeiht! Der letzte Kommentar wird aus dem Protokoll gestrichen. Da die Vertretung der Anklage aber scheinbar von gackernden Hühnern belagert wird, verhänge ich eine erneute Ordnungsstrafe von fünf Horasdukaten, wegen ungebührlichen Betragens.« Das hämische Grinsen Yserians ernüchterte Jesabela so sehr, dass sie der nächsten Frage des alten Richters an den Angeklagten ihre gesamte Aufmerksamkeit schenken konnte. »Nun, wie steht es, Kapitan? Könnt Ihr Euch noch an die Befehle erinnern, die Ihr Euren Männern damals erteilt habt?«

Der Beklagte regte sich zum ersten Mal seit dem Beginn des Prozesses, erhob sich, nahm Haltung an und erwiderte steif: »Ja, ich weiß noch sehr genau, was ich den Männern und Frauen unter meinem Kommando in jener Nacht während des Kampfes befahl.«

Der Generaladvokat forderte Garvor auf, seine Befehle zu wiederholen und zu erläutern, welche Auswirkungen sie auf das Kampfgeschehen hatten beziehungsweise haben sollten. Die Ausführung war kurz und knapp; Pherion bedankte sich und wandte sich wieder dem Zeugen zu, der noch immer vor dem Pult des Richters saß und der Fortführung der Befragung durch den obersten Ankläger harrte. »Entspricht das Euren Erinnerungen, Leutnant Ahringskreuz?«

»Ja, ich könnte zu diesem Zeitpunkt zwar nicht beschwören, mich an jede Anweisung im Einzelnen zu erinnern, aber das sind im Großen und Ganzen die Befehle, die der Kapitan in jener Nacht erteilt hat.«

»Also, dann lasst mich rekapitulieren, was uns an Fakten bekannt ist: Die Verteidigungsposition war optimal, und die Befehle, die der Angeklagte gerade heruntergerattert hat, entsprachen exakt den Vorschlägen, die mir der Kolonel in der Akademie unterbreitete. Beantwortet mir die eine entscheidende Frage: Wieso waren die Verluste so hoch, wenn doch die Stellung leicht zu verteidigen und die Befehle richtig gewählt waren? Der Kolonel sagte mir, dass man immer mit Verlusten rechnen muss, aber in einer solchen Situation dürfte fast niemand zu Tode kommen. Ihr wart doch dabei, Leutnant. In erster Reihe haben nur die Veteranen gekämpft und der Rest hat Schützenlinien gebildet, die sich Stück für Stück zurückgezogen haben. Man hätte dieses Lager gegen eine fünffache Übermacht verteidigen können. Warum also die vielen Toten?« Pherion nutzte das Schweigen des Kavalleristen und führte sogleich seine eigene Erklärung an: »Ihr sagt nichts, Leutnant Ahringskreuz? Das ist nicht schlimm, denn ich kann mir vorstellen, wie es war. Der Angeklagte hat diese Befehle aus dem Lehrbuch nie gegeben. Er war hoffnungslos überfordert und hat falsch gehandelt, was den Tod seiner Kämpfer zur Folge hatte. Ist es nicht genau so gewesen?«

Schweigen.

»Leutnant, antwortet mir! Ich kann Euch dazu zwingen, diese Frage zu beantworten. War es nicht so, wie ich gesagt habe?« Pherion hatte den Kopf über die Absperrung geneigt, ein knapper Spann trennte ihre Gesichter noch voneinander. Ein triumphierendes Lächeln hatte das Antlitz des Generaladvokaten erobert, und er genoss diesen Augenblick, in dem sich der Zeuge innerlich wand. *Spuck es endlich aus, du Zinnsoldat! Garvor ist ein ärmlicher, verräterischer Intrigant und auch im Feld eine Niete. Los, heraus damit!*

»Nein. Der Leutnant hat die eben aufgezählten Befehle alle gegeben, und zwar in korrekter Form und Reihenfolge.«

Das ist unmöglich! Das kann nicht wahr sein! Pherion entgleisten beinahe sämtliche Gesichtszüge, als er den Widerspruch des Zeugen vernahm. Seine Stimme wurde bedrohlich, und innerlich tobte er vor Wut, in dem tiefen Verlangen jemanden in der Luft zu zerreißen. »Dann hoffe ich, Leutnant Ahringskreuz, dass Ihr mir eine gute Erklärung für das liefern könnt, was dort geschah. Ansonsten sehe ich mich gezwungen, Euch wegen Verleumdung und Meineid selbst vor Gericht zu zerren!«

Schweren Herzens holte der Zeuge tief Luft und gab die Wahrheit preis: »Es lag nicht daran, dass der Leutnant die Befehle nicht gegeben hätte, sondern daran, dass sie nicht befolgt wurden.«

Blankes Entsetzen machte sich auf den Zuschauerrängen breit; wildes Gemurmel und entrüstete Rufe wie »Lügner!« und »Verleumdung!« wurden laut.

Es dauerte mehrere Augenblicke, bis wieder Ruhe eingekehrt war. Richter del Araggia ließ einige der Unruhestifter aus dem Saal entfernen und drohte den restlichen Anwesenden mit weiteren Maßnahmen, sollten sie sich nicht zu benehmen wissen.

»Erläutert diese Aussage näher!«, ertönte Pherions harsche Aufforderung, die den mittlerweile erblassten Offizier leicht, aber sichtbar zusammenzucken ließ.

»Was ich jetzt aussage, kann keine Entschuldigung für die Vorfälle am H'Rakh el A'Batra sein. Unsere Truppe bestand – von mir, dem Leutnant, seinem Kundschafter und drei anderen Soldaten einmal abgesehen – aus Frischlingen. Entschuldigt! Ich meine: ehemaligen Rekruten, die ihre einjährige Aufnahmezeit gerade hinter sich hatten. Ich war damals selbst erst dreiundzwanzig und die Masse unserer Soldaten war vier oder fünf Jahre jünger als ich. Eigentlich sollten die Frischlinge dort unten erst einmal ein Jahr Garnisonsdienst schieben, doch zu dieser Zeit waren die erfahreneren Verbände in größere Kämpfe mit Piraten verwickelt, sodass man uns diese Schulklasse anstelle einer wirklichen Verstärkung geschickt hatte. Während des nächtlichen Gefechts verloren die meisten von ihnen die Nerven und warfen ihre Waffen weg, um in Panik zu fliehen und ihr Leben zu retten. Die jungen Männer und Frauen konnten der Belastung einfach nicht standhalten; es wäre besser gewesen, man hätte die gesamte Aktion verschoben, bis ein erfahreneres Korps eingetroffen wäre. Um wieder zum eigentlichen Punkt zu kommen: Also, der Leutnant hatte die gerade aufgezählten Befehle gegeben und die Truppe hatte dementsprechend ihre Aufstellung bezogen. Doch als die Wilden anstürmten, waren die Soldaten wie gelähmt und ließen sich einfach überrennen. Ich kann mich noch genau erinnern, wie die Korporalin des ersten Zugs, ein knapp achtzehnjähriges Mädchen, einfach nur dastand und vor Angst zitterte, nachdem der Feuerbefehl gegeben wurde. Sie fiel vor dem ersten heranstürmenden Krieger auf die Knie und bettelte heulend um ihr Leben. Dass dies vergeblich war, brauche ich wohl kaum zu erwähnen.«

Eisige Stille hielt den gesamten Gerichtssaal in harter Umklammerung, viele der Zuschauer blickten betreten zu Boden oder hasserfüllt auf den Zeugen hinab. Eine Frage manifestierte sich in den Köpfen der Anwesenden: Konnte das wahr sein? Und wenn nicht, wie konnte dieser Mann dort unten es wagen, die glorreiche horasische Armee, den Stolz aller Bürger und des ganzen mächtigen und angesehenen Kaiserreiches, mit seiner entehrenden Aussage in den Schmutz zu ziehen?! Und um sich der bitteren Wahrheit nicht stellen zu müssen, suchten die Zuhörer nach einem Schuldigen, einem Mann, der für diese Ungeheuerlichkeiten gerade stehen musste. So gab es im ganzen Gerichtssaal nur einen einzigen Mann, den die Wahrheit aufrichtig kümmerte, und just dieser Mann ergriff nun das Wort: »Habt Ihr noch weitere Fragen an den Zeugen, Pherion?«

Die Züge noch immer vor Wut und Enttäuschung über diesen erneuten Rückschlag verzerrt, schüttelte der Angesprochene den Kopf und ließ sich seufzend auf seinen Stuhl an Jesabelas Seite fallen. Noch während Pherion darüber sinnierte, wieso alles schief zu laufen drohte, erklärte Hilberian, dass er keine Fragen mehr stellen wolle, da der Zeuge den Sachverhalt bereits ausreichend dargestellt hatte.

Pherion ballte die Fäuste, bis die Fingerknöchel weiß hervortraten. *Dann muss eben der vorerst letzte Trumpf stechen!* Mit einem lässigen Wink signalisierte er seiner Assistentin seine Absicht. Die junge Frau erhob sich und sprach mit lauter Stimme: »Die Vertreter der Anklage rufen nun Cavalliera Sharielle di Jazayeri in den Zeugenstand.«

Die Türen zum Gerichtssaal wurden geöffnet, und die genannte Adelige betrat majestätischen Schrittes den Saal, um sich gleich darauf in den Zeugenstand zu begeben.

Einer der Gerichtsdiener trat an sie heran und bat sie die rechte Hand für den Eid zu heben. »Schwört bei Praios dem Gerechten, der Herrin Hesinde, Hüterin der Klugheit und des Wissens, den anderen zehn Göttern und Ihrer Horaskaiserlichen Majestät Amene Firdayon, kein falsches Zeugnis abzulegen und nichts als die Wahrheit zu äußern!«

Mit einem leeren Blick und einer monotonen Stimme erklärte die Adelige: »Ich schwöre.«

Seufzend erhob sich der Generaladvokat und trat vor den Zeugenstand. »Cavalliera, wie lange kennt Ihr den Beklagten bereits?« Sharielle wirkte unnatürlich blass und zögerte, bevor sie die Frage beantwortete: »Ich kenne den Kapitan erst seit einigen Tagen.«

»Aber Ihr habt sicherlich schon von ihm gehört? Er ist immerhin ein bekannter und angesehener Mann.«

Sharielle nickte kaum merklich: »Ja, das ist richtig. Ich habe gehört, dass er ein großer Kriegsheld ist und sich zahlreiche Auszeichnungen verdient hat, unter anderem auch die König-Khadan-Schärpe, eine der höchsten Belobigungen militärischer Art überhaupt.«

»Sehr richtig. Erzählt dem Gericht doch bitte, welchen Eindruck der Kapitan auf Euch macht, Ihr hattet ja ausreichend Gelegenheit, Euch mit ihm zu befassen.«

»Ich kann nur sagen, dass der Kapitan auf mich den Eindruck eines verblendeten Militaristen macht, der seinem Soldatenstolz alles unterordnet und das Leben eines Fanatikers führt. Ihm fehlt jegliches Verständnis für Kultur und all das, was dieses Land jenseits des Militärs ausmacht. Außerdem ist er ein gefühlskalter Mensch, dem die Begriffe ›Freundschaft‹ und ›Zuneigung‹ offenbar unbekannt sind, da sie nicht in seine martialische Vorstellungswelt passen.«

Pherion hob den Zeigefinger und tippte einmal in Richtung Sharielle: »Wenn ich mich recht entsinne, habt Ihr mir einmal erzählt, dass der Angeklagte, als er Euch seine Aufwartung machen sollte, Eure Freundin, die Dame Sanna, vorsätzlich schwer verletzte. Ist das wahr?«

»Ja. Um mir klar zu machen, dass man mit seinen Gegnern nicht herumspielt, demonstrierte er mir seine Fähigkeiten im Fechten, indem er die Dame Sanna schwer verwundete.«

»Einspruch!«, tönte es aus der Richtung der Verteidigung, und noch während Hilberian sich aufrichtete, glättete er die Falten seiner Robe. »Diese Sache betrifft nur den Angeklagten und die von ihm Geschädigte.

Da sie aber keine Anzeige erstattet geschweige denn eine formelle Anklage erhoben hat, bitte ich den ehrenwerten Richter die letzte Aussage aus dem Protokoll streichen zu lassen und für diese Verhandlung zu vergessen!«

Der alte Rechtsgelehrte runzelte die ohnehin bereits faltige Stirn und krächzte: »Stattgegeben. Die letzte Frage wird komplett gestrichen, da sie anderweitig verhandelt werden müsste. So, und wenn Ihr mir jetzt noch sagt, wie ich es vergessen soll, dann macht Ihr mich glücklich. Ihr glaubt wohl, ich bin senil, was? Ihr denkt sicher, da kommt es schon mal vor, dass der Alte sich nicht alles behält. Ich bin enttäuscht von Euch, Strassinger, kommt Ihr erst einmal in mein Alter! Fünf Horasdukaten Ordnungsstrafe, wegen Missachtung des Gerichts. Weitermachen, ich habe langsam Hunger, und je hungriger ich bin, desto schneller hagelt es Strafen!«

Der Ankläger hüstelte leicht und setzte seine Befragung fort. »Sehr geehrte Cavalliera Sharielle di Jazayeri. Mir ist zu Ohren gekommen, dass die gewünschte Kooperation zwischen Euch und dem ehrenwerten Angeklagten nicht gerade erfolgreich zu nennen war.«

Die Adelige runzelte die Stirn, strich eine blonde Strähne aus dem jungen Gesicht und antwortete leise: »Entschuldigt, aber ich weiß nicht genau, wovon Ihr da sprecht.« Lächelnd rieb sich Pherion die Hände und formulierte neu, ohne Sharielle eines Blickes zu würdigen: »Gut, vielleicht war meine Frage ein wenig unpräzise. Würdet Ihr zustimmen, wenn ich die Bemühungen des Beklagten hinsichtlich der Zusammenarbeit mit Euch, verehrte Cavalliera, als destruktiv, wenn nicht sogar verräterisch bezeichne?«

Wiederum wurde es im Publikum unruhig, als die Leute sich fragten, was der Ankläger mit dieser Frage anzusprechen gedachte. Sharielle schüttelte leicht den

Kopf und erwiderte zögernd: »Es tut mir außerordentlich Leid, aber ich weiß wirklich nicht, wovon Ihr redet.«

Ruckartig riss der Anwalt den Kopf herum und starrte die Zeugin bitterböse an, als wollte er sie durch einen einzigen intensiven Blick in die Knie zwingen. Eine eisige Stille kehrte ein, denn den Zuschauern war nicht entgangen, dass dieser Punkt augenscheinlich nicht zum Plan des Advocaten gehörte und seine Erregung nicht gespielt, sondern echt war.

»Aber der Kapitan hat doch veranlasst, dass man eine gute Freundin Eures Hauses inhaftierte, und Ihr selbst habt den Beweis erbracht, dass er einen Beamten bestochen hat?!« Sharielles Miene blieb ausdruckslos, sie überlegte einen Herzschlag lang und antwortete dann mit fester Stimme: »Sicherlich habe ich geholfen, die Verfehlungen des Beklagten dem Staat gegenüber aufzudecken, aber bei seiner Zusammenarbeit mit mir bin ich auf keine verdächtigen Tendenzen aufmerksam geworden.«

Pherion kochte vor Wut, es schien, als wolle ihn sein Protegé zum Narren machen. »Ich höre wohl nicht recht, edle Cavalliera. Entspricht es nicht der Wahrheit, dass der Beklagte selbst Eure Freundin, die Bürgerin mit dem Namen Sanna, grundlos angegriffen und verletzt hat? Wollt Ihr das etwa leugnen?« Die letzten Worte hatte der Ankläger förmlich herausgeschrien, sodass der Richter ihn unsanft ermahnte, ein wenig ruhiger zu werden.

Die Adelige holte tief Luft, schloss kurz die Augen und erwiderte: »Bei diesem Fall handelte es sich lediglich um eine Fechtübung, bei welcher der Beklagte der später Verwundeten eine Lektion erteilte, die ich ob der durch meine Freundin an den Tag gelegten Ignoranz und ihres unbegründeten Übermutes für gerechtfertigt erachtet habe.«

Der Anwalt der Verteidigung erhob wiederum Einspruch, da es dem Ankläger kurz zuvor verboten worden war, diesen Punkt anzuführen. Der alte Richter ermahnte di Avona, die Sache jetzt endlich ruhen zu lassen.

Lautstarkes Gemurmel störte die Verhandlung und spöttische Schmährufe schnitten ins Herz des Advocaten, als einige der Zuschauer sich köstlich darüber amüsierten, dass die Befragung aus dem Ruder lief. Aber immer noch hatte der Staatsanwalt die hartgesottenen Konservativen hinter sich, die sofort aufs Energischste protestierten und eine solche Beleidigung eines der bedeutendsten Staatsdiener harsch und nicht minder lautstark zurückwiesen. Der Vorsitzende musste die Besucher des Saals einmal mehr zur Ordnung rufen.

Pherions Augen fokussierten die Zeugin und versuchten mit heißem, rachsüchtigem Blick ein Loch in ihr makelloses Antlitz, die Maske ihrer dreisten Lüge zu brennen; doch Sharielle schwieg unbeeindruckt und blickte eisig zurück.

Mit festem Blick begegnete sie den Funken sprühenden Augen des Advocats, und sie konnte deutlich spüren, dass dieser Mann sich nicht geschlagen geben würde, ja, dass er mit ihr noch ein gewaltiges Hühnchen zu rupfen gedachte. Ein mächtiger Feind mehr oder weniger scherte sie in diesem Augenblick jedoch nicht sonderlich. Pherions Miene versteinerte, und er unterdrückte seinen Zorn, als er sich mit leiser Stimme an den Richter wandte: »Euer Ehren, ich erbitte untertänigst eine kurze Unterbrechung, um meine Strategie neu zu strukturieren und die unerwarteten Wendungen dieses Prozesses zu überdenken.«

Richter del Araggia grübelte kurz, griff dann aber entschlossen zu seinem Hammer, den er wuchtig auf das Pult herabsausen ließ, und verkündete gleichsam mürrisch: »Also gut, eine halbe Stunde Pause.« Leise brummelnd erhob sich der alte Rechtsgelehrte und einer der Gerichtsdiener öffnete ihm die Tür zum Richterzimmer. Überall standen die Besucher auf, reckten und streckten sich und auf dem Weg aus dem Gerichtssaal wurden Gemurmel und erregte Dispute laut.

Krachend fiel die Tür ins Schloss, als Pherion den kleinen Raum betrat, welcher den Anklägern als Vorbereitungszimmer diente. Jesabela zuckte kurz zusammen und mied den Blick ihres Mentors, der offenbar äußerst wütend war. Doch kaum war die Tür geschlossen, setzte er sich ruhig neben sie und schenkte sich ein Glas Rotwein aus einer auf dem Tisch stehenden Karaffe ein. »Jesabela, meine Liebe, was sagt Ihr zu diesem Schauspiel? Unsere Hauptbelastungszeugin hat sich dazu entschlossen, nicht mehr gegen den Angeklagten auszusagen. Wenn das keine göttergefällige Nächstenliebe ist! Wie ausgesprochen gnädig von unserer kleinen Diplomatin. Zu gern nur wüsste ich, was sie sich dabei denkt. Warum schützt sie den Mann, der ihr so viel Leid angetan hat?«

Die Assistentin schüttelte bedauernd den Kopf: »Ich weiß es auch nicht, aber sollten wir nicht lieber überlegen, wie wir dieses vernichtende Debakel in eine geringfügige Niederlage für uns umwandeln können?«

Pherion leerte das Glas und winkte lässig ab. »Keine Sorge, meine Liebe! Ich lade mir zwar ein wenig Ärger auf, aber diesen Prozess nimmt mir niemand mehr aus der Hand, wir brauchen die unschlüssige Cavalliera nicht, denn ich habe noch jemanden in Reserve, dessen Aussage den Kapitan zwar nicht aufs Schafott, dafür aber für immer ins gesellschaftliche Abseits verfrachten wird.«

Zweifelnd zog die junge Gelehrte eine ihrer hellen

Augenbrauen hoch und blickte ihren Lehrmeister verständnislos an.

»Merke dir eines gut, meine Kleine: Wenn alle glauben, du hättest deine Karten gänzlich ausgereizt, solltest du immer noch ein oder zwei Trümpfe im Ärmel haben, auch wenn es vielleicht gezinkte sind.« Flink erhob sich der Generaladvokat und mit der Aktenmappe unter dem Arm machte er sich auf den Weg nach draußen. »Entschuldigt mich, ich muss noch mit dem Kommandanten der Stadtwache reden, wir sehen uns nachher im Gericht!«

Tatsächlich erschien der Anwalt pünktlich zum Ende der Pause und begleitete seine Gehilfin in den Verhandlungssaal. Nachdem alle Besucher ihre Plätze wieder eingenommen hatten, erhob sich die versammelte Menschenmenge ehrfürchtig, als der Richter den Saal betrat und sich auf seinem schiedsrichterlichen Sitz niederließ.

»Die Verhandlung wird fortgeführt. Pherion, habt Ihr Euch gesammelt oder bricht Eure Anklage nach der letzten Zeugenaussage auseinander?«

Der Ankläger erhob sich, glättete erneut seine Kleidung, räusperte sich und antwortete: »Keineswegs, Euer Ehren, ich bin nach wie vor davon überzeugt, die Schuld des Angeklagten beweisen zu können. Fürwahr wäre ich ein schlechter Vertreter Ihrer Majestät, gäbe ich mich nach dem Auftauchen von Problemen stets geschlagen.«

Richter del Arragia kratze sich an der Nase, zog eine Grimasse und holte mit dem Hammer aus. Krachend schlug das Ordnungsinstrument auf das Pult und dem Alten entwich ein heiserer Jubelschrei. »Erwischt! Bei Firun, auf meine alten Tage scheint mein Jagdinstinkt noch nicht gänzlich erloschen zu sein.« Angewidert und erneut eine jahrmarktswürdige Grimasse schneidend, schnippte Yserian eine tote Fliege von seinem Tisch und wandte sich dann augenblicklich wieder dem Ankläger zu: »Oh, vergebt mir, Pherion, das ist mir äußerst peinlich, aber ich habe Euch nicht zugehört. Da Ihr jedoch höchstwahrscheinlich wieder einmal lediglich eine Eurer recht leeren, selbstverherrlichenden Phrasen gedroschen habt, glaube ich, dass mir nichts entgangen ist. So fahrt doch bitte fort, oder korrigiert mich, so ich mich täuschen sollte!«

Pherion wollte schon zu einer hitzigen Erwiderung ansetzen, aber das unverhohlene Grinsen im Gesicht des Richters machte ihm deutlich, dass er sich die Missachtung seiner Person diesmal gefallen lassen musste.

Von der Bank der Verteidigung war ein deutliches Kichern seitens des dicklichen Anwalts zu hören, das abrupt endete, als der Richter ihn mit einem drohenden Blick musterte. Dieser Blick ließ erahnen, dass Yserian keinesfalls zögern würde, noch mehr Ordnungsstrafen zu verhängen; und schließlich waren fünf goldene Dukaten eine nicht unbeträchtliche Summe.

Ein höhnisches Grinsen auf den Lippen di Avonas überspielte seinen Ärger über die Herablassung des Richters. Pherion wusste, dass er gewinnen würde, und nichts auf Dere, von den Göttern einmal abgesehen, konnte seinen finalen Triumph jetzt noch verhindern. »Ich möchte meinen letzten Zeugen aufrufen, der unwiderruflich die Schuld des Beklagten beweisen wird. Vielleicht nicht in allen aufgezählten Punkten, aber dennoch wird diese Aussage bestimmt aufzeigen, dass die Anschuldigungen berechtigt und keineswegs haltlos sind.« Die Hände zu Fäusten geballt, drehte sich der Anwalt in Richtung seiner Assistentin und nickte ihr zu, woraufhin sie sich erhob, um das Wort zu ergreifen: »Die Anklage, vertreten durch Ihrer Majestät Generaladvokat Pherion di Avona, ruft den letzten Belastungszeugen auf: Inspector Jarim di Varesa.«

Plötzlich wurde allseits Geflüster hörbar und vereinzelte, erstaunte Ausrufe durchbrachen die Stille. Richter del Araggia sorgte erneut mit derben Hammerschlägen für Ordnung, während zwei Gerichtsdiener den tot gesagten Inspector hereinführten. Noch während sich blankes Entsetzen auf den Gesichtszügen des Verteidigers und auch auf Shariellles Antlitz spiegelten, schritt Pherion gemächlichen Schrittes auf den Zeugenstand zu, mit der zunehmenden Gewissheit, dass er nun endlich gewonnen hatte, auch wenn es sich nicht so einfach angelassen hatte wie erwartet; aber ein gewisses Risiko blieb schließlich immer …

»Im Namen des Praios, der anderen elf Götter und im Namen Ihrer Horaskaiserlichen Majestät Amene Firdayon ergeht folgendes Urteil: Der Angeklagte, Kapitan Garvor di Scilaggio, wird für schuldig befunden, einen Beamten des Adlerordens bestochen zu haben und grob gegen die Begriffe der Ehre verstoßen zu haben, da er die Cavalliera Sharielle di Jazayeri mit dem Einsatz unlauterer Mittel, in diesem Falle gekaufter Informationen, diskreditieren wollte. Dieses Verhalten ziemt sich nicht, schon gar nicht für einen Mann, der als gutes Beispiel den ihm Unterstellten vorangehen sollte. Der Angeklagte hat sein Ansehen schändlich missbraucht und sich selbst entehrt.

Die Vorwürfe der Konspiration und des Hochverrats sind nicht ausreichend belegt worden und darum erkläre ich den Beklagten in diesen beiden Punkten für nicht schuldig. Kapitan di Scilaggio, mein Urteil bestimmt, dass Eure Besitzungen dem Reich und damit in kaiserliche Obhut zurückfallen, dass Eure Rente mit dem Einverständnis der Kaiserin widerrufen wird und Ihr Euren Rang als Kapitan sowie alle Auszeichnungen verliert. Eure Versetzung steht bereits fest und wird in wenigen Stunden von Eurem Vorgesetzten bestätigt werden. Ihr werdet Euch in vier Tagen dem Expeditionskorps unserer Kolonialtruppen in den Süden anschließen. Unter dem Kommando von Kapitan Berengar von Maraud werdet Ihr den Dienst in der Garnison von Neu-Bosparan aufnehmen.

Hiermit erkläre ich die Verhandlung für geschlossen.« Mit einem dumpfen Knall ließ der alte Richter sein Ordnungsinstrument ein letztes Mal auf das Pult herabsausen und verließ dann ohne ein weiteres Wort den Gerichtssaal.

Jesabela beglückwünschte ihren Mentor zu seinem raffinierten Sieg und konnte ein bewunderndes, schmeichelndes Lächeln vor ihm nicht verbergen. »Pherion, es war ein genialer Zug von Euch, den Inspector in Reserve zu halten und die Geschichte über seinen angeblichen Selbstmord zu den Zeitungen durchsickern zu lassen. Seine Mitarbeit an diesem Fall sichert ihm eine milde Strafe für seine Verfehlungen zu, und hättet Ihr seiner Dienste nicht bedurft, so hättet Ihr ihn immer noch ans Messer liefern können. Es ist mir eine Ehre, Euch zu kennen und an Eurer Seite zu triumphieren. Aber sagt, woher wusstet Ihr, dass Ihr der Cavalliera nicht trauen konntet?«

Leichten Herzens packte der Staatsanwalt seine Tasche und setzte den Hut auf. »Ich vertraute der ehrenwerten Sharielle, aber ich bin von Natur aus übervorsichtig, was sich wieder einmal gelohnt hat. Wie Ihr seht, meine Liebe, habt Ihr noch eine Menge zu lernen. Kommt, lasst uns angemessen auf den Sieg der Gerechtigkeit mit einem guten Tropfen anstoßen! Dann können wir auch gleich bereden, wie weiter zu verfahren ist.« Eilig streifte sich die Gelehrte ihren Mantel über und folgte dem Advocaten hinaus auf die Straße.

Kapitel 8

Sharielle machte sich zur selben Zeit auf den Weg zu ihrer Kutsche. Sie fühlte sich unbehaglich und wollte möglichst schnell weg von diesem Ort. Der Schweiß lief in Strömen ihre Haut hinab. Natürlich war es in dieser Jahreszeit in geschlossenen Räumen einfach unerträglich, besonders wenn sich eine beachtliche Menschenmenge dort tummelte. Allerdings musste sie sich eingestehen, dass die Vorkommnisse im Gerichtssaal weit mehr an ihrer Konstitution gezehrt hatten.

Wenige Schritte von ihrem Fahrzeug entfernt, spürte sie plötzlich einen festen Griff um ihren linken Arm: »Cavalliera?«

Erschrocken fuhr sie herum und blickte in das ausdruckslose, vom Schweiß feuchte Gesicht des hünenhaften Garvor. »Warum habt Ihr das getan? Ihr hättet mich leicht vernichten können, diese Chance hattet Ihr Euch doch sehnlichst gewünscht, oder irre ich da?«

Einen Augenblick lang wusste die Adelige nicht, ob sie antworten sollte, doch schließlich entschied sie, dass es besser sei, etwas zu entgegnen: »Nein, Ihr habt Recht. Mich dürstete nach einer Gelegenheit, Euch all Eure unverfrorenen Tiefschläge heimzuzahlen. Doch um zu verstehen, warum ich getan habe, was ich getan habe, dürfte es von Eurer Seite eigentlich keiner Frage bedürfen. Ich bezahle meine Schulden und nehme zurück, dass Ihr kein Mann von Ehre seid, auch wenn ich wahrscheinlich die Einzige im ganzen Reich bin, von der Ihr solche Worte jetzt noch zu hören bekommt. Abgesehen davon hat sich meine Meinung über Euch und Eure Methoden keinesfalls geändert. Ihr seid für mich noch immer der verbohrte Kriegshund, der selbst dann noch für seinen Herrn kämpfen wird, wenn dieser ihm Scheuklappen verpasst und ihn mit harten Stiefeln tritt.«

Garvor verzog leicht die Mundwinkel und antwortete: »Ich denke nach wie vor, dass Ihr eine verwöhnte Dame aus großem Hause seid, die zu sehr von den Verdiensten und Titeln ihrer Ahnen lebt und sich im Leben keinen Genuss entgehen lässt. Aber ich muss eingestehen, dass in Euren Adern tatsächlich das Blut einer Edlen fließt, denn Ihr vereint wenigstens Tugenden wie Ehrgefühl und Gerechtigkeitssinn in Eurem Handeln. Viele, die sich von adeligem Stand schimpfen, sind nur noch ein matter Abglanz ihrer einst so stolzen Familien. Ihr, Sharielle, seid durch Eure Lebensart verweichlicht, dennoch seid Ihr wahrhaftig eine Frau des Adels, und durch diese Wahrhaftigkeit gereicht es mir zur Ehre, an Eurer Seite zu streiten.

Ich möchte Euch bitten, trotz unserer Differenzen meine Kooperation zu akzeptieren und den uns aufgetragenen Fall abzuschließen.« Nach Beendigung seiner Ansprache streckte Garvor ihr seine rechte Hand entgegen und blickte ihr aufrichtig und erwartungsvoll in die Augen. Nach kurzem Zögern ergriff sie die riesige Pranke des Offiziers und schüttelte sie leicht. »Es wird mir kein Vergnügen, aber dennoch eine Ehre sein, mit Euch die Feinde unseres Landes auszumerzen.«

Garvor salutierte zackig und schlug knallend die Hacken aneinander. Militärisch präzise trat er einen Schritt zurück, drehte sich fließend um und schritt steif wie auf einem Exerzierplatz davon.

Die Adelige setzte sich schweren Gemüts in ihre Kutsche und signalisierte dem Fahrer, sie nach Hause zu bringen. Erst das Klopfen des Kutschers auf das hölzerne Dach des Fahrzeugs schreckte sie aus ihren Gedanken; es war Zeit auszusteigen. Der Mann öffnete die Tür und klappte die Trittstufen herunter.

Geistesabwesend dankte sie dem Fahrer und entließ ihn bis zum Abend aus ihren Diensten. Anschließend machte sie sich auf den Weg durch den Vorgarten, hin zur breiten Eingangstür ihrer Villa. Auf dem Weg hielt sie kurz inne und richtete ihren starren Blick auf die Stelle, an welcher Sanna vor kurzer Zeit fast ums Leben gekommen wäre; das helle Klirren vom Aufeinandertreffen der Fechtwaffen klingelte noch immer in ihren Ohren und vor ihrem inneren Auge spielten sich die letzten Augenblicke des grausigen Kampfes erneut ab. Als wäre der Zeitfluss ins Stocken geraten und ließe die Stunden nun in zäher Weise vor sich hin fließen, erlebte sie noch einmal den Augenblick, als die scharfe Klinge des Offiziers in den Leib der Geliebten drang. Unwillkürlich schüttelte sie sich und beschleunigte ihre Schritte zur Tür. Der frohe Ton der Türglocke vertrieb die unangenehme Erinnerung aus ihrem Geist, und sie begrüßte Bertrand, der schleunigst geöffnet und die Hausherrin standesgemäß willkommen geheißen hatte.

»Verzeiht, Herrin, aber gelüstet es Euch vielleicht nach einem verspäteten Mittagsmahl oder einer kleinen Erfrischung?« Sharielle beachtete den Majordomus gar nicht, sondern zog die Schuhe aus und ließ sie fallen, um sich dann, von den hochhackigen Foltergeräten befreit, barfuss auf den Weg in den Salon zu machen und die Tür ohne jede Antwort hinter sich zu schließen. Bertrand, der Sharielle schon kannte, seit sie der Wiege entwachsen war, zuckte mitfühlend die Schultern. Zu oft schon war seine Herrin von

Einsätzen zurückgekehrt, so sehr in Gedanken, dass sie erst nach vielen Stunden wieder ein Interesse an ihrer Umgebung gezeigt hatte. Leise seufzend blickte er Sharielle hinterher. »Scheinbar hat die Herrin keinen Appetit, nun gut.« Da sich jemand um die Schuhe kümmern musste, rief Bertrand nach der Kammerzofe und wich nicht von ihrer Seite, bis er sicher sein konnte, dass alles ordnungsgemäß aufgeräumt worden war.

Sharielle saß schon eine geraume Zeit zusammengerollt mit dem Rücken zur Tür in einem der breiten Polstersessel, als die Tür geöffnet wurde und jemand leise eintrat. Sion setzte sich im Schneidersitz vor seine Mutter und blickte sie fragend an: »Was ist los? Was hast du bloß?«

Mit einem gezwungenen Lächeln senkte Sharielle den Blick und versuchte zu erklären, was sie bedrückte: »Ich habe einen dummen Fehler gemacht, Sion, und einen schwer wiegenden dazu. Ich habe meine eigenen Ansichten über die Weisheit der Götter gestellt und gelogen, als ich geschworen habe, die Wahrheit zu sprechen.« Das Kindergesicht zeigte Verständnislosigkeit, und noch bevor Sion fragen konnte, warum sie das getan hatte, fuhr sie fort: »Ich stand tief in der Schuld eines Mannes, und um diesen Zustand zu beheben, habe ich seine Schuld gegenüber dem Staat verleugnet und mich damit über die Gesetze der Götter und die Verordnungen des Staates eigenmächtig hinweggesetzt.«

Wieder wurde die Türe behutsam geöffnet, und mit einem flinken Blick über die Schulter versicherte sich Sharielle, dass Sanna hereingekommen war. »Sion?«, erklang die leise Stimme der Dunkelhaarigen, »kannst du uns beide vielleicht ein wenig allein lassen, wir haben ein paar wichtige Dinge zu bereden.« Gehorsam nickte der Junge, stand behände auf und verabschiedete sich mit einem Kuss auf die Wangen beider Frauen.

»Sanna …«, begann die Hausherrin leise. Die Angesprochene trat vor den Sessel, in welchem ihre Geliebte es sich bequem gemacht hatte, und legte ihr sanft den Zeigefinger auf die Lippen. »Schh. Du brauchst nichts zu sagen, ich weiß, wie schwer das für dich gewesen sein muss.«

Mit gerunzelter Stirn blickte die Adelige in die grünen Augen ihres Gegenübers und fragte verdutzt: »Aber wie kannst du wissen, was ich dir erzählen will? Der Arzt hat dir doch strenge Bettruhe verordnet und ich habe sonst mit niemandem außer Sion darüber gesprochen.« Schlagartig wurde ihr klar, wie ihre Freundin Bescheid wissen konnte: »Du warst im Gericht, unter den Zuschauern!« Blass und verzweifelt hob Sharielle die Hände, bereit, ihre Aussage vor Gericht zu erklären: »Ich habe gelogen, dass weißt du doch, oder? Ich würde niemals dein Wohl für eine Fechtlektion aufs Spiel setzen!«

Sanna lächelte ein warmes, offenes Lächeln, in dem sich viel ihrer Zuneigung für die Diplomatin widerspiegelte. »Natürlich verstehe ich, warum du es getan hast, und wenn ich der Überzeugung wäre, du würdest mein Leben so wenig achten, hätte ich wohl schon vor längerer Zeit meine Koffer gepackt.« Noch immer lächelnd, nahm Sanna Sharielles Hände in die ihren und strich zärtlich über die weiße, weiche Haut der Blondine. Sharielles Stimme war nur mehr ein leises Flüstern, als sie fragte, warum Sanna überhaupt aufgestanden war, obwohl es ihr strikt verboten worden war.

»Ich konnte es im Bett nicht mehr aushalten und außerdem wollte ich den Ausgang der Verhandlung so schnell wie möglich erfahren.«

»Wieso bist du nur immer so unvernünftig? Stell dir vor, die Wunde wäre wieder aufgebrochen, und dann? Ist dir eigentlich klar, wie unverantwortlich dein Tun ist?«

Sanna rückte ein Stück näher, ihre linke Hand schloss sich um den Nacken der Adeligen und hob ihren Kopf leicht in Richtung ihres Gesichts. »Lieber unverantwortlich als unmündig«, hauchte die dunkelhaarige Rebellin ins Ohr der Geliebten. Sharielles Atem ging auf einmal schneller, als sie die sanfte Berührung von Sannas geschickten Fingern spürte, die einerseits ihren Kopf stützten und andererseits ihren Nacken kraulten. Einen Augenblick lang genoss Sharielle einfach diese Leichtigkeit, die sie alle Probleme vergessen ließ. Ein wohliges Schnurren entrang sich ihrer Kehle, und sie schloss die Augen, um die Wärme, die langsam ihren Rücken hinaufstieg, vollends in sich aufzusaugen und zu spüren, wie diese wohlige Unbeschwertheit langsam durch ihren Körper strömte und alle Gliedmaßen erfüllte. Hin und her gerissen zwischen Zorn, Sorge und angenehmer Entspannung, knurrte sie: »Und wenn du nun auf der Straße blutend zusammengebrochen wärst, was dann? Du lagst schon einmal verwundet in meinen Armen, und ich glaubte, du würdest sterben.«

Sannas rechte Hand ergriff das angewinkelte Bein Sharielles und streckte es; flink setzte sie sich auf den Schoß der Diplomatin. Sie küsste vorsichtig ihre Nasenspitze und schob ihr eigenes Gesicht noch ein Stück näher an Sharielles heran. »Lieber sterbend in deinen Armen, als ans Bett gefesselt und in einem düsteren Augenblick von dir getrennt.«

Leicht errötend schlug die Hausherrin einen Herzschlag lang die Augenlider nieder und streichelte dann unbeholfen über Sannas dunkle Mähne; doch der Versuch der ewig perfektionistischen Sharielle,

Ordnung in die Frisur ihrer Freundin zu bringen, scheiterte kläglich, genauso wie der Versuch, die Zärtlichkeiten zu erwidern. In Liebesdingen hatte sie stets zwei linke Hände gehabt und stellte sich an wie eine eiserne Jungfrau; so war es ihr zumindest einmal scherzhaft von einem Priester der Liebesgöttin Rahja vorgeworfen worden. Sie suchte den Blick der hell funkelnden Augen ihrer Geliebten. »Sag doch bitte nicht so etwas! Man fordert das Schicksal und der Götter Ungemach nicht heraus, indem man es beim Namen nennt!«

Sanna bleckte die makellosen Zähne zu einem kecken, raubtierähnlichen Grinsen: »Lieber ein Herausforderer des Schicksals als ein Sklave des Alltags.«

Sharielle umfasste zögernd die Hüften ihrer Geliebten und ihre Hände fuhren langsam am Körper der schmächtigen Frau entlang, streichelten zärtlich ihren flachen Bauch und zählten unbewusst die Rippen, die deutlich zu ertasten waren, bis ihre Finger sich auf dem Rücken Sannas verschränkten und sie ein Stück näher heranzogen. Mit gespielt lässigem Ausdruck im Gesicht, doch verräterisch brüchiger Stimme sagte Sharielle: »Ich werde heute Abend auf diesen groß angekündigten Ball des Granduco Laserian di Mestilio gehen müssen, die Pflicht ruft. Ich habe mich mit Garvor di Scilaggio geeinigt, dass wir unseren Auftrag zu Ende führen. Bleibt mir zu hoffen, dass ich den Abend in einem Stück überstehe, habe ich den ersten Anschlag doch nur knapp überlebt.« Die letzten Worte warf sie etwas verächtlich in den Raum, um ihre Angst zu verbergen und hervorzukehren, wie unbesorgt sie diesen Abend angehen würde.

Sanna schmiegte ihr Gesicht an Sharielles Wange und flüsterte ihr ins Ohr: »Kein noch so kühnes Wort, wie mutig es auch gesprochen ward, vermag deine Gefühle vor mir zu verbergen! Doch sei getrost, ich habe genauso viel, wenn nicht sogar noch mehr Angst als du.« Sanna vergrub ihre Nase im golden leuchtenden Haar ihrer Freundin und sog seinen Duft tief ein. »Du brauchst aber keine Furcht zu haben; ich werde da sein und dich vor allem Ärger, wenn nötig auch vor den finstersten Dämonen der Niederhöllen beschützen. Hast du gehört? Kein Leid soll dir von der Hand eines Sterblichen geschehen!«

Ein leises Seufzen entwich der Kehle der Cavalliera. »Ich wünschte, es wäre so einfach. Du vergisst, dass es sich nicht um einen dahergelaufenen Haufen von streunenden Strauchdieben handelt, sondern um eine Gruppe mittelreichischer Geheimagenten, Knechte der Furcht erregendsten Militärmacht überhaupt, die gut ausgebildet und fest entschlossen sind. Du hast selbst gesehen, wie einfach es ihnen gelang, an die Mächtigen heranzukommen, und hätte einer der ihren nicht derart übereifrig gehandelt, sondern ein geschickt geplantes Attentat verübt, würde ich jetzt nicht mehr hier sitzen.«

Sanna richtete sich ein Stück auf und blickte nun zornig drein. »Was redest du deinen eigenen Tod herbei? Glaubst du, indem du jetzt Trübsal bläst, wird es von selbst besser oder anders? Wohl kaum.«

Die Adelige beschwichtigte ihre Freundin sofort: »Ja, du hast natürlich Recht. Es ist nur ... es ist schon so lange her, dass ich mein Leben riskieren, gegen Menschen kämpfen und töten musste. Ich habe es in den vergangenen Jahren nicht vermisst und hatte eigentlich gehofft, diesem Abschnitt meines Lebens endgültig den Rücken gekehrt zu haben.«

Sannas Blick wurde wieder weich und sie stieß Sharielles Nasenspitze sanft mit der eigenen an. Mit einem leisen Kichern schloss die Adelige die Augen und erwartete den Kuss, der sogleich folgte. Sanna küsste sie zunächst zärtlich und vorsichtig, sodass sich ihre Lippen nur leicht berührten, doch nach einigen Augenblicken neigte sie den Kopf zur anderen Seite und drückte ihre Lippen leidenschaftlich auf die ihrer Freundin. Sharielle genoss diese Momente und verankerte sie fest in ihrem Gedächtnis als eine Quelle des Selbstvertrauens und der Kraft, umklammerte mit ihrem Willen diesen einen hellen Punkt, der ihre Seele leuchtend strahlen ließ. Das wohlige Gefühl der Geborgenheit, welches sie seit dem Zusammentreffen mit Sanna empfunden hatte und das sie barg wie eine dicke Wolldecke im tiefsten Winter, hatte nun gar einem Gefühl der Unbeschwertheit Platz gemacht. Sie sah sich selbst als ein Stück Holz, das auf dem breiten Strom des Großen Flusses treibt, völlig ahnungslos, was die Schrecken der Welt betrifft, losgelöst von Schmerz und Trübsal, einfältig und rein in seiner unbekümmerten, von den Göttern gewährten Existenz; für Augenblicke untergehend, nur um aus den hoch aufschäumenden Stromschnellen des Lebens gereinigt, geläutert und in alter Pracht wieder aufzutauchen. Ihr Inneres driftete den Strom von Sannas ehrlicher, unbändiger Liebe entlang und versank völlig in diesen stürmischen Fluten, die sie mit wohliger Wärme umschlossen. Das Grün der albernischen Wälder war blass im Vergleich zur Intensität von Sannas Augenfarbe und Sharielle verlor sich zu gern in der flackernden Unendlichkeit dieser beiden Augen.

Die dunkelhaarige Frau nahm den Kopf ein Stück zurück, blickte ihre Geliebte aufmerksam an und flüsterte schließlich: »Ich werde dich heute begleiten.« Als Sharielle protestieren wollte, legte sie ihr einen Finger auf die Lippen. »Und nichts kann mich davon abhalten, weder eine Stichverletzung noch deine liebevolle, aber heute unnötige Fürsorge.«

Die Cavalliera nickte leicht, denn tief in ihrem Inneren wusste sie, dass sie nicht allein auf diese Feier gehen wollte. Wieder berührten sich ihre Lippen und Sharielle küsste den Hals ihrer Freundin, dem ein leises, katzengleiches Schnurren entwich. Dann umarmte sie Sanna fest und hielt kurz die Luft an, um sie in einem tiefen, schweren Seufzer entweichen zu lassen.

Kapitel 9

Das unablässige Schleifgeräusch zerrte unerbittlich an Carics Nerven. Er blickte auf und sah, dass sein Vorgesetzter noch immer eifrig seine Waffe schärfte – bereits seit einer ganzen Stunde. Kopfschüttelnd wandte er sich wieder der Karte zu, die er von Alea bekommen hatte. Es war ein recht präziser Grundrissplan des gewaltigen Anwesens derer di Mestilio. Mit einem schwarzen Kohlestift hatte er selbst einige Notizen vermerkt, unter anderem die geschätzten Zeiten, die zum Überbrücken von verschiedenen Distanzen nötig sein würden. Vom Hausflur zur Treppe und hinauf in den zweiten Stock waren es ungefähr fünfundzwanzig Schritte, dann drei nach rechts in die Abstellkammer, um eventuell im Gang herumlaufenden Dienern aus dem Weg zu gehen.

Caric hatte sich die Aufgänge genau angesehen, und in seiner körperlichen Verfassung sollte es kein Problem sein, mehrere der großen Stufen auf einmal zu nehmen und flugs die Treppe hinaufzueilen.

Ab diesem Punkt würde es bedeutend schwieriger werden, um nicht zu sagen äußerst prekär: Das Arbeitszimmer des Granduco lag am Ende des Flurs, direkt gegenüber der Bibliothek, und es gab keine Möglichkeit, sich zu verstecken – außer in den Schlafgemächern. Die Gefahr, dort einer Zofe zu begegnen, die das Zimmer ihrer Herrschaft für die Nacht herrichten wollte, erschien Caric gering, war aber dennoch nicht von der Hand zu weisen. Sollte tatsächlich jemand an diesem Punkt der Operation Caric in die Quere kommen, würde das Mittel zur Lösung des Problems wieder einmal Gewalt heißen. Von diesem Gedanken nicht sonderlich angetan, versuchte der Krieger ihn zu verdrängen, um sich weiter auf seine Arbeit konzentrieren zu können.

Ungefähr acht Schritte bis zur Tür. Das Schloss an der Tür des Arbeitszimmers zu knacken könnte kniffig werden, bedauerlicherweise hatte Caric es bei seinem Besuch im Hause des Granduco nicht in Augenschein nehmen können, das wäre bei weitem zu unvorsichtig und auch viel zu gefährlich gewesen. Im völligen Vertrauen auf seine geschickten Finger und sein Können, berechnete er lediglich einige Herzschläge, die ausreichen sollten, um dieses Hindernis zu überwinden. Dann ein wenig mehr Zeit, um die Beweise zu finden, und anschließend den Weg wieder zurück. Die große Gefahr lag darin, dass ihm jemand auf der Treppe entgegenkam. Er und Adoran hatten sich darauf geeinigt, dass niemand von ihrem ersten Vorstoß in das Allerheiligste des Ersten Finanzrates Wind bekommen sollte. Damit war ein Ausweichplan erforderlich geworden.

Sollte jemand just in diesem Augenblick die Treppe heraufkommen, würde Caric in das oberste Stockwerk laufen bis zum Privatgemach Aleas, für welches er einen Schlüssel erhalten hatte. Ab dem Treppenabsatz waren das gute neun Schritte, deren Überwindung in weniger als zwei Herzschlägen gelingen sollte. Die Tür des Gemachs mit dem passenden Schlüssel zu öffnen, flugs hineinzuschlüpfen und die Tür leise zu verschließen konnte nicht länger dauern. Dann weiter durch die geräumigen Gemächer ins angeschlossene Gesindezimmer, welches zur Essenszeit bestimmt leer sein würde. Von der flurseitigen Tür des Bedienstetenzimmers waren es nur knapp drei Schritte bis zur Gesindetreppe; diese Tür musste ebenfalls unauffällig wieder geschlossen werden. Zwar endete die Treppe im Trakt der Dienstboten in unmittelbarer Nähe der Küchen, aber Caric baute auf sein Glück. Irgendwo würde er bestimmt wieder in den herrschaftlichen Trakt schlüpfen können und von dort aus unbehelligt in den Festsaal gelangen. Dazu gab es mehr als einen Weg.

Caric kratzte sich am Bart und unterbrach Adoran bei seiner Waffenpflege: »Wenn ich die Aktion grob überschlage, dürfte es alles in allem nicht lange dauern, vorausgesetzt ich muss mich nicht lange vor Gästen und Dienern verstecken und ich finde die Beweise zügig.«

Adoran nickte zuversichtlich: »Keine Sorge, ich werde für eine Ablenkung sorgen, die dir weitaus mehr Zeit verschaffen wird, als du dir vorgestellt hast. Hast du eigentlich mitgebracht, worum ich dich gebeten habe?«

Caric griff in seinen Rucksack und zog einen kleinen Dolch heraus, auf dessen Griff ein prunkvolles Familienwappen zu erkennen war. »Wozu brauchst du den Dolch der Cavalliera? Ich fragte mich schon, als ich ihn des Nachts aus ihrer Schublade stahl, wozu er uns nützen kann.«

Adoran lachte hart auf: »Lass dich überraschen, mein Freund, ich werde für ein Ablenkungsmanöver sorgen, welches primitiv und simpel, aber dennoch äußerst wirkungsvoll ist. Vertraue mir, ich weiß, was ich tue!« Der Offizier wickelte sein frisch geschärftes und geöltes Schwert in ein helles Tuch und legte es auf den Tisch. Anschließend kramte er in einer Tasche und zog einen alten, dünnen Folianten hervor, den er behutsam neben der Waffe platzierte. Neugierig reckte Caric den Hals und warf einen flüchtigen Blick auf den in roten Glyphen gemalten Titel. Einige Brocken des Zhayad, der Magiersprache, waren Caric bekannt; nun verfluchte er sich selbst für all die Unterrichtsstunden, in welchen die Grundbegriffe des Zhayad gelehrt worden waren und in denen er nicht aufgepasst hatte. Damals hatte er es einfach nicht eingesehen: »Aber wir sind doch gar keine Magier, warum sollen wir dieses sündige Gekritzel lernen?« Der Inquisitor hatte ihn streng angeblickt, wie nur Angehörige seiner Zunft es vermögen, und mit seiner monotonen Vortragsstimme, die Caric so viele Male fast in den Schlaf getragen hatte, erklärt: »Lerne deine Feinde kennen! Das Wissen über die Stärken und Schwächen des Feindes ist entscheidend. Doch wenn man den Feind erst gar nicht versteht, wird es ungleich schwieriger.«

»Was ist das für ein geheimnisvolles Werk?«, sprudelte es wissbegierig aus ihm hervor, während er aufstand und zu Adoran hinüberging. Der dunkelhaarige Krieger holte den Umschlag aus seinem Wams, den Khorena von Erris ihm in Wehrheim gegeben hatte, und warf ihn ausdruckslos auf das dicke Buch. »Das ist eine detaillierte Abhandlung über dämonologische Anrufungen und borbaradianisches Gedankengut. Bevor du fragst, lies einfach unsere Befehle; ich denke, es ist an der Zeit, dass du erfährst, was wir zu tun haben.«

Eine Abhandlung über Dämonenbeschwörungen und ähnlich häretische Dinge. Ein höchst illegales, ketzerisches Buch, welches sich mit übelster Schwarzmagie und häretischen Praktiken beschäftigt. Wie kann ein solches Machwerk unserem Zweck dienen? Und vor allem, wie kommt Adoran zu einem Buch, das auf dem Index steht? Für gewöhnlich genügt der Besitz dieses Werkes, um als Schwarzmagier vor Gericht gezerrt zu werden, nur um darauf baldige Bekanntschaft mit der Inquisition zu machen. Eine gefährliche An-

sammlung von lästerlichen Schriften und verdammenswerten Ideen, mit denen ich bestimmt nichts zu schaffen haben möchte.

Zögernd griff Caric nach dem unscheinbaren Umschlag und zog das darin befindliche Papier heraus. Die Handschrift erkannte er sogleich, sie gehörte der Edlen von Erris, genau wie das Siegel, welches unter den Befehlen, gleich neben dem in Wachs gebannten Greifensymbol der KGIA, zu erkennen war.

Adoran, Ihr werdet Euch mit Euren Männern auf schnellstem Wege nach Vinsalt begeben. Beiliegende Papiere beweisen, dass Ihr im Auftrag des Reichsbehüters ins Horasreich einreist, um als Vertreter des verarmten und nunmehr landlosen tobrischen Adels für Unterstützung bei Granduco Laserian di Mestilio al Escobar zu werben. Ziel Eurer Mission ist die Bloßstellung des Finanzrates als Komplizen Borbarads und somit die Absetzung des Beschuldigten durch die Hand der neureichischen Botschafterin vor Ort, Arela Weißblatt, Edle von Ragath.

Die politischen Vorteile, die dadurch entstehen, dass die Botschafterin davon absieht, die Schmach bekannt zu machen, dass ein Paktierer die höchsten Ränge des Reiches unterwandert hat, dürften auf der Hand liegen. Informanten haben aufgezeigt, dass der Granduco ein glühender Anhänger des Sphärenschänders ist, woraus zu folgern ist, dass es Beweise für seine Schuld geben muss. Findet diese Beweise und übergebt sie der Edlen von Ragath!

Sollten sich wider Erwarten keine Beweise finden lassen, nehmt dieses Buch, welches ich mir aus den Bleikammern zu Rommilys habe bringen lassen, und deponiert es in den Gemächern des Finanzrates! Zum Wohl unseres Reiches wird dieser Mann ausgeschaltet werden – auf die eine oder andere Weise. Geht unauffällig vor, zögert aber nicht, Gewalt anzuwenden, sollte der Abschluss der Mission auf dem Spiel stehen! Praios Segen sei mit Euch und sein leuchtendes Licht der Gerechtigkeit möge Euch auf all Euren Wegen umhüllen und vor Unbill schützen!

gez. Khorena von Erris
im Jahre 28 nach Beginn der
Herrschaft Kaiser Hals

Fassungslos ließ Caric das Blatt auf den Tisch sinken und starrte seinen vorgesetzten Offizier fragend an. »Das kann doch nicht ihr Ernst sein? Wir sollen einem unschuldigen Mann Beweise unterschieben, die sein Leben zerstören und ihn wahrscheinlich als Ketzer brandmarken?«

Adorans Miene blieb ausdruckslos und er zuckte leicht mit den Schultern. »Du hast doch die Order gelesen, die Edle pflegt nicht zu scherzen, wenn sie Befehle erteilt. So, wie es in diesem Schriftstück steht, werden wir es vollbringen. Wozu dieses Buch gut ist, dürfte ja nun klar sein. Schau mich nicht so vorwurfsvoll an, sicher ist es nicht gerade ehrenvoll, aber schließlich ist das hier Politik und kein Ritterspiel. Der Entschlossenere gewinnt, weil er nicht davor zurückschreckt, seinen Feind mit allen zur Verfügung stehenden Mitteln zu attackieren. In den vergangenen Jahren wurde das Neue Reich von allen machtvollen Gegnern gefordert: den Orks aus dem Norden, vom eigenen Volk in einem blutigen Bürgerkrieg, von Aranien, das vor etwas längerer Zeit seine Unabhängigkeit vom Kaiserreich erklärte – und nun zwingt Borbarads Invasion uns in die Knie. Falls es dir noch nicht aufgefallen ist, mein teurer Freund: Unser Land liegt in den letzten Zügen, ein muffiger Geruch von Tod und Verfall umgibt das früher einmal so mächtige und angesehene Reich in der Mitte des Kontinents. Es ist wichtiger denn je zuvor, Erfolge aufzuweisen, mussten wir doch in letzter Zeit, wie du sicher weißt, eine Niederlage nach der anderen einstecken. Die Schlacht auf den Vallusianischen Weiden zählt zwar offiziell als Sieg, aber bei diesen horrenden Verlusten war es nur eine rhetorische Täuschung, nicht von einer Niederlage zu sprechen; der Reichsmarschall ist mit seinen Männern vor nicht allzu langer Zeit zum Feind übergelaufen und ganz Maraskan ist verloren. Öffne die Augen, Caric! Wir brauchen einen Erfolg, der unserem Volk Zuversicht und unserem Adel Mut gibt; und wenn das auf kriegerische Weise nicht möglich ist, so werden wir mehr Unterstützung auf politischem Weg vom Horasreich erpressen müssen.«

Carics Miene gefror und er nickte. *Wieder einmal opfern wir alles dem Staat; wer im Weg steht, wird vernichtet oder ausgenutzt und dann getötet. Ob Frauen, Kinder oder einfach nur Unbeteiligte, keiner darf Gnade erwarten vom Instrument der Gerechtigkeit. Ich glaubte einmal an die Ideale meines Landes, doch nun muss ich bitter feststellen, dass diese Vorgaben dehnbar und keineswegs verbindlich sind. Man schreibt sie auf sein Banner, solange es nach außen opportun ist, und wischt sie beiseite, so sie ein Hindernis bilden.* »Sag, Adoran, wie können wir es wagen, uns anzumaßen, alles, was von uns im Namen unseres Staates getan wird, als rechtmäßig zu beurteilen? Wie kann es rechtens und im Sinne von Praios dem Herrn sein, jemanden wissentlich und voller Absicht der Ketzerei zu beschuldigen, obwohl man sich seiner Unschuld gewahr ist? Das ist doch ein grober Verstoß gegen den eigentlichen Sinn der Gerechtigkeit in sich und gleichzeitig ein Vergehen an Hesinde, so sie uns doch gnädigerweise mit Verstand gesegnet hat.«

Adoran wurde langsam zornig und trat nach einem Hocker, der polternd in die Ecke geschleudert wurde. »Ich habe dein Geplapper satt! Wenn du greinen willst wie ein altes Weib, dann hättest du nicht zur Armee gehen dürfen! Wir haben Krieg, das ist kein Spiel für Versager und weichherzige Friedensprediger. Im Krieg sterben Menschen, es gibt immer Sieger und Verlierer, und ich will nicht auf der Verliererseite stehen. Es gibt zwei goldene Regeln im Leben. Erstens: Einer ist immer das Opfer, egal ob unschuldig oder nicht; zweitens: Sei du es besser nicht. Ist das bis in deinen Schädel gedrungen, Caric von Falkenhorst? Die einzigen Alternativen sind Verrat und Fahnenflucht. Und du bist kein Verräter, oder?«

Caric schloss die Augen und dachte krampfhaft nach. Endlich sagte er: »Ich kann nicht zulassen, dass jemand Unbeteiligtes in solcher Form Schaden nimmt. Ich habe es mir selbst geschworen, nach dieser unrühmlichen Sache in Wehrheim.«

Blitzschnell schloss sich Adorans rechte Hand um den Griff seines Schwertes und zog es unter dem Tuch hervor. Erschrocken machte Caric einen Satz rückwärts und stieß an den zweiten Hocker, der ebenfalls umfiel. Entschlossen packte er das verzierte Heft seiner eigenen Waffe und riss die Klinge schwungvoll aus der Scheide. Die gebogene Klinge in Adorans Händen beschrieb kleine Kreise, während Caric sich unschlüssig war, wie er handeln sollte. Er konnte nicht zulassen, dass dieser hinterlistige Auftrag ausgeführt wurde, er konnte aber andererseits auch nicht gegen seinen langjährigen Freund Adoran kämpfen. Kurz blitzte das Bild Verianas, der zukünftigen Frau Adorans, in seinem Geist auf, und ihm wurde klar, dass er dann seine Heimat nie wieder betreten würde.

Langsam ließ er die Waffe sinken und warf sie verächtlich in eine Ecke, wo ein metallisches Scheppern von ihrem Aufschlag kündete. »Was tue ich hier gerade?«, fragte er sich selbst, den Kopf schüttelnd, woraufhin auch der Offizier die Klinge wieder auf den

Tisch legte und langsam an seinen Freund und Kameraden herantrat. Der groß gewachsene Neureicher packte Caric mit beiden Händen fest an den Schulter und blickte ihn eindringlich an, bevor er zu sprechen begann: »Caric, wir müssen jetzt zusammenhalten, sonst werden wir nicht nur das in uns gesetzte Vertrauen enttäuschen, sondern auch unser Leben verlieren. Wir dürfen uns nicht entzweien, wenn wir den Erfolg sichern wollen. Denk darüber nach, mein Freund, schon Quendan beging den fatalen Fehler, unseren Zusammenhalt zu untergraben und seine eigenen Vorstellungen in den Vordergrund zu rücken! Doch die Wahrheit ist kalt und grausam, denn es ist nicht wichtig, nein noch nicht einmal von Belang, was wir denken oder fühlen. Wir haben unsere Pflicht dem Reichsbehüter gegenüber zu erfüllen, was höchste Verpflichtung und Ehre zugleich ist. Unsere eigenen Empfindungen müssen nun hintangestellt werden; wir haben dies früher so gehandhabt und werden es auch heute nicht anders tun. Ich verstehe deine Bedenken, und der Gedanke, einen unbescholtenen Bürger zu strafen, stimmt mich äußerst traurig. Ich wäre kein Mensch, würde mich sein Schicksal kalt lassen; aber dennoch bin ich ein Soldat, der seinen Befehlen Folge leisten muss, egal ob er sie selbst in dieser Form geben würde, hätte er das Kommando.

Ich bitte dich eindringlich, Caric! Du hast doch diese junge Frau kennen gelernt; wenn du dir eine Zukunft mit ihr erhoffst, brauchst du eine Heimat, die du aber nicht mehr haben wirst, falls du dich jetzt entschließt, die Mission abzubrechen.

Wie ruchlos dir unsere Organisation auch vorkommen mag, so ist sie dennoch eine große Familie, die uns entschlossen beschützt. Glaube mir, wenn wir siegreich heimkehren, wird niemand allzu genau fragen, wie es abgelaufen ist; das Ergebnis wiegt weitaus schwerer als alle Unwägbarkeiten. Ich verspreche dir, dass wir, also du, dein Mädchen, Veriana und ich, bald auf unseren Sieg anstoßen werden. Und dann werden wir an diesen Augenblick zurückdenken und darüber lachen, dass wir hier und jetzt gezögert und gezweifelt haben.«

Adoran trat, ein zuversichtliches Lächeln auf den Lippen, einen Schritt zurück und bot seinem Kameraden die ausgestreckte Hand, die dieser fest ergriff und ermutigt schüttelte. Caric straffte sich und nickte ernst. Die Last der Gewissensbisse war durch die ermutigenden Worte seines Freundes gemildert worden. »Dann lass uns frisch ans Werk gehen, auf dass unsere dekadenten Feinde vor der Entschlossenheit des Neuen Reiches erzittern mögen und wir bald daheim auf unseren Erfolg trinken können!«

Kapitel 10

Das ganze Haus glich seit den frühen Morgenstunden einem Bienenstock. Überall schwirrten dienstbare Geister umher, wischten die Böden, putzten die Fenster und schmückten Haus und Garten mit Blumen, Girlanden und kleinen, fein ziselierten Leuchtern, die mit bauchigen Kerzen gespickt waren. Von den Fenstern wurden Banner und Fahnen herabgelassen, und einer der Jungen war sogar beauftragt worden, die kiesbestreuten Wege mit einer kleinen Harke kunstvoll herzurichten.

Schon am Morgen war Maître Didier mit einem ganzen Gefolge von Hilfsköchen und Dienern eingetroffen, hatte sich in der Küche ausgebreitet und scheuchte nun ohne zu zögern auch das hauseigene Küchenpersonal gleich einem Feldwebel durch die Gänge. Zwei Planwagen waren nötig gewesen, die vorbereiteten Speisen und Zutaten von der *Goldenen Gans* herüber zu transportieren, den großen Wagen mit Weinfässern nicht eingerechnet, dessen Ladung bereits seit zwei Tagen in den dunklen Gewölben darauf harrte, den durstigen Kehlen der Besucher zu schmeicheln.

Nachdenklich flanierte der Maître in der Speisekammer an Regalen vorbei, die sich vor Köstlichkeiten bogen. Verschiedene Pasteten und kalte Braten, allerlei Süßspeisen und Torten warteten darauf, dem begeisterten Publikum präsentiert zu werden. In den riesigen

Öfen des Hauses dampften Kapaune und Fasane mit Wildbret um die Wette, nur um im Zuge der Veranstaltung den Weg alles Derischen zu gehen. Der Meisterkoch hatte es sich nicht nehmen lassen, einen Bäcker zu engagieren, der gerade letzte Hand an diverse Küchlein aus Blätterteig legte, die der Maître eigenhändig mit verschiedenen Meeresfrüchten zu füllen gedachte, welche im Morgengrauen aus Grangor und Kuslik geliefert worden waren.

Im Vorbeigehen herrschte er eine Küchenmagd an, sich mehr Mühe beim Zerkleinern der Kräuter zu geben, zückte einen kleinen Löffel, eine vorbereitete Soße zu probieren und mit einer Prise spezieller Gewürze zu verfeinern, und prüfte die gerade angelieferten Pilze auf ihre Frische. Der Maître schien überall zugleich zu sein und legte ein gnadenloses Regiment an den Tag. Mehr als ein Küchenjunge musste die Unbarmherzigkeit des Kochs am eigenen Leib spüren, und jeder der Dienstboten achtete peinlich darauf, dem Küchenchef nicht mehr als unbedingt nötig über den Weg zu laufen.

Auch Leonhard, der Haushofmeister der di Mestilios, war bereits seit Tagesanbruch auf den Beinen und dirigierte das Personal über das gesamte Anwesen. Haus und Garten sollten glänzen und kein Fehler sollte auf das stolz erhobene Haupt des Granduco zurückfallen. Eine Zimmerflucht war für die Ankunft der Diva vorbereitet worden, und man hatte mithilfe vier starker Diener die große Konzertharfe aus dem grünen Salon in den Festsaal gehievt, wo jetzt ein Musicus dabei war, das kostbare Instrument noch einmal zu stimmen.

Leonhard hatte sich geschworen, am heutigen Tage nichts dem Zufall zu überlassen. Die Feier sollte ein Ereignis werden, von dem man in Vinsalt noch lange reden würde. Wie recht er mit diesem Gedanken haben würde, konnte er jetzt noch nicht erahnen, und auch die Katastrophe, die just in diesem Augenblick ihre Schwingen ausbreitete und sich in Position begab, sollte ihm vorerst noch erspart bleiben. Lediglich das ungute Gefühl, welches ihn am Vorabend plötzlich heimgesucht hatte und seitdem nicht mehr gewichen war, würde ihn für den Rest des Tages begleiten.

Alea war todunglücklich. Auf vereintes Zureden ihrer Zofe und der Kammerfrau hatte sie sich auf die Anfertigung eines speziellen Ballkleides eingelassen, bei dem ihre Reize hervorgehoben werden sollten. Der Anblick des fertigen Traums aus fein versponnener Seide und grünem Batist hatte ihr schlichtweg den Atem geraubt. Ob sie das Kleid am Körper trug oder nicht, der Eindruck blieb der gleiche: Sie hätte ebenso gut nackt herumlaufen können. Zwar entsprach das Kleid wohl allen Ansprüchen der Gesellschaft und verhüllte sämtliche als unschicklich geltenden Körperpartien; doch war der Stoff, der die Aufgaben des ›Verhüllens‹ übernehmen sollte, so eng geschnitten, dass er wie eine zweite Haut gewachsen schien, während sich der Rock weit bauschte, woraus sich die Glanzleistung schneiderischer Kunst ergab, dass zwar niemand etwas monieren, aber auch nicht übersehen konnte.

Selbst Geweihte der Rahja sind züchtiger gekleidet, wenn sie ausgehen! Alea war mehr als nur gereizt. Das Schlimme an der ganzen Sache war vor allem, dass das Kleid ihr irgendwie gefiel. Sie hatte sich kurz im Spiegel gesehen und ihr war fast die Luft weggeblieben. Niemals war sie sich so atemberaubend schön vorgekommen.

Dachte sie an die verschiedenen Anlässe zurück, zu denen Laserian die gesamte Familie geschleift hatte, dann war ihr durchaus bewusst, dass ihr Kleid im Hinblick auf die derzeitige Mode wohl verspielt und freizügig, keinesfalls aber gewagt zu nennen war. *Und trotzdem, zu Hause hätte man mich in diesem Aufzug als Hure bezeichnet!*

Ausnahmsweise hatte Laserian der Staatskanzlei bereits am Mittag den Rücken gekehrt und sich zu Fuß auf den Weg nach Hause gemacht. Freudig strahlend nahm er die Grüße und guten Wünsche aller entgegen, die ihm auf seinem Weg über den Amene-Horas-Platz begegneten. Seine Stimmung war schon lange nicht mehr so gut gewesen. Wider alle Erwartungen war es ihm gelungen, seine Nichte aufzustöbern, und sie hatte sich als bezauberndes, gar liebreizendes Geschöpf entpuppt, das dem Hause di Mestilio alle Ehre machte. Seine Geschäfte gingen glänzend und seine Ernennung zum Granduco hatte seinen Einfluss in einer Weise gemehrt, die ihn selbst manchmal schwindeln ließ.

Die Schritte dem Marktplatz entgegenlenkend, bedachte er einmal mehr die lange Zeit, in welcher er die Familie hatte vernachlässigen müssen, um seine Karriere nicht aus den Augen zu verlieren. Nun endlich hatte er es geschafft. Er war auf dem Gipfel all seiner Träume angelangt. Das schwere Stampfen hinter ihm zeichnete ein trauriges Lächeln auf sein Gesicht; freilich, er hatte auf einiges verzichten müssen, eine Leibwache begleitete ihn in der Stadt auf Schritt und Tritt, und so manche liebgewordene Eigenheit hatte er ablegen müssen, um seinem Ruf nicht zu schaden. Wehmütig folgte sein Blick einer kleinen Seitenstraße, die tief in das freizügige, lebenslustige Vinsalt hineinführte. Er war Oberster Finanzrat und damit ausschließlich Staatsmann. Der private Laserian lebte nur noch in seinen eigenen vier Wänden und an den seltenen Abenden, an denen er sich seiner größten Leidenschaft widmen konnte, der Oper.

Seine Gedanken kreisten um das Fest, das er heute zu geben gedachte. Stolz trat in seine Augen, während sich seine Schultern unmerklich hoben. Der heutige Abend sollte alles, was bisher in Vinsalt an Festen stattgefunden hatte, in den Schatten stellen. Der Anlass war ihm noch nicht einmal allzu wichtig. Natürlich war die Rückkehr der berühmtesten Diva des Alten Reiches ein ganz besonderes Spektakel wert, aber wenn er ehrlich mit sich war, so feierte er niemand anderen als sich selbst. Sein vorsichtiges Taktieren auf dem glatten Parkett der Staatsfinanz hatte ihm einige erkleckliche Erfolge und die Aufmerksamkeit der Krone eingebracht. Es war ihm gelungen, die Stellung des alten Adels wieder zu festigen und die überzogenen Forderungen der Kaufleute in die Schranken zu verweisen. Nun wollte er seine Macht auch öffentlich demonstrieren. Er hatte für das Fest den besten Koch ganz Vinsalts engagiert – die Gehaltsforderung des Mannes trieb ihm jetzt noch die Tränen in die Augen – und er hatte nicht nur das Orchester der Staatsoper für den heutigen Abend verpflichtet, sondern war sogar so weit gegangen, drei bekannte Barden zu engagieren, um wirklich für jeden Geschmack das passende Programm anbieten zu können. Auf seine Anweisung hin hatte man im Garten mehrere kleinere Bühnen aufgebaut, auf denen die Künstler ihr Talent unter Beweis stellen sollten, während der große Festsaal einzig den Darbietungen des Orchesters und der Diva vorbehalten war. Ein rascher Blick zum Himmel ließ den Granduco aufatmen. Die Praiosscheibe lachte herab und kein Wölkchen war zu sehen.

In der Eingangshalle sollte der Maître ein großes Buffet aufbauen und in zwei kleineren Pavillons, so wollte es Laserian, würden den ganzen Abend hindurch Getränke aller Art ausgeschenkt werden. Keiner sollte sich beklagen können. Einer weisen Eingebung folgend, hatte er sich schon sehr früh mit der Dame Lana Tarak in Verbindung gesetzt, deren Gartenfeste in ganz Vinsalt gerühmt wurden. Sehr zu seiner Erleichterung hatte diese sich sofort bereit erklärt, sich der Sache anzunehmen und mit der Dienerschaft die nötigen Details zu klären. Von diesem Fest würde man sich in Vinsalt noch lange Zeit danach erzählen, da war sich Laserian sicher.

Beflügelten Schrittes passierte der Granduco die letzte Querstraße und näherte sich zielstrebig seinem Haus, von dessen Erkern und Fenstern ihm Fahnen und Wimpel zur Begrüßung entgegenwinkten. Die großen Torflügel standen offen und gaben einen Blick auf den geschmückten Innenhof frei. Überall in den Fenstern waren kleine Laternen postiert, die in der einbrechenden Dämmerung angezündet werden sollten, und die Luft war erfüllt vom Duft der Blumen, die man körbeweise angeliefert hatte und die nun darauf harrten, die großen Bodenvasen zu schmücken, die man im Haus und auf der Terrasse kunstvoll angeordnet hatte.

Das ganze Anwesen strahlte Wohlstand und einen Glanz aus, wie man ihn auch im Palast reicher nicht zu finden vermocht hätte.

Consuela, die Gesindeherrin der di Mestilios, warf sich erschöpft in den breiten Ohrensessel, der in ihrem Zimmer vor dem offenen Fenster stand. Seit Stunden schon, so schien es ihr, hetzte sie von einem Ort zum anderen, herrschte Dienstboten an, gab den Laufburschen Anweisungen, dirigierte die unentwegt eintreffenden Lieferungen der Vinsalter Geschäftswelt an die entsprechenden Orte und widerstand den Annäherungsversuchen des Maître. Sollte der sich doch mit seinen Torten und Pasteten vergnügen, sie hatte keine Zeit für seine Spielchen! Wenngleich es ihr gut tat, begehrt zu werden – und sei es auch nur von diesem Trumm von einem Koch.

Leise aufseufzend massierte sie die schmerzenden Füße. Sie musste heute schon einige Wegstunden zurückgelegt haben, und längst war noch nicht alles so, wie es sein sollte. Aber im Augenblick konnte sie einfach nicht mehr. Da, jemand klopfte an die Tür, das konnte doch nicht sein! Hatte sie nicht alle angewiesen, ihr zumindest eine Viertelstunde Ruhe zu gönnen? Ein strenger Zug umspannte ihren Mund, als die Tür langsam und unerbittlich aufschwang. *Nein, bitte nicht der!*

Ein verständnisvolles Lächeln umspielte die Lippen des korpulenten Mannes, der, einen kleinen Teewagen vor sich her rollend, auf leichten Sohlen das Zimmer betrat. »Oh, meine Liebe, lasst Euch durch mich nicht stören! Ich bin sozusagen gar nicht zugegen. Aber man sagte mir, Ihr habet Euer Gemach aufgesucht, um Euch etwas auszuruhen, und da dachte ich, es wäre Euch vielleicht nicht unangenehm, diese Zeit zu nutzen und eine Kleinigkeit zu Euch zu nehmen. Nehmt es mir nicht übel, aber wenn ein George Didier im Hause ist, dann soll niemand darunter zu leiden haben, dass er nicht zum Essen kommt.«

Zu Consuelas Verblüffung hatte der dicke Koch den Teewagen bestens mit kleinen Köstlichkeiten bestückt. Eine bauchige Kanne duftenden Kaffees wetteiferte mit kleinen Törtchen und Pralinen um ihre Aufmerksamkeit und eine kleine Bienenwachskerze verbreitete eine fast heimelige Atmosphäre. Obwohl sich Consuela geschworen hatte, dem Maître nur mit Ablehnung zu begegnen, wollte ihr der einstudierte abweisende Gesichtsausdruck nicht so recht gelingen. Und bevor sie noch ein weiteres Wort sagen konnte, verschwand der

Mann bereits wieder mit einem wissenden Lächeln durch die Tür. *Lächerlich, was bildet sich dieser aufgeblasene Zwerg eigentlich ein? Ich bin Signora Consuela Francesca di Monserre al Cassilio, Erste Zofe und Haushälterin im Haushalt der Familie di Mestilio Cavalese al Escobar und … köstlich, diese Törtchen. Und dass er daran gedacht hat, wie gern ich Kaffee trinke …*

»Was das soll heißen?«

Garvor schloss die Schublade seines Schreibtischs und blickte auf. Seufzend lehnte er sich zurück und antwortete: »Das heißt, dass wir wieder zurück in die Kolonien gehen, um dort wie früher gegen die Feinde meiner Kaiserin zu kämpfen.« Der Offizier hatte zwar eine Antwort gegeben, aber der Blick ins fragende Gesicht seines getreuen Adjutanten zeigte ihm deutlich, dass diesem die Zusammenhänge der letzten Ereignisse nicht klar waren. Es war zwar immer recht schwer, die zumeist ausdruckslose Miene des Moha zu deuten, doch mit der Zeit hatte der Horasier gelernt, so manche kleine Regung zu deuten. »Sharielle hat mir vor Gericht geholfen und damit verhindert, dass man mich aus der Armee wirft. Aber ich kann nicht hier bleiben und muss deshalb zurück in den Krieg.«

Der Waldmensch trat aus der dunklen Ecke des Raumes seitlich der Tür hervor und baute sich vor seinem Vorgesetzten auf. »Wie können die Häuptlinge der Weißen ihren besten Krieger so demütigen und davonjagen? Takate glaubt langsam, dass die Weißen, je älter sie werden und je mehr Gold sie ansammeln, immer verrückter werden. Kein Wunder, wenn man in einem Dorf aus totem Stein wohnt, nur umgeben von seinen Brüdern Gier und Sucht. Wie auch immer, Takate wird seinem weißen Bruder auf allen seinen Pfaden folgen und an seiner Seite kämpfen.«

Seit langem musste der zum Leutnant degradierte Garvor wieder grinsen. »Ich weiß das zu schätzen, mein Freund. Ich bin sehr glücklich, dich meinen Bruder nennen zu dürfen, denn in meinem Land kann man sich alles kaufen, sogar Freunde, die falscher sind als eine Schlange, aber keine wahren Brüder. Für Männer wie uns beide ist in dieser Gesellschaft einfach kein Platz; es ist traurig, aber nicht zu leugnen.«

Der hünenhafte Soldat erhob sich ächzend; die Verwundungen aus dem Kampf vor der Oper waren noch lange nicht verheilt und schmerzten zeitweise recht stark. Langsam ging er zum offenen Fenster hinüber. Im Zimmer war es düster, und ein Blick nach draußen versicherte dem Krieger, dass die Sonne bereits untergegangen war. Er atmete tief ein und aus und genoss die frische Luft, die ihm entgegenströmte und nach einem weiteren heißen Sommertag Abkühlung verhieß.

»In einer Stunde werde ich zum Empfang beim Granduco di Mestilio erwartet. Die Feinde aus meinem Nachbarland werden auch dort sein, um ihren schändlichen, wie auch immer gearteten Auftrag zu erfüllen, doch ich werde ihnen einen endgültigen Strich durch ihre faule Rechnung machen. Und du wirst mich begleiten. Gegen diese Männer zu kämpfen wird eine der größten Herausforderungen in meinem Leben überhaupt. Ich habe keine Angst zu sterben, aber bei diesen gefährlichen Gegnern wäre es selbstgefällig und vermessen, den eigenen Tod nicht als Möglichkeit in Betracht zu ziehen. Meine Absicht ist es vor allem anderen, diese Agenten zu bezwingen und zu zeigen, dass meine Loyalität ungebrochen ist und mein Herz noch immer meinem Land gehört; aber auch ein ehrenvoller Tod im Kampf für meine Kaiserin soll mir genügen, so Rondra mir die Gunst des Sieges verwehrt.«

Takate nickte entschlossen, die Lippen aufeinander gepresst, und erklärte: »Wahr gesprochen, Bruder. Takate wird seinem Freund seit langem endlich wieder in den Kampf folgen, damit er den Schrei des Kriegers und das Rauschen des Blutes in seinen Ohren hallen hört.« Ohne ein weiteres Wort drehte der dunkle Mann sich um und verließ das Zimmer des Leutnants mit lautlosen Schritten.

Garvor schlenderte in sein Schlafzimmer und öffnete dort den Kleiderschrank, um seine Paradeuniform hervorzuholen. Vorsichtig entfernte er einen goldenen Streifen an Kragen, Ärmeln und Epauletten. Ebenso nahm er die König-Khadan-Schärpe ab und faltete sie sorgfältig zusammen, um sie anschließend in einer kleinen Schatulle zu verstauen. Mit militärischer Präzision zog er die Uniform an und prüfte den Sitz jedes einzelnen Knopfes sehr genau. Diese Prozedur dauerte über eine halbe Stunde und jedes Mal schien der Blick in den großen Spiegel an der Innenseite der Schranktür kritischer zu werden. Sein Gesicht und der kahl rasierte Schädel waren noch immer vom letzten Kampf gezeichnet und ließen den ohnehin schon grobschlächtig wirkenden Hünen noch unvorteilhafter aussehen. Lediglich die Paradeuniform war makellos sauber und unbefleckt, so wie sein Stolz, der trotz aller Rückschläge noch immer unangetastet war.

Ein Diener brachte Garvor auf dessen Anweisung hin seine Waffe, das breite, scharf geschliffene Rapier mit dem prunkvoll gearbeiteten, mit Gold verzierten Griffkorb, welches einst seinem Vater gehört hatte. Zuversicht erfüllte den Offizier, als sein Blick am Familienwappen der di Scilaggios verharrte, das der kunstfertige Schmied als Ziselierung auf die Klinge gebannt hatte. Der Sitz des Wehrgehänges wurde geprüft und, während der Leutnant seine Perücke anprobierte, erhielt ein Diener den Auftrag, eine Kutsche zu holen, die Garvor und seinen Vertrauten zum Fest des Granduco bringen sollte.

Als die beiden Männer das Gebäude verließen, waren ihre Mienen versteinert, gespannt in der unbändigen Erwartung einer bevorstehenden Konfrontation mit den Neureichern. Wortlos stiegen sie in die bestellte Kutsche und fuhren ihrem Schicksal entgegen, bereit, ihren Feinden alles entgegenzusetzen, was für den Sieg nötig sein würde.

Kapitel 11

Der Strom von Droschken schien nicht versiegen zu wollen, während sich die illustre Fracht der Gefährte in den erleuchteten Garten ergoss. Eine ganze Armada von Pagen geleitete Gäste in den Innenhof, die geschwungene Freitreppe hinauf oder zu den kleinen Bühnen im Garten, von denen Musik in die laue Nachtluft perlte. Einzelne Bänke in versteckten Ecken des weitläufigen Parks hatten sich bereits gefüllt und hie und da standen Vertreter des Adels in Grüppchen zusammen, die neuesten politischen Wendungen debattierend. Angeregte Unterhaltungen bestimmten allenthalben das Bild.

Auch das Innere des Hauses atmete die Nachtluft. Im Festsaal hatte man die zweiflügeligen Fenster weit geöffnet und die kleinen Laternen entzündet. Die dünnen Vorhänge flatterten leicht im aufkommenden Wind, der auch die Flammen auf den Fensterbänken flackern ließ. Zahlreiche Diener in Livree versorgten die versammelten Gäste mit immer neuen Gläsern voll des köstlichen Weins, und eine große Traube rund um das kalte Buffet ließ gar befürchten, dass die Köstlichkeiten des berühmten Maître ausgehen könnten; indes, die zufriedene und ruhige Miene des Mannes mit der strahlend weißen Kochschürze belehrte selbst den größten Zweifler eines Besseren. Der heutige Abend sollte der Herrin Travia gehören und die Speisekammern sollten sich als ebenso unerschöpflich wie der Herrin Füllhorn erweisen.

Das Orchester hatte sich bereits auf der Bühne des Festsaals eingefunden und stimmte die Instrumente. Die Diva di Zsavar stand in müßiger Unterhaltung mit der Dame Lana Tarak und dem Granduco nahe beim Dirigenten, bereit, ihrem Publikum gegenüberzutreten.

Das Haupthaus im Blick, tief im Schatten einer nahen Baumgruppe, beobachtete Leutnant di Scilaggio indessen das muntere Treiben auf den Gartenwegen. Er hatte fast das Gefühl, Galle zu schmecken beim Anblick dieser aufgeblasenen Gestalten. Er konnte sich nicht entscheiden, ob für ihn beim Betrachten dieses debilen Packs eher der pure Ekel oder die reine Verachtung überwog. Zumindest gratulierte er sich, Takate im Haus postiert zu haben.

Das Fest hatte bereits begonnen, als eine Kutsche polternd auf das Anwesen des Finanzrates zuratterte, das weit geöffnete Tor passierte und nach Querung der Hausdurchfahrt den gepflasterten Innenhof erreichte. Schnaubend wurden die Zugpferde vom Fahrer gezügelt, und die Droschke kam, Fontänen kleiner Steinchen nach beiden Seiten streuend, zum Stehen; eben dort, wo herausgeputzte Diener des Granduco die ehrenwerten Gäste empfingen.

Sogleich sprang einer der Lakaien von der Kutsche ab und eilte zum Wagenverschlag, um diesen zu öffnen. Flink klappte er die Trittstufen herunter und zog die dunkel lackierte Holztür auf, bereit, der Herrschaft die Hand zum Aussteigen zu reichen. Eine schmächtige kleine Frau Mitte der Zwanzig stieg aus der Kutsche. Der neutrale Beobachter hätte sie als hübsch beschrieben, jedoch zu mager, um als wahrhaft schön zu gelten. Ihr fast schwarzes Haar war recht kurz geschnitten, lediglich eine einzige lange Strähne fiel ihr in das blasse Gesicht. Sie trug enge Hosen aus schwarzer Seide. Eine gebauschte rote Bluse und ein schwarzes

Samtjäckchen, die ihre schmale, aber dennoch weibliche Figur betonten, rundeten das Bild ab. Eine lange Kette, an der seltsam anmutende Anhänger baumelten, lenkte den Blick weg von dem eleganten, roten Barett, das ein wenig schief auf ihrem Kopf thronte. Ihre Augen funkelten blaugrün im matten Schein der brennenden Laternen, ihre Lippen waren dezent in dunklem Rot gefärbt und ihre Lider schimmerten silbrig mit dem Hauch einer bläulich-grünen Schattierung. Sie wirkte exotisch, verführerisch und geheimnisvoll zugleich.

Kurz nickte sie dem Lakaien zu, der daraufhin gehorsam einen Schritt zurücktrat und damit ihr den Vortritt gab, einer weiteren Person beim Aussteigen aus dem Gefährt zu helfen.

Eine zweite, etwas größere Frau stieg aus, sorgfältig darauf bedacht, ihre gerafften Röcke nicht zu beschmutzen. Sie trug ein ifirnweißes Ballkleid mit gerade noch als züchtig geltendem Ausschnitt, eine Perlenkette und gleichfarbige Schnallenschuhe mit hohen Absätzen. Ihr Haar war in stundenlanger Arbeit zu Locken gedreht worden, die sich jetzt gleich einem goldenen Wasserfall offen über ihre nackten Schultern ergossen. Auch sie war gekonnt mit hellem Rot geschminkt, was ihren blassen Teint sanft unterstrich.

Während die beiden Frauen auf den Eingang zuschritten, rollte die Kutsche bereits davon, da die nächsten Gäste schon mit ihrem Gefährt die Einfahrt heraufkamen.

Sharielle bot ihrer Begleitung den Arm, die sich nur zu gern bei ihr einhängte. »Sanna?«

Die Dunkelhaarige blickte zu ihrer Freundin auf, die mit den Absätzen an den Schuhen ein Stückchen größer als sie selbst war, und lächelte provozierend. »Ja?«

»Sag, musstest du dir die Haare abschneiden? Ich fand es vorher viel schöner.«

Belustigt schmunzelte die Angesprochene und antwortete: »Ich weiß gar nicht, warum du die ganze Zeit am Meckern bist. Sonst wirfst du mir vor, mein Auftreten sei nicht elegant oder exquisit genug; gut, das hat sich jetzt geändert!« Sie neigte den Kopf ein Stück zu Sharielle und flüsterte: »Außerdem bin ich mir sicher, dass es günstig auf meine Umgebung wirkt. Sieh dir doch mal den Diener an der Tür an! Er starrt mich schon so an, seitdem ich ausgestiegen bin, und ich muss sagen, dass mir das nicht unbedingt missfällt: zur Abwechslung einmal nicht verächtlich begafft zu werden.«

»Sanna! Aber … also, so langsam glaube ich wirklich, dass du nicht ganz normal bist.«

Kichernd zog die schmächtige, in Schwarz gekleidete Frau ihre Geliebte in Richtung der Eingangstür. »Gib zu, das reizt dich ja so an mir!«

Zunächst wollte die Cavalliera zu energischen Widerworten ansetzen, aber der Gedanke blitzte in ihr auf, dass Sanna damit vielleicht sogar richtig liegen könnte, und sie diskutierte nicht gern in dem Bewusstsein, dass ihr Gegenüber Recht hatte. Also schob sie diese oberflächliche, völlig unwichtige Meinungsverschiedenheit wie ein leeres Glas zur Seite und ordnete sie in ihrem Kopf in dem großen, recht vollen Ordner ›Sannas schier unglaubliche Widerborstigkeit – oder warum ich mich eigentlich in sie verliebt habe‹ ein.

Langsam und gemächlichen Schrittes bewegten sich die beiden Frauen Arm in Arm auf den Empfangsdiener zu, der sichtlich schlucken musste. Da traten diese beiden Grazien aus dem Dunkel der Abendstunden, eine gleich einer goldgelockten Heiligen, rein, weiß und edel, von makelloser, heller Schönheit, und in ihrer Begleitung erschien die Nymphe der Nacht, verführerisch, fremd und aufregend, dunkel und geheimnisvoll.

Sie lächelten ihn beide auf eine Art an, dass ihm abwechselnd heiß und kalt wurde, und er nicht wusste, welches Lächeln ihm mehr gefallen wollte. Sharielle streckte ihm die Einladung hin, und als er nicht reagierte, räusperte sie sich leicht. Dem Diener stieg die Schamesröte ins Gesicht, als ihm klar wurde, wie unverhohlen er die beiden angestarrt hatte. Er stammelte völlig perplex: »Ich, äh also, nein, ich meine, der Granduco heißt Euch in seinem bescheidenen Haus willkommen und wünscht Euch einen angenehmen Abend.«

Sanna unterdrückte mühsam ein leises Kichern und bedankte sich mit einem flüchtigen Nicken für die artigen Worte des Bediensteten, bevor sie majestätisch an ihm vorbeischritten. Auf halbem Weg in den Festsaal hielt Sanna den Arm ihrer Begleiterin fester: »Mir ist schwindelig und das Gefühl in meinem Magen verleiht dem Ausdruck speiübel eine völlig neue Dimension.«

Ein schadenfrohes Grinsen auf den Lippen, erwiderte die Blondine: »Na sag schon, wer hat die Bedenken geäußert, dass es dir nicht bekommen wird, wenn du nach so wenig Bettruhe wieder umherläufst? Na, ich höre?«

Sanna ließ den Kopf ein wenig hängen und Sharielle die Befriedigung, im Recht zu sein. Darüber, wer nun den größeren Dickkopf mit den neunmalklügeren Argumenten hätte, konnte man auch noch diskutieren, wenn dieses elende Gefühl verschwunden war.

Der Klang einer wunderbaren, volltönenden Stimme schwebte kraftvoll in der Luft, was Sharielle schließen ließ, dass die Diva bereits mit ihrem Vortrag begonnen hatte. Sanna zuckte unwillkürlich zusammen, weil ein Scheppern und Klirren die Harmonie der gesungenen Worte störte, und als sie sich zur Seite drehte, um die Quelle der Störung auszumachen, entdeckte sie, dass einer der Diener ein Tablett mit Gläsern und einer

Glaskaraffe mit Rotwein hatte fallen lassen. Noch während der edle Tropfen eine Pfütze bildete, schritten Sharielle und Sanna in einem deutlichen Bogen durch die Empfangshalle hin zum Eingang des Festsaals.

Mit starrem Blick gingen Caric und Adoran über die Freitreppe auf den großen Torbogen zu, durch welchen man direkt in den Empfangssaal gelangte. Beide hatten die letzte halbe Stunde vor dem Aufbruch in stillem Gebet und meditativer Haltung verbracht, um ihre Körper und ihren Geist auf die bevorstehende, finale Herausforderung einzustimmen. Fest im Glauben an Praios und ihr Land fühlten sie sich bereit, wenn nötig, es mit einer Hundertschaft von Feinden aufzunehmen; was sogar recht wahrscheinlich war, sollte ihnen ein entscheidender Fehler unterlaufen.

»Loyalität stirbt niemals«, hatte ihr Lehrmeister an der Akademie immer gesagt, wenn jemand mit einem Problem des Mutes oder der Entschlossenheit konfrontiert worden war; offensichtlich behielt er Recht. Die herausgeputzten Bediensteten begrüßten sie mit Ehrerbietung und durchaus höflich, auch wenn anhand ihrer Kleidung unübersehbar war, dass die beiden Männer nicht von hier stammten. Der Diener in der Empfangshalle prüfte freundlich ihre Einladungen und wies ihnen dann den Weg in den Festsaal.

Überall wimmelte es von reich gekleideten Herren in Kniebundhosen, feinen weißen Strümpfen und mit Rüschen verzierten Hemden; die Frauen trugen prunkvollste Ballkleider, hochgesteckte Frisuren und golden glänzende Geschmeide an Armen, Hals und Fingern, ja selbst über langen seidenen Handschuhen. Rechter Hand war ein Diener gerade damit beschäftigt, auf Knien rutschend den Fußboden zu säubern; neben ihm stand noch der Kehrbesen, mit dem er etliche Glassplitter zusammengefegt hatte. Der Ärmste hatte einen hochroten Kopf und schien schon seit einer Weile mit dem roten Rebensaft zu kämpfen. Der ungestörte Ablauf der Festivität schien absolute Priorität zu haben und solch ein Missgeschick konnte kaum das Wohlwollen des Hausherrn genießen.

Adorans Blick fiel auf ein Pärchen, welches an einer Terrassentür stand und gerade kopfschüttelnd über den thorwalschen Gesandten lästerte, der – seinem Bedürfnis nach geistigen Getränken folgend – wohl einen der Diener etwas zu harsch angegangen war. Adoran neigte sich zum Ohr seines Kameraden und flüsterte: »Was für ein armseliges Land, in dem selbst die jungen Männer so viel Schminke im Gesicht haben wie eine scheintote Hure.« Caric konnte ein Lachen nicht unterdrücken und erntete strafende Blicke von dem Paar.

Trotz des Amüsements war dem Hauptmann nicht entgangen, dass der junge Mann, auch wenn er seiner Ansicht nach eher wie eine verwöhnte und verweichlichte Frau angezogen war, eine Waffe trug. Es wimmelte förmlich von Edelleuten beiderlei Geschlechts; auch einige Offiziere oder bedeutende Würdenträger des Adlerordens hatten sich eingefunden. Caric blieb ruhig, denn bis jetzt war ihm, von einem Angehörigen der Horasgarde einmal abgesehen, noch niemand aufgefallen, der wahrhaft gefährlich wirkte. Die erste Kompanie dieses berühmten und ehrenvollen Regiments war für ihre Loyalität, ihren Mut und ihre Kampfkraft bekannt. Außerdem stellte sie die Leibwache der Kaiserin, was für ihre Kompetenz sprach und diese Reputation mehr als nur rechtfertigte. Man hatte Adoran vor vier Jahren, als er gerade einunddreißig geworden war, einen Posten innerhalb der Panthergarde angeboten, der Leibwache des garetischen Kaiserhauses, doch er hatte abgelehnt, um sein Feldkommando zu behalten. Die Aussicht auf mehr Sold und der Dienst im Palast konnten ihn nicht locken. Heute sah das ein wenig anders aus; nachdem er Veriana kennen gelernt hatte, sehnte er sich nach einem ruhigeren Posten in der Nähe der Hauptstadt, um mehr Zeit in ihrer Nähe verbringen zu können. Aber all diese Dinge waren hier und heute nicht von Bedeutung.

Der Haushofmeister schüttelte unwillig den Kopf. Als ob man nicht bereits Ärger genug hätte mit den ungehobelten Herrschaften, die sich in diesem Haushalt aufführten, als wären sie die Kaiserin höchst persönlich. Eben hatte er diesen Wilden dabei überrascht, wie er im Festsaal herumgeschlichen und reges Interesse an Vorhängen und Nischen gezeigt hatte. Er war dem Moha eine geraume Zeit mit den Blicken gefolgt, als dieser sich an der Wand entlang gedrückt und die Räumlichkeiten wachsam nach irgendetwas abgesucht hatte. Leonhard hatte keine Ahnung, nach was dieser halbe Affe Ausschau hielt, und so hatte er sich ihm diskret genähert und um Auskunft ersucht. Allein der Blick, den ihm der Angesprochene sandte, reichte aus, dem Diener das Blut in den Adern gefrieren zu lassen. Menschenfresser! Er hatte es Consuela mehr als einmal gesagt: Diese Wilden waren so zivilisiert wie die Thorwaler.

Gerade hatte er sich der Empfangshalle genähert, da fiel sein Blick auf einen massigen Mann, der soeben durch den Hauseingang trat. Sein struppiger Bart schien im Licht der Fackeln rot wie Feuer zu leuchten. Innerlich schlug Leonhard die Hände über dem Kopf zusammen. Das hatte gerade noch gefehlt: der thorwalsche Gesandte! Er hatte doch wahrlich genug zu ertragen am heutigen Festtag, warum, um der Götter Willen, hatte sein Herr ihm auch noch das angetan?

Der Hüne trat vor, als ein schmächtiger Page mit einem großen Tablett um die Ecke fegte, welches randvoll mit frischen Gläsern und zwei bauchigen Karaffen mit erlesenem Rotwein gefüllt war. Die Luft entwich ruckartig Leonhards Mund und er wollte schon zu einem kleinen Spurt ansetzen, doch das Unheil hatte bereits seinen Lauf genommen: Den Wein noch aus dem Augenwinkel wahrnehmend, hatte sich der Thorwaler in einer bei seinen Ausmaßen überraschend geschmeidigen Bewegung umgewandt und dem an ihm vorbeisausenden Diener eine der Karaffen vom Tablett geklaubt. Das solcherart aus dem Gleichgewicht geratene Servierbrett kippte unweigerlich zur Seite und in einem lauten Klirren zerbarsten die kostbaren Bleikristallgläser und die verbliebene Karaffe auf dem gepflasterten Boden. Leonhard erbleichte.

Der Gesandte, die Hand noch in Richtung des Tabletts ausgestreckt, erstarrte in der Bewegung, sah erstaunt auf die Scherben und die Lache erlesensten Weines und zuckte die Achseln. »Das wohl! Wenn's keine Gläser gibt …!«

Er setzte die in seinem Besitz befindliche Karaffe an die Lippen und trank, genüsslich grunzend, während Leonhard die Augen zusammenkniff, sich auf dem Absatz umdrehte und nach einem Diener Ausschau hielt, der die Scherben der thorwalschen Etikette auflesen sollte. Schließlich würden sich nebenan im Saal in wenigen Augenblicken die Scharen zusammenfinden, dem Konzert der Diva zu lauschen.

Adoran hatte sich von seinem Freund getrennt und machte sich nun auf den Weg in Richtung Terrasse. Ein kurzer Blick bestätigte ihm, dass Caric sich beständig durch die Menge schob und in kürzester Zeit den Fuß der Treppe erreicht haben würde, wo er auf das Signal seines Offiziers warten sollte. Eben noch hatte er mit dem Adjutanten der Botschafterin Arela Weißblatt gesprochen, der Vertreterin des Neuen Reiches. Sie stimmte einer heimlichen Durchsuchung des Arbeitszimmers di Mestilios zu und erwartete die Erfolgsmeldung so schnell wie möglich. Der Hauptmann atmete tief ein und schritt an einem älteren Herrn in der reichen Tracht eines wohlbestallten Händlers vorbei hinaus ins Freie.

Sein Blick heftete sich beinahe augenblicklich auf die hünenhafte Gestalt Garvor di Scilaggios, der die Anwesenden wie ein Riese überragte. Der große Offizier unterhielt sich angeregt mit einer Edeldame, die ein tiefblaues Ballkleid trug und achtlos mit einer Haarsträhne spielte, die anscheinend den vielen Nadeln und Klammern entflohen war, die das Haar kunstvoll am Hinterkopf der Frau zusammenhalten sollten.

Neben den beiden stützte sich eine Frau in eng tailliertem, schrill-orange gehaltenem Kleid auf einen Spazierstock mit Silberknauf. Amüsiert beobachtete der Offizier den vogeläugig starren Blick, mit dem die leicht schwankende Gestalt Garvor musterte. *Gib auf dich Acht, mein Junge! Ein Gefecht gegen diese Vettel wirst du nicht überleben.* Eilig wandte Adoran sich zur Westseite des Gartens, wo er zahlreiche Hecken und Bäume entdeckt hatte. *Jetzt brauche ich nur noch ein Opfer. Eine leichte Wahl, laufen hier doch so viele Menschen herum, die unwissend frohlocken und noch nicht ahnen, was an diesem Abend auf sie zukommen wird. Da, dieser junge Geck da! Er sollte schnell seinen Frieden mit den Göttern machen, denn er wird noch heute Boron gegenübertreten. Niemals vergessen: Der Zweck heiligt die Mittel!*

»Verzeiht, mein Herr!« Adoran sprach mit leiser und fröhlicher Stimme und verneigte sich leicht, als er den jungen Mann anredete. Neugierig drehte der Jüngling sich um und musterte den großen Krieger mit dem dunklen Haar aufmerksam. Der Neureicher richtete sich wieder zu seiner vollen Größe auf, wobei ihm sein kurzer Zopf auf die linke Schulter hüpfte.

Der blonde Jüngling zog die Augenbrauen hoch und fragte: »Ja? Was gibt es, edler Freund?«

Lächelnd trat der Krieger an den Mann heran und legte seinen Arm um die schmalen Hüften des herausgeputzten Gecken. »Wir sollten uns unterhalten, ich habe Euch bereits den gesamten Abend im Auge.« Leicht verwirrt runzelte der Horasier die hohe Stirn, folgte den Avancen des attraktiven Mannes aber widerstandslos.

Adoran warf einen Blick über die Schulter und versicherte sich, dass niemand auf sie achtete. Gemütlich schlenderten beide den mit Kies bestreuten Weg entlang, bis es nur noch wenige Schritte zur Hecke waren, dem Punkt, an welchem niemand mehr eine freie Sicht auf die beiden Männer oder die folgende Tat haben würde.

Kaum hatten sie die Stelle erreicht, ließ Adoran den Jüngling los und schlug dessen Arm zur Seite. »Finger weg!«, grunzte er erbost, woraufhin ihn der Geck verdutzt anstarrte. Flink zog der Hauptmann den gestohlenen Dolch aus seinem Wams und stach kräftig zu. Mit einer Hand bedeckte er den Mund des Opfers, während er die Klinge mit der anderen langsam in der Wunde drehte. Er spürte, wie das warme Blut in Strömen über seine Hand rann, und sah, wie der völlig entsetzte Blick des Jungen ihn traf.

Kaltherzig drückte Adoran den Körper des sich schwach wehrenden Mannes zu Boden, bis dieser völlig erschlaffte. Kurz blickte der Agent auf die blasse Leiche eines Menschen, der vor wenigen Lidschlägen noch lebendig und guten Mutes gewesen war, dann säuberte er seine Hände an den Kleidern des Toten und schlich sich nach allen Seiten umblickend auf leisen Sohlen davon.

Der erste Teil des Plans war geglückt, nun musste er Geduld beweisen, bis jemand die Leiche fand und den damit verbundenen Tumult auslöste, der den zweiten Teil des Plans ermöglichen würde.

Scheinbar hatte ihn wirklich niemand gesehen, der Leutnant war zwar verschwunden, und auch von der jungen Edeldame, mit der er gesprochen hatte, fehlte jede Spur. Das hatte wohl kaum etwas zu bedeuten, sie konnten ihn unmöglich bemerkt haben!

Ein lauter Schrei voller Entsetzen zerriss die festliche Atmosphäre wie einen alten Pergamentbogen und alles erstarrte in der Bewegung. Aufgestörte Blicke wandten sich zur Terrasse, denn von dort war der Laut an ihre Ohren gedrungen. Sharielle fasste sich als eine der Ersten und drängte sich an den zahlreichen Herumstehenden vorbei. Sanna heftete sich an die Fersen ihrer Freundin und hatte Mühe, mit ihrem Schritt mitzuhalten.

Ein gewaltiger Auflauf bei den Hecken ließ die Adelige darauf schließen, dass der Stein des Anstoßes offenbar dort lag. Kaum angekommen, schob sie einen bestürzt und leichenblass aus der Wäsche schauenden Schreiber des Adlerordens beiseite. Sanna sog zischend die Luft ein und drehte sich kurz darauf von dem sich ihr bietenden Anblick weg. Sharielle registrierte, dass man einen ihr unbekannten Mann ermordet hatte.

Ruckartig sah sie hoch und blickte unwillkürlich in die Menge, als könnte sie den Mörder allein dadurch ausmachen, dass sie sich nur konzentriert genug umsah. Ein Kapitan eines Drôler Kavallerieregiments neigte sich über den Toten und zog mit behandschuhter Hand den Dolch aus der Leiche. Er musste dabei den mit Blut über und über bedeckten Griff der Waffe kräftig umfassen und ihm entwich ein leises Stöhnen: »Bei allen Göttern! Da muss jemand diesen armen Tropf aber gewaltig gehasst haben, dass er ihm das Eisen so tief zwischen die Rippen gestoßen hat.«

Sanna schüttelte den Kopf und flüsterte leise in Sharielles Ohr: »Ich dachte mir ja gleich, dass dies kein vergnüglicher Abend wird, den wir gemeinsam in der Gesellschaft erlesener Herrschaften verbringen, aber bis eben hatte ich es fast vergessen. Hört dieses Morden denn niemals auf?!«

Die Adelige ignorierte das Genörgel ihrer Geliebten und sah wieder zu der Leiche hinunter. Irgendetwas beunruhigte sie, hier stimmte etwas nicht – und gleich sollte es ihr gewahr werden. Der Kapitan hob den Dolch mit zwei Fingern in die Höhe und ließ ihn erschrocken fallen. Ein leises Murmeln ging durch die Reihen der Umstehenden und alle wichen einen Schritt zurück. Alle bis auf Sanna, die neugierig den Hals reckte und flüsterte: »Was ist denn? Ist er doch nicht tot?«

Der Offizier strich sich durch den gepflegten, leicht ergrauten Bart und raunte: »Nein, Boron hat ihn zu sich gerufen, aber ich habe soeben ein Familienwappen auf der Mordwaffe erblickt.« Wiederum setzte ein Raunen ein und überall wurde getuschelt und wild die Identität des Mörders diskutiert. »Es ist das Wappen der Familie di Jazayeri.«

Alle Blicke richteten sich auf Sharielle, die völlig sprachlos einen Schritt zurückwich und dabei fast über ihren Rocksaum stolperte.

»Aber … wie kann das sein?«

Sanna trat selbstsicher einen Schritt vor und hob beschwichtigend die Hände. »Kein Grund zur Panik, meine Herrschaften, das muss ein Missverständnis sein! Die Dame di Jazayeri war den ganzen Abend in meiner Gesellschaft, sie kann es nicht gewesen sein.«

Der Soldat verzog keine Miene, griff nach seinem Degen und trat einen Schritt näher, während hinter den beiden Frauen ebenfalls schleifende Geräusche zu hören waren, die von weiteren blank gezogenen Waffen kündeten.

Die Dunkelhaarige neigte sich zu Sharielle und flüsterte leicht beunruhigt: »Die glauben uns nicht, oder was meinst du?« Ungehalten antwortete die Adelige: »Natürlich nicht, was hast du denn gedacht?« Schließlich hoben beide die Hände und ergaben sich der Überzahl.

Garvor hatte sich in den Schatten eines gedrungenen Baumes zurückgezogen. Von hier hatte er eine ausgezeichnete Sicht auf den Eingangsbereich des Hauses und die große Freitreppe. Angewidert verzog sich sein Mund, als er all die aufgemotzten Stutzer und aufgetakelten Fregatten die steinernen Stufen hinaufflanieren sah. Ekelhaft. Wenn er bedachte, dass er die Hälfte seines Lebens auf dem Schlachtfeld zugebracht hatte, um eine derartige Dekadenz zu schützen! Die Galle wollte ihm überlaufen, als er noch einmal an die Ereignisse im Gericht dachte. Er war nun beileibe kein anspruchsvoller Mann, aber dieses Geschacher und diese Intrigenspiele, nicht um der Wahrheit, sondern letztlich nur um der Macht und vielleicht sogar um des Spieles willen, ließen ihn seine ganze Erziehung vergessen.

Ein leises Geräusch ertönte hinter ihm. Binnen eines Wimpernschlages fuhr seine rechte Hand zum Griff des Rapiers, während sich seine Linke kaum merklich zum Halfter seiner Balestrina hin bewegte. Da war es wieder, ein leichtes Hüsteln, gefolgt von raschelnden Blättern. Garvor erstarrte.

Leichte Schritte näherten sich seiner Position und das Rascheln von Stoff mischte sich mit dem Geräusch abknickender Zweige. Ruckartig drehte sich Garvor um und starrte in das stark geschminkte Gesicht einer Frau mittleren Alters. Eine nahezu kompakte Wolke unterschiedlichster Gerüche ließ ihm die Tränen in die

Augen schießen, während ihm der Anblick des verlebten, sorgfältig übertünchten Gesichts der Frau einen Kloß in den Hals trieb.

Verwirrt schüttelte er den Kopf, bemüht, dadurch die trüben Gedanken loszuwerden, die ihn nur von seiner Mission ablenken würden. Vielleicht konnte man hier, im Nährboden der Dekadenz, den Pulsschlag des alten und wieder erstarkenden Reiches nicht spüren, aber so lange die Armee noch fähige Offiziere besaß, so lange würde das Banner des Adlers hochgehalten. Es brauchte mehr als die Verweichlichung des Adels, das Reich zugrunde zu richten!

Die Frau zwinkerte unsicher und beugte sich zu ihm hinüber; der scharfe Geruch von Alkohol vertrieb jetzt alle anderen Düfte. Kein Wunder, dass die Gnädigste kaum mehr in der Lage schien, geradeaus zu schauen. Das eng taillierte, in einem geschmacklosen Orangeton gehaltene Kleid konnte über ihre Fülligkeit kaum hinwegtäuschen, und die Tatsache, dass ihr Dekolleté in Auflösung begriffen war und der üppige Busen Garvor fast ansprang, machte alles nur noch schlimmer.

»Verscheit, mein Herr!« War es nun der Versuch, geziert zu lallen, oder vermeinte die Dame tatsächlich zu gurren? Garvor stellten sich allmählich die Nackenhaare auf, und nur seine eiserne Disziplin verhinderte es, dass er sich entgegen jeder Etikette einfach umdrehte und ging. »Könntet Ihr mir bitte schagen, wo esch hier schum Feschtsaal geht? Isch habe mich scheint's verirrt.« Ein Kichern erschütterte den korpulenten Körper und versetzte ihn in Schwingungen, wie Garvor sie das letzte Mal bei einem schlimmen Fall von Wundfieber gesehen hatte. Langsam atmete der Leutnant ein, schloss kurz die Augen und überraschte sich selbst mit einem affektierten Grinsen: »Nun, edle Dame, bevor Ihr weiter hier herumirrt, werde ich mein Möglichstes tun und Eure Hochwohlgeboren in den

Festsaal geleiten.« In das unvermeidliche Kichern hinein bot er der Frau die Hand. Kurz hatte er mit dem Gedanken gespielt, die völlig Betrunkene einfach irgendwo mitten im Garten auszusetzen, aber abgesehen von dem zusätzlichen Schaden, den dies seiner Ehre angetan hätte, beängstigte ihn der Gedanke, das Frauenzimmer vielleicht nie wieder loszuwerden. Da war es weitaus besser, sie in den Saal zu geleiten, wo Liköre und Weine die Aufmerksamkeit seiner Begleiterin mit Sicherheit gefangen nehmen würden.

Ein leises Räuspern ließ seinen Blick herumfahren. Ein junges Fräulein war aus dem Hintergrund getreten: »Tante?«

Die alte Vettel drehte missmutig den Kopf und überschüttete Garvor mit einem Odeur, dass sein Magen den Dienst quittieren wollte. »Was ischt denn, Daria?«

Das junge Fräulein war in ein tiefblaues Kleid gewandet und sah so hinreißend aus, dass sich Garvor bei der Frage ertappte, ob dieses Fräulein nicht gar die Bürde einer solchen Tante wert wäre. Lächelnd winkte er innerlich ab. Wenn die Alte nicht mindestens ein ansehnliches Vermögen besaß, dann hatte er kaum Hoffnung für das Kind.

»Ich bin Euch ja so dankbar, dass Ihr Euch meiner Tante annehmt.« Garvor zuckte zusammen. Was sollte das wieder heißen?

»Nun, sie schien mir doch ein wenig verloren in diesem Garten, und so schlug ich ihr vor, sich ein wenig zum Aufwärmen nach innen zu begeben.« Krampfhaft überlegte Garvor, wie er sich aus der Situation retten konnte, immerhin war es alles andere als kalt hier draußen.

»Ja,« kicherte die Alte, »wir wollten unsch gerade von innen her wärmen. Komm doch mit, Kleinesch! Schicherlisch wird der nette Herr diesch erlauben.«

Garvor hatte, sobald die Frau ihm wieder den Kopf

zugewandt hatte, die Luft angehalten und behalf sich mit einem bemüht fröhlichen Lächeln. Er suchte den Blick der hübschen Nichte seiner Begleiterin, der aber im Augenblick ganz von den Ereignissen im Garten gefangen genommen schien. »Dann wollen wir doch einmal gen Festsaal schreiten, die Damen.«

Der Schrei verhallte im großen Saal. Sämtliche Köpfe fuhren, wie von der Hand eines meisterhaften Marionettenspielers bewegt, unisono in Richtung der geöffneten Fensterflügel herum. Verwirrte Laute mischten sich mit den erstickten Aufschreien der Frauen und dem Geklirr halb gezogener Waffen. Diener sprangen wie Heuschrecken verstört zu der nach draußen führenden Terrassentür, wurden aber von Uniformierten zur Seite gedrängt, die sich aus der Masse der Festbesucher gelöst hatten und nun kampfbereit nach draußen eilten. Das Orchester, dessen Darbietung in einer Dissonanz verklungen war, blickte besorgt zum Dirigenten, der bereits beflissen den Taktstock schwang und den Einsatz gab. Nichts sollte seine Musiker aus der Ruhe bringen.

Während sich der Tumult im Erdgeschoss des Anwesens langsam auflöste und jener lähmenden Spannung wich, mit der sich unausweichlich die erwartete Katastrophe ankündigte, hatte Caric bereits den zweiten Treppenabsatz erreicht. Flure und Treppenhaus lagen in gähnender Leere vor ihm, und die Leichtigkeit, mit der er sich in dem Gebäude frei bewegen konnte, hatte für Caric fast etwas Beängstigendes. Schon war er im richtigen Stockwerk angekommen. Der Flur war menschenleer. Bewusst verharrte er mitten in der Bewegung und hielt, in alle Richtungen lauschend, die Luft an.

Ein Lächeln breitete sich auf seinem Gesicht aus, als die befürchteten Schritte ausblieben. Die Stille hing wie ein Tuch in der Luft, einzig erfüllt vom Hämmern seines Herzens. Ruhig sog Caric die Luft in seine aufbegehrenden Lungen, dann ging er mit schnellen, federnden Schritten auf die schwere Tür am Ende des Ganges zu, den Blick forschend auf das klobige Schloss geheftet, die Hand in der Tasche um den schweren Bund mit den Dietrichen geballt.

In seiner Konzentration auf die vor ihm liegende Aufgabe entging Caric, wie sich aus der Dunkelheit des unteren Treppenabsatzes ein Schatten löste und langsam, ohne ein Geräusch zu verursachen, die hölzernen Stufen emporschlich.

Kapitel 12

Ein leises Knirschen zeugte vom Erfolg seiner Bemühungen, als Caric mit zusammengebissenen Zähnen den Dietrich im Schlüsselloch drehte. Ein Klicken, dann noch eins, endlich gab das Schloss nach. Behutsam drückte Caric die Klinke herunter und ohne einen Laut schwang die lederbezogene Tür des Arbeitszimmers nach innen auf.

Vorsichtig steckte Caric den Kopf in das dunkle Zimmer, dann schob er langsam seine Schultern nach und schlüpfte schließlich ganz in den Raum. Schnell hatte er die Tür geschlossen und die mitgeführte Kerze aus der Hosentasche gezogen. Darauf bedacht, keinen unnötigen Laut zu verursachen, entzündete Caric die Kerze, griff in seine Jackentasche und entnahm ihr erleichtert das klobige Buch, welches er an seinen Körper gepresst mit sich geführt hatte. Er hatte den ganzen Abend über ein Gefühl gehabt, als würde es in seinem Versteck brennen. Bei seiner Suche nach einem Beweis sollte es ihm nicht im Wege sein; auch würde er es vielleicht ohnehin, wenngleich schweren Herzens, hier irgendwo ablegen müssen, sollte er keine Beweise finden. So platzierte er es auf einem Stapel dünner Bücher mit Dienstvorschriften und musterte das Zimmer mit dem geschulten Auge eines Mannes, der sein halbes Leben mit der Suche nach verborgenen Papieren zugebracht hatte. Seine schmalen Finger glitten über die Intarsien des mächtigen

Schreibtischs, tasteten nach Unebenheiten und Geheimfächern.

Auch die Schubladen wurden einer genauen Überprüfung unterzogen, und wirklich – in kürzester Zeit hatte er bereits zwei kleine Fächer gefunden, deren Inhalt für sein Ansinnen jedoch bedeutungslos war. Ein kleiner Stapel hoher Wechsel und private Korrespondenzen, die wohl die Herrin des Hauses sehr interessiert hätten, brachte ihn nicht weiter.

Ein Luftzug ließ ihn zusammenfahren, gerade noch rechtzeitig, um der Gestalt auszuweichen, die aus der plötzlich aufgerissenen Tür auf ihn zusprang.

Grinsend verließ Adoran seinen Platz an einem der offenen Fenster des Festsaals und stapfte ein paar Schritte in den Raum hinein. Ein Blick in den Garten hatte genügt: Jetzt war das Chaos perfekt. Zunächst würde man annehmen, die Cavalliera hätte den unbedeutenden Mann erstochen, und bis sich geklärt hätte, dass sie damit nichts zu schaffen hatte, würden er und Caric schon längst verschwunden sein.

Freundlich nickend passierte er eine Gruppe von drei jungen Offizieren, zwei Männer, eine Frau, alle im Rang eines Ensignios und damit unverkennbar Akademieabgänger aus besserem Hause. Neugierig beäugten sie den Fremden, der eine so außergewöhnliche Waffe mit sich herumtrug. Adorans Hand ruhte auf dem Griff des geerbten Krummschwerts, welches seinem Vater bereits gute Dienste geleistet hatte. Lautes Gemurmel drang an sein Ohr und er vernahm zahlreiche, sich von draußen nähernde Schritte. Lässig drehte sich der Neureicher zur Terrassentür und beobachtete, wie Sharielle hereinkam; ihr folgten etliche Gäste, unter anderem auch ihre dunkelhaarige Freundin und die junge Edeldame in dem blauen Kleid, die sich vorhin mit Garvor unterhalten hatte. Ohne zu zögern deutete sie auf Adoran, dessen Lächeln im selben Augenblick gefror. *Wie kann das sein? Ich habe doch genau aufgepasst und darauf geachtet, dass mich niemand bemerkt. Wie kann dieses junge Fräulein mich gesehen haben?*

Sein Mund wurde trocken und er schluckte schwer. Energisch verdrängte er den Gedanken, dass man vielleicht etwas anderes von ihm wollte, und straffte sich für die bevorstehende Konfrontation.

»Verzeiht, edler Herr! Ja, ich meine Euch.«

Mit einem ausdruckslosen Gesicht drehte der Agent sich zu Sharielle, die ihn angesprochen hatte. »Ihr wünscht, Cavalliera di Jazayeri?«

Der ältere Offizier, der ihr auf dem Fuß gefolgt war, trat vor sie und erhob die Stimme. »Wenn Ihr uns bitte folgen würdet, Herr! Es gibt Grund zu der Annahme, dass Ihr Euch in der Nähe des Tatorts befunden habt, während der Mord verübt wurde.«

Adoran seufzte und nickte. »Ich verstehe. Bedauerlicherweise kann ich dieser Bitte nicht nachkommen.«

Der Alte stutzte und brauchte einen Augenblick, um diese Antwort zu verstehen, wohingegen Sharielle Adoran weiterhin trotzig anstarrte. »Ich muss Euch nochmals ermahnen, Eure Waffe niederzulegen, ansonsten sehe ich mich gezwungen, Euch arretieren zu lassen!«

Mach schon, Caric, ich hoffe, du nutzt die Zeit, die ich dir verschaffen werde.

Schweigend blickte der Neureicher sich in der stillen Runde um, blieb aber weiterhin eine Antwort schuldig. Einer der ungestümen Akademieabgänger, die vor einigen Augenblicken noch an Adoran vorbeigegangen waren, sprang vor und forderte den Neureicher lauthals zum Duell. Der junge Mann mit den langen Koteletten und dem blonden Zopf zog seinen Degen und trat vor. Vereinzelt wurde Beifall laut, man erkannte den Mut und die Kühnheit des Mannes an. Adoran ließ seinen schweren, dunklen Umhang zu Boden gleiten und stieß ihn mit dem Fuß davon.

Rund herum wurde Gemurmel laut, als die Umstehenden über den Ausgang des bevorstehenden Schauspiels zu debattieren begannen. Schließlich schätzte man ein geschicktes Klingenspiel als unterhaltsam dargebotene Kriegertugend. Adoran zog flink seine Waffe und beugte leicht den Kopf. Sein Gegner nahm Haltung an und attackierte ohne Vorwarnung mit einem Ausfallschritt. Adoran hatte das Manöver bereits erahnt, als der Krieger Anstalten machte, leicht zurückzuweichen, um Schwung zu holen. Verächtlich drehte der Hauptmann sich ein Stück zur Seite, sodass die Klinge knapp an seinem Körper vorbei ins Leere stach. Völlig deckungslos erkannte der Soldat seinen Fehler, doch es war zu spät. Adoran holte aus, packte seine Waffe mit beiden Händen und schlug zu. Der kalte Stahl drang tief in den Nacken des Horasiers, wodurch der junge Soldat bäuchlings zu Boden geschleudert wurde und reglos liegen blieb. Einen langen Augenblick herrschte beängstigende Ruhe. Adorans Atem ging schnell und ruckartig, er blinzelte einmal, wandte den Kopf ein Stück nach links, während seine rechte Hand die Waffe in eine Position oberhalb seiner Hüfte bewegte, sodass die Spitze des Schwertes auf die Gesichter der Anwesenden zeigte.

Völlig entsetzt starrten ihn die Gäste an; keiner schien zu begreifen, was da vor sich gegangen war. Es war nicht länger ein belustigendes Schauspiel, sondern ein ernsthafter, gnadenloser Kampf auf Leben und Tod. Der Neureicher holte noch einmal tief Luft und im Folgenden bestimmte seine überragende kriegerische Schulung ohne jedes Zögern all seine Handlungen.

Das Schwert in der Hand, wirbelte Caric herum, als die Gestalt seitlich an ihm vorbeischoss. Fauchend fuhr die

Waffe durch die Luft auf den Mann zu, der vor Caric zum Stehen gekommen war, mit tödlicher Präzision genau auf den gebeugten Nacken gerichtet. Das flackernde Licht der Kerze ließ die Klinge aufglühen, als sie in einem zuckenden Bogen abwärts sauste. Kurz bevor die Waffe jedoch die dicken Sehnen des Nackens durchtrennen konnte, prallte sie hart gegen ein Hindernis.

Caric sog erstaunt die Luft ein. Im Bruchteil eines Augenblicks hatte sich sein Angreifer um die eigene Achse gedreht und ein langes, leicht gebogenes Messer gehoben, um damit den Hieb des Schwertes abzublocken. Jetzt wirbelte die Gestalt erneut herum, sprang ein kleines Stück nach hinten, kampfbereit in den Knien federnd, und wartete auf den nächsten Angriff. Endlich konnte der Neureicher seinen Gegner erkennen: Das Gesicht einer reglosen Maske gleich, stand jener Wilde vor ihm, den Scilaggio bisher immer wie einen Kettenhund mitgeführt hatte. Während sich seine Augen zu Schlitzen verengten, bewunderte Caric die perfekte Koordination, die dieser Krieger zu besitzen schien. Wie lange schon war es her, dass ihm ein würdiger Gegner in einem Kampf gegenübergestanden hatte? Nun würde er endlich zeigen können, dass sein Ruf als guter Kämpfer zu Recht bestand, ja, mehr noch, insgeheim freute er sich an den sparsamen Bewegungen seines Gegners, verrieten sie doch, dass der Wilde ihm durchaus ebenbürtig war.

Zu jeder anderen Stunde hätte er einen solchen Kampf genossen, hätte das Aufeinanderprallen der tödlichen Klingen mit einer Befriedigung begrüßt, die einem nur ein Kampf auf Leben und Tod unter gleichwertigen Gegnern bescherte. Doch nicht jetzt und nicht hier. Heute musste er diesen Gegner so schnell wie irgend möglich ausschalten; zu deutlich war ihm bewusst, was geschehen würde, sollte man ihn hier in diesem Raum finden. Schweißtropfen traten ihm auf die Stirn, während er angestrengt nachdachte. Sie umkreisten einander in einer komplizierten Spirale, jeder darauf bedacht, die Schwächen und Blößen des anderen zu entdecken; ein komplexer Tanz von raubtierähnlicher Eleganz und Präzision, in welchem die Klingen lediglich schmückenden Charakter hatten und wo eine genaue Einschätzung des Gegners letztendlich weit mehr brachte als ein kraftvoller Hieb mit der Waffe.

Endlich ging ein Ruck durch beide Männer und sie stürzten sich aufeinander. Der Moha führte in beiden Händen eine Waffe, sein Messer links und die kurze, mit Federn und Knöchelchen geschmückte Kampfaxt rechts. Die Klingen schienen Funken zu sprühen, als sie heftig aufeinander prallten. Ihre Gesichter hatten sich vor Anstrengung zu Grimassen verzerrt und der Atem entrang sich keuchend den Kehlen. Immer wieder hieben die beiden Männer aufeinander ein, änderten die Taktik, verwarfen sie wieder, suchten nach Lücken in der Abwehr des Gegners, versuchten sich in Finten, um letztendlich dann doch wieder roh aufeinander einzudreschen, alle Kraft in den Schlag legend.

Mittlerweile war Caric in den Flur zurückgewichen, um mehr Raum zum Kämpfen zu gewinnen. Zwar hatte er Takate einige kleinere Wunden zufügen können, war aber selbst auch nicht ohne Schrammen geblieben. Irgendwie musste er diese Sache schnellstmöglich beenden, ohne seinen eigentlichen Plan zu gefährden.

Verzweiflung machte sich in ihm breit. Wie weit war Adoran mit seinem Ablenkungsmanöver gekommen? Würde er diesen Wilden schnell genug ausschalten können, bevor ihr ganzes Unternehmen in einer Katastrophe endete? Seine ängstlichen Überlegungen hatten ihn abgelenkt. Ein wuchtiger Hieb des Moha traf ihn in die Seite und drang tief in sein Fleisch ein. Caric rang nach Luft, während der Schmerz langsam von ihm Besitz nahm und ein gewaltiger Tritt ihn gegen einen der Wandschränke schleuderte.

Blitzschnell zog Adoran den kleinen Wurfdolch aus der rechten Unterarmscheide und schleuderte ihn kraftvoll mit der linken Hand in Richtung seiner noch unschlüssigen Gegner. Mit einem dumpfen Schlag drang die Wurfwaffe in den breiten Brustkorb des alten Kriegers, der vor Sharielle stand. Ächzend kippte er zur Seite, und ein hysterischer Schrei, der offenbar von dem jungen Fräulein in dem blauen Kleid ausgestoßen worden war, löste eine Panik aus. Alle strömten durcheinander und versuchten verängstigt fortzukommen.

Lächelnd drehte sich Adoran zu den beiden Kollegen des getöteten Akademieabgängers, die ihre Degen bereits zogen hatten und nun auf ihn zukamen. Ein kurzer Blick über die Schulter versicherte dem Hauptmann, dass einer der Gäste, ein betagter Adeliger, ebenfalls sein Rapier zur Hand genommen hatte und ihn gleichzeitig anzugreifen gedachte, dann jedoch zögerte. Adoran beschleunigte seine Schritte den beiden Soldaten entgegen. Die Frau stach zu, doch Adoran parierte den Stich lässig und die Klingen trafen klirrend aufeinander. Energisch stach die Frau ein zweites und ein drittes Mal zu, diesmal gegen den Kopf des Hauptmanns. Er parierte den zweiten Angriff nach unten und duckte sich unter dem dritten fort. Wie ihr toter Kollege stocherte die Soldatin nun in der Luft herum und war dem Feind ausgeliefert. Aus der Hocke stach Adoran zu und rammte ihr das Schwert in den Bauch. Sie schrie laut auf und ließ die Waffe fallen. Ein schmatzendes Geräusch ertönte, als der Agent sein Krummschwert schnell zurückzog; die tödlich Verwundete presste die Hände auf den Leib und sank auf die Knie.

Ihr darüber in Rage geratener Kamerad schlug zu, doch der Geheimagent parierte den Hieb wachsam nach oben. Nun griff er selbst an, doch der Soldat wehrte den nur schwach geführten Schlag des Neureichers ab. Metallisches Klirren erfüllte die Luft, als die Waffen mehrmals in Attacken, Paraden und gewagten Riposten aufeinander trafen. Ungewollt versetzte Adoran der am Boden kauernden Soldatin einen harten Stoß mit dem Knie, der sie endgültig umwarf. Der Horasier wich einen Schritt zurück und Adoran setzte über den sich in einer Blutlache krümmenden Körper der Soldatin nach. Wuchtig schlug er nach dem Leib des Feindes, der Mühe hatte, die Hiebe zu blocken. Der dritte Schlag fegte den Degen des Liebfelders hinfort, woraufhin Adoran eiskalt den Unbewaffneten attackierte. Die gebogene Klinge grub sich tief in den Oberkörper des jungen Mannes, der wie eine zerschlagene Puppe zusammenklappte. Eine Fontäne aus warmem Blut spritzte dem Krieger entgegen und benetzte sein Gesicht und seine Kleider.

Flink drehte er sich um die eigene Achse und konnte gerade noch dem Degen des älteren Adeligen ausweichen, der auf seinen Rücken gezielt hatte. Aus dem Handgelenk heraus zuckte das Krummschwert hoch und schnitt ungehindert durch die bloße Kehle des Edelmannes. Gurgelnd, die Hände auf die blutende Verletzung gedrückt, wankte dieser mit vor Entsetzen geweiteten Augen noch ein paar Schritte an Adoran vorbei, bevor er schließlich über die sterbende Horasierin stolperte und zu Boden stürzte.

Das Chaos war perfekt. Adoran blickte sich um, in der Hoffnung, entkommen zu können, doch dieser Hoffnungsschimmer wurde sogleich getrübt. Von links näherte sich ein junger Kerl in reichen Kleidern, der bereits gefährlich mit dem Florett wedelte, und durch die Terrassentür kam ein weiterer Offizier herbei, der Uniform nach zu urteilen ein Angehöriger der Marine. Der Neureicher nahm das Schwert in die linke Hand und zog mit den frei gewordenen Fingern den Wurfdolch aus der Scheide an seinem linken Unterarm. Er wog die Wurfwaffe kurz in den Fingern und schleuderte sie dann gegen den heranrückenden Stutzer.

Bevor dieser begriff, wie ihm geschah, hatte sich das Wurfgeschoss bereits tief in seinen Hals gebohrt. Aufstöhnend kippte er vornüber und krachte auf einen kleinen Tisch, der unter ihm zusammenbrach. Klirrend zersprangen Gläser, Flaschen und Karaffen und gaben ihren Inhalt frei. Ein Geräusch ließ Adoran herumfahren und sofort zuschlagen. Einer der panikerfüllten Diener war auf seiner Flucht über eine der Leichen gestolpert und hatte dabei einen Angstschrei ausgestoßen. Das gebogene Schwert kannte keine Gnade für den Unbewaffneten und schnitt durch den Leib des Bediensteten, der aufheulend zur Seite kippte.

Der Marinesoldat kam schnell näher, nachdem er sich durch die Masse der Fliehenden gekämpft hatte, aber allmählich fanden weitere Anwesende den Mut, gegen den Fremden vorzugehen. Ein Rondrageweihter des Ardaritenordens brüllte die Fliehenden an, sich ihrem Feind zu stellen, woraufhin ein Mann in den besten Jahren, dicht gefolgt von einem älteren Krieger, den Emblemen nach einer längst aufgelösten Einheit zugehörig, innehielten und sich wieder dem Kampfplatz zuwandten.

Adoran neigte sich über den Leichnam eines getöteten Soldaten und zog dessen Schusswaffe aus dem Holster. Klickend spannte er den Hahn und riss den Lauf nach oben. Der Schuss löste sich, als der heranstürmende Marinesoldat nur noch einen Schritt von Adorans Hand entfernt war. Die Kugel riss ein gewaltiges Loch in die Stirn des Kriegers, der sogleich zu Boden ging und sich nicht mehr bewegte.

Schnell erhob sich der Neureicher wieder und ließ die prunkvolle Familienwaffe kreisen. Der pensionierte Veteran sprang ihn mit Gebrüll an und warf ihn zu Boden. Beide verloren ihre Waffen, die mit einem Klirren auf dem marmornen Boden aufschlugen. Der Alte hatte immer noch Riesenkräfte und würgte den jüngeren Krieger mit eisernem Griff. Adoran hustete und versuchte erst gar nicht, sich aus der Umklammerung zu befreien. Aus den Augenwinkeln bemerkte er, dass ein Kerl in der Grangorer Händlertracht, den der Priester wohl ebenfalls aufgehetzt hatte, nur noch wenige Schritte entfernt war. Ächzend und mit hochrotem Kopf griff Adoran zu seiner Hüfte. An seinem Gürtel hing ein weiterer Dolch in einer Lederscheide. Mühselig zog er die Stichwaffe hervor und rammte sie dem Veteranen gleichsam in tödlicher Umarmung ins Kreuz. Unter lautem Gebrüll ließ dieser den Hals des Feindes los, und noch bevor er sich wehren konnte, traf ihn die spitze Waffe ein zweites Mal in den Rücken.

Mit nicht geringem Kraftaufwand wälzte der Agent die Leiche des beleibten Mannes von sich und rollte zur Seite. Doch dieses Mal kam seine Reaktion zu spät. Der Degen des Händlers bohrte sich ungehindert in die linke Schulter des Neureichers. Er biss die Zähne aufeinander und machte seinen Schmerzen durch ein wütendes Zischen Luft. Zornig schlug er nach dem Angreifer, der verängstigt auswich und seinen Degen zurückzog. Stöhnend erhob sich Adoran, lupfte ein herumliegendes Rapier mit dem Fuß an und pflückte die Waffe elegant aus der Luft, den Dolch in der anderen fest umklammert.

Der Händler schlug einige Male unkoordiniert nach dem Agenten, doch die beiden Klingen bildeten eine nicht zu durchdringende Abwehr. Erbleichend wich der Horasier weiter zurück und schleuderte den Degen von sich, um sich umzudrehen und davonzurennen. Ein gezischtes »Feigling!« aus Adorans Mund ließ den Fliehenden unbeeindruckt. Der Mittelreicher warf den Dolch ein Stück in die Luft, fing ihn sogleich an der Klinge auf und zielte auf den breiten Rücken des Fliehenden. Dumpf erklang der Aufprall der schweren Stichwaffe, die sich in den Rücken des Händlers bohrte. Aufschreiend stolperte er noch ein paar Schritte vorwärts, sackte dann in die Knie und sank tot zur Seite.

Der Rondrapriester blickte grimmig auf die Leichen der Gefallenen und zog dann sein Langschwert, während er aufmerksam auf den Krieger aus dem Mittelreich zuging.

Caric fühlte die Wärme des Blutes, das aus seiner Wunde am Körper entlangrann und in den Stoff seiner Hose sickerte. Mit Mühe hatte er die Klinge des Angreifers abblocken können, ehe sie ihm tiefer ins Fleisch schnitt. Doch der Schmerz, der sein Inneres zu zerreißen drohte, hatte auch sein Gutes. Er wirkte auf den Krieger ernüchternd wie eine kalte Dusche. Diesen Kampf konnte er nicht mit seiner kämpferischen Überlegenheit gewinnen. Nicht, wenn er seine Mission zu einem erfolgreichen Ende führen wollte. Er musste schnell und unerbittlich sein und die Spuren tilgen, soweit dies überhaupt noch möglich war. Blitzschnell ließ er sich aus einer Angriffsbewegung heraus rücklings zu Boden fallen, rollte über seine zerschundene Schulter ab und griff im Abrollen in seine Uniformjacke.

Takate, durch das plötzliche Manöver seines Angreifers kurz aus der Fassung gebracht, stürzte nach vorn, um seinem Gegner nachzusetzen. Ein leises Geräusch ertönte auf dem leeren Flur und schien gegenstandslos in der Luft zu hängen, als Takate fassungslos auf seine Brust starrte, in der zitternd eine kleine, silbern schimmernde Nadel steckte. Langsam ging der große Mann in die Knie, immer noch versonnen auf die Nadel starrend. Bevor sein Angreifer vornüber kippte, entfernte Caric mit einem grimmigen Lächeln den winzigen Pfeil. Man sollte so wenig Spuren wie möglich hinterlassen, hatte sein Ausbilder immer gesagt, oder aber so viele Spuren, dass die wesentlichen nicht auffielen.

Das Gift wirkte schnell, Caric hatte dies mehr als einmal verfolgen können. Mit zitternden Händen verstaute er die Miniatur-Armbrust wieder in seiner Tasche und pries einmal mehr den Augenblick, da er dieses Spielzeug erstanden hatte. Takate würde frühestens in einer halben Sanduhr erwachen, was Caric genug Zeit zur Flucht gab. Damit würde zumindest sein Einbruch im Arbeitszimmer vorerst unentdeckt bleiben. Nichtsdestotrotz hatte seine Mission schon zu lange gedauert. Die verbleibende Zeit konnte gerade noch reichen, um in das Arbeitszimmer zurückzukehren, die Kerze zu entfernen, die Tür abzuschließen und zu verschwinden. Der Kampflärm hatte bestimmt schon jemanden alarmiert, und es war wohl nur eine Frage von wenigen Herzschlägen, bis sich jemand überwand, das Fest zu verlassen und nachzuschauen. *Herr Praios, schenke mir wenigstens diese kurzen Augenblicke.*

Sharielle bückte sich gerade nach einem herumliegenden Degen, als der mittelreichische Krieger seinen Dolch nach dem fliehenden Händler schleuderte. Schreiend ging dieser zu Boden, während der Geweihte der Kriegsgöttin nun weit ausholte und sich auf den Feind stürzte. Die Cavalliera stach die Spitze der Waffe auf Höhe ihrer Oberschenkel durch den Stoff ihres Kleides und riss mit aller Gewalt daran, bis der abgetrennte Stoff zu Boden fiel. Ihr Kleid reichte ihr nun nur noch bis auf die Mitte ihrer Oberschenkel, sodass man einen freien Blick auf ihre schlanken Beine hatte, die in langen weißen Seidenstrümpfen steckten.

Da sie in ihrer Bewegungsfreiheit nun nicht mehr eingeschränkt war, prüfte sie, wie die Waffe in der Hand lag, und machte Anstalten, sich den Neureicher vorzuknöpfen. Eine kleine Hand packte sie am Arm und suchte sie zurückzuhalten.

»Sharielle, du spinnst!«

Sannas Stimme klang verzweifelt und ihre Pupillen waren vor Angst geweitet. Ein Blick in die Augen der Cavalliera bestätigte ihr, dass die Entscheidung längst gefallen war und nicht mehr revidiert werden würde.

»Vertrau mir!« Sharielles Stimme klang ruhig und entschlossen.

Der Geweihte der Rondra sank gerade mit durchschnittener Kehle zu Boden, als sich Adoran umdrehte und der Adeligen ins Gesicht sah. Der Agent blutete stark aus einer Stichwunde am linken Bein, die ihm der Geweihte zugefügt hatte; dennoch schien er entschlossen und standhaft. Mit einem lakonischen Lächeln raunte er: »Nun werden wir sehen, welches Kaiserreich die besseren Krieger unterhält. Es hat mich gefreut, Eure Bekanntschaft gemacht zu haben, Cavalliera!« Er hob das Krummschwert auf, ließ es über dem Kopf kreisen und dann ruckartig herabsausen.

Flink sprang Sharielle zur Seite und spürte gerade noch den pfeifenden Luftzug neben ihrem Ohr. Sie stach halbherzig zu, doch verfehlte sie den Gegner um ein gutes Stück. Die Kämpfenden umkreisten sich, stets darauf lauernd, dass dem Gegenüber ein entscheidender Fehler unterlief. Und das geschah: Sharielle blieb beim staksigen Überqueren einer Leiche mit ihrem Absatz am Hemd des Toten hängen und geriet ins Stolpern. Adoran griff sofort an und versetzte ihr zwei kraftvolle Hiebe, die sie noch mühevoll abwehren konnte, bevor sie das Gleichgewicht verlor und stürzte. Sie schlug hart mit dem Hinterkopf auf einen herumliegenden Goldpokal und stieß einen gepeinigten Laut aus. Ein scharfer Schmerz schoss ihr durch den Kopf und betäubte sie für einen kurzen Moment; ihr wurde schwarz vor Augen, und als die Dunkelheit wich, tanzten bunte Funken in ihrem Sichtfeld.

Sie schlug die Augen noch rechtzeitig auf, um die Klinge des Feindes auf sich herabsausen zu sehen. Einen leisen Schrei ausstoßend, rollte sie sich ein Stück nach rechts, sodass die scharfe Schneide sie lediglich streifte. Ein unangenehmes Ziehen machte sich in ihrem linken Oberarm bemerkbar, und ein kurzer Blick bestätigte ihr, dass der weiße Stoff blutdurchtränkt war. Mit einem martialischen Schrei auf den Lippen holte Adoran erneut aus, doch diesmal war Sharielle schnell genug, sodass das Schwert klirrend auf dem Boden auftraf und Funken sprühen ließ.

Ein harter Tritt gegen die Knöchel des Agenten ließ ihn wanken. Während sich Adoran noch bemühte, das Gleichgewicht zu halten, traf ihn ein schwerer Pokal in den Rücken. Er wich seitlich aus und stolperte über eine zerborstene Weinkaraffe. Ein weiterer Pokal schlug Adoran das Krummschwert aus der Hand.

Mühsam rappelte sich Sharielle wieder auf, doch noch bevor sie ihre Waffe ergreifen konnte, hatte sich Adoran schon wieder gefangen und war vor sie getreten.

Im Nahkampf ohne Waffen hatte die Adelige nicht die geringste Chance. Der durchtrainierte und kräftige Mann, gegen den sie sich verzweifelt wehrte, war ein ausgebildetes Mordwerkzeug, egal ob mit oder ohne Waffe. Sie konnte es mit seiner Kraft nicht aufnehmen, geschweige denn mit seiner Kampfkunst. Ein Faustschlag nach dem anderen prasselte auf ihren Körper und in ihr Gesicht, bis sie nur noch schwankend auf den Beinen stand. Sein Ellbogen krachte hart auf ihren Schädel und raubte ihr beinahe die Besinnung. Um das Gleichgewicht nicht zu verlieren, streckte sie ihre Arme ein Stück aus und stolperte leicht zurück.

Daraufhin klemmte er ihren linken Arm unter seinen und zog ihn ruckartig nach oben, wobei man ein deutliches Knacken vernahm, doch konnte sie die ihr zugefügten Schmerzen kaum noch wahrnehmen. Sie konzentrierte sich ganz darauf, bei Bewusstsein zu bleiben. Sie konnte kaum noch etwas sehen und auch ihre Beine versagten ihr schließlich den Dienst. Ein finaler Kinnhaken fällte sie und Adoran hob flink seine Waffe wieder auf. Nur drei Personen standen noch in diesem Raum. Er selbst, Sanna, die völlig abwesend wirkte und ihren Blick gebannt auf ihre sich stöhnend regende Freundin gerichtet hatte, und Garvor di Scilaggio.

Caric hatte die Treppe endlich erreicht. Jeder Augenblick schien zäh in der Luft zu schweben und sich ihm entgegenzustemmen. Zweimal hatte er ansetzen müssen, um das verdammte Schloss wieder zu versperren. Ein kurzer Blick ins Zimmer hatte ihn davon überzeugt, dass der Kampf keine sichtbaren Spuren hinterlassen hatte. Nun würden sie ein anderes Mal im Allerheiligsten di Mestilios nach Beweisen forschen müssen. Am besten, wenn sonst niemand im Hause war und er sich mit Alea allein treffen konnte. Ein erfreutes Lächeln glitt über sein Gesicht. Auf diese Idee hätten sie wirklich schon früher kommen müssen. Warum hatte Adoran nicht daran gedacht?! Sie waren so in ihre Kreise aus Intrige und Gewalt verstrickt gewesen, dass sie sich tatsächlich verrannt hatten. Caric hoffte inständig, dass Adoran sich bereits abgesetzt hatte. Er selbst würde sich ein wenig frisch machen und dann ebenfalls das Anwesen verlassen. Umso weniger Menschen ihn hier sahen, desto leichter ließ sich ein späteres Zusammentreffen mit Alea arrangieren.

Gerade wollte er seinen Fuß auf die erste nach unten führende Stufe setzen, als er Schritte hörte, die sich schnell vom Fuß der Treppe her näherten.

Kapitan Garvor di Scilaggio zog langsam sein Rapier und schleuderte Hut und Umhang zur Seite. Lässig sagte er zu Adoran: »Ich habe einen von Euch feigen Bastarden getötet, jetzt bist du an der Reihe! Dein Kamerad starb den Tod eines Kriegers, obwohl er ihn nicht verdient hatte, und dich wird nun durch meine Hand das gleiche Schicksal ereilen.«

Sanna wandte sich mit ausdrucksloser Miene zu Garvor und zog blitzschnell die Schusswaffe aus seinem Gürtel. Adoran lachte auf und ließ das Schwert sinken. Der horasische Offizier grunzte erzürnt und riss der kleinen Frau die Waffe aus der Hand. Das Hämmern von Stiefeln wurde laut und eine ganze Schar Soldaten in blauen Röcken, mit gezückten Degen und dunklen Hüten mit Federbüschen stürmte herein. In wenigen Augenblicken war der Neureicher umzingelt. Wie ein Blitzschlag traf Adoran die Erkenntnis, dass er sterben musste. Es gab keinen Ausweg mehr, keine Gnade und keine Hoffnung. Hier würde sein Leben enden, umzingelt von Feinden, verlassen von allen Freunden. Auch Veriana, seine Verlobte, würde er niemals wieder sehen … alles war vorbei, endgültig.

Garvor trat vor und griff an. Adoran wich zurück und parierte die Hiebe, so gut er noch konnte, denn seine Stärke schwand langsam, aber sicher und war kein Vergleich zu der ungeheuren Körperkraft, die der Hüne vor ihm aufbringen konnte.

Warum nur habe ich nicht auf Caric gehört? Er hatte Recht; dieser verrückte Plan musste mit unserem Tod enden.

Ich bete, dass er entkommen kann und berichtet, wie ehrenvoll wir für unser Land gekämpft haben. Hoffentlich überbringt er Veriana den Brief, den ich für alle Fälle an sie gerichtet habe ... Bei allen Göttern, nein! Ich habe vergessen, ihm das Schriftstück zu geben, es steckt noch in meinem Wams. Bei Praios, wie konnte ich es nur vergessen, jetzt wird ...

Das Rapier des Leutnants trat am Rücken des mittelländischen Kriegers wieder aus und Adoran öffnete den Mund, als ob er noch etwas sagen wollte. Doch einzig Golgari sollte seine Worte vernehmen. Leblos kippte der Körper des Spions nach vorn und die umstehenden Soldaten applaudierten dem siegreichen Offizier. Wieder eine Tat, die seine Legende wachsen lassen würde: Wo über zehn Männer im Zweikampf scheiterten, darunter Offiziere, Adelige und ein Geweihter der Rondra, da war er siegreich. Die Männer erhoben die Waffen vor ihre Gesichter zum Zeichen ihrer Ehrerbietung und erwiesen Garvor ihren Respekt.

Caric atmete erleichtert auf. Er hatte es gerade noch geschafft, ungesehen in Aleas Zimmer zu gelangen. Von unten her drangen laute Stimmen herauf. Man hatte wohl den Wilden gefunden, gut. Da dieser Takate immer noch unter dem Einfluss des Giftes stand, würden die Männer unten lediglich einen ohnmächtigen Krieger erkennen, der offenbar berauscht mit den Waffen geklappert hatte. Ein grimmiges Grinsen legte sich auf sein Gesicht. Seine letzte Gabe an Takate war der Inhalt seiner Feldflasche gewesen, den er über dem Bewusstlosen ausgeleert hatte. *Dieser Wilde weiß echten Brandwein wahrscheinlich gar nicht zu schätzen.*

Anfangs hatte er noch Schritte auf dem Flur gehört. Jemand hatte seine Finte vielleicht durchschaut oder war der Ordnung halber in das oberste Stockwerk gestiegen, um die Türen zu kontrollieren. Nun, Aleas Zimmer war wieder verschlossen und sonst war wohl keine Menschenseele in den angrenzenden Gemächern. Notdürftig hatte er seine Wunden versorgt und verbunden. Wahrscheinlich würde er ein paar Narben behalten, aber zumindest hatte er die Blutungen stillen können.

Er würde hier auf Alea warten; erst wenn im ganzen Haus Ruhe eingekehrt war, wollte er fliehen und sich mit Adoran treffen. Was würden sie lachen: So viele Verwicklungen, so viel Planung und dabei war doch alles so einfach. Vielleicht könnte er sogar heute Nacht noch nach den Beweisen suchen, wenn sich der gesamte Haushalt nach dem anstrengenden Fest zur Ruhe begeben hatte.

Im Dunkeln tastete er sich zu Aleas Bett hinüber. Langsam ließ er sich in die weichen Kissen sinken, die Augen geschlossen, und atmete den Duft ihres Parfums, den alles hier im Raum zu verströmen schien. Wie hatte er sich nach diesem Duft gesehnt! Heute hatte er sie nur aus der Ferne beobachten können, aber schon bald würde er sie in den Armen halten und dann würde er sie nicht mehr gehen lassen. Nie mehr. Veriana würde sich auch freuen, endlich in Alea die Freundin und Gefährtin zu finden, die die Sorge um den Geliebten teilte. Ja, sie würden beide erfolgreich zurückkehren. Und auf beide wartete eine Familie. Der Gedanke, vielleicht schon bald ein Kind auf den Knien zu wiegen, hatte in den letzten Tagen eine Sehnsucht in ihm geweckt, die er nie in sich vermutet hätte. *Du wirst wirklich zu alt für diese Arbeit, Caric. Wenn du schon beginnst, nach einem Namen für deinen Sohn zu suchen, dann solltest du um eine Versetzung bitten.*

Caric schrak aus seinen Träumen, als der Schlüssel im Schloss knackte. Verdammt, er musste eingeschlafen sein! Lautlos rollte er sich über das Bett und tauchte auf der dem Eingang abgewandten Seite unter. Knarrend bewegte sich die Tür in den Angeln, während das Licht einer Kerze durch den geöffneten Türspalt leckte und ein Streifen schimmernder Helligkeit in den Raum fiel.

»Nein, Rinilla. Ich möchte allein sein. Geh beruhigt ins Bett, ich brauche dich heute Nacht nicht mehr. Ich will niemanden mehr sehen.« Mit einem Klicken fiel die Tür ins Schloss, während sich die Schritte Aleas langsam dem Bett näherten.

»Schhh.«

Alea verharrte augenblicklich, den Atem angehalten.

»Keine Angst, Alea, Schatz! Ich bin's. Ich musste mich hier verstecken.« Carics Kopf tauchte über dem Bettrand auf. Auf einen Blick konnte er sehen, dass Alea geweint hatte. Irgendetwas war passiert. »Was ist los, Alea?« Caric breitet seine Arme aus, in die sich Alea schluchzend hineinwarf.

»O Caric, seit wann bist du hier oben? Warst du im Arbeitszimmer meines Onkels?«

»Ganz ruhig, mein Kleines.« Unbeholfen strich Caric über das Haar seiner Geliebten. »Ich war zwar im Arbeitszimmer, aber ich kam nicht dazu, nach Beweisen zu suchen. Irgendjemand griff mich an, und so musste ich fliehen, bevor ich mich auch nur einigermaßen umsehen konnte. Was ist denn passiert?«

Alea hob den Blick und sah Caric mit verstörtem Augenausdruck an. »Man hat meinen Onkel in Gewahrsam genommen. Gleich nachdem man oben im Flur einen ohnmächtigen Moha entdeckte, kam eine Gruppe Uniformierter und befahl Onkel Laserian, sein Arbeitszimmer aufzuschließen. Ich weiß nicht genau, was man dort fand, aber als die Leute das Haus verließen, hatte man meinen Onkel bereits festgenommen. Seitdem wird er unten im Salon verhört. Ich habe keine

Ahnung, was da vorgeht. Ich weiß nur, dass vor kurzem ein Beamter des Krongerichts angekommen ist und zu meinem Onkel geführt wurde. Und ein Magister wurde gerufen; er solle sich ein Buch ansehen, hieß es.«

Caric erbleichte. Man hatte das Buch gefunden; er hatte es offen liegen lassen. Die Gedanken überschlugen sich in seinem Kopf. »Alea, mein Schatz. Du musst sofort von hier fliehen. Wenn es sich um das handelt, was ich befürchte, bist du hier nicht mehr sicher.« Schnell sah er sich um. »Hast du vielleicht ein paar schlichte Kleider? Irgendetwas, in dem du nicht so auffällst? Gut. Dann wirst du jetzt genau das tun, was ich dir sage. Ich muss noch meine Angelegenheiten ordnen, bevor ich aus Vinsalt verschwinde. Deshalb musst du vorausreiten. Ich werde versuchen, dich einzuholen, aber ich kann nichts versprechen. Zuerst muss ich mich mit meinem Gefährten treffen und dann unsere Spuren verwischen. Gib mir einen Kuss, mein Schatz, und dann musst du sofort aufbrechen.«

Es dauerte nicht lange, bis Alea ihre Sachen gepackt und an der Seite Carics das Zimmer verlassen hatte. Leise schlossen sie die Tür hinter sich und mit einem Knirschen drehte sich der Schlüssel im Schloss. Tiefe Stille senkte sich über das Zimmer, füllte es aus wie ein dichter Schleier, bis aus einer Ecke plötzlich ein leises Geräusch ertönte. Stoff raschelte, dann knarrte Holz und ein leises Maunzen zerriss die Luft, als Leander über den Rand seines Korbes lugte und nach seiner Herrin rief.

Kapitel 13

Die große Halle lag in völliger Finsternis. Von irgendwoher ertönten ein leises Scharren und Fiepen, und nur der hauchzarte Luftzug und die Pupillen, die das Wenige an Licht spiegelten, verrieten die Jägerin, die den kleinen Nagern ein rasches, wenn auch schmerzhaftes Ende versprach. Ein knirschendes Geräusch ließ die Katze erstarren. Metall schabte an Metall und ein dumpfes Murmeln verhieß baldige Störung. Ein Grollen entrang sich der Kehle des Tiers, das den Kopf zu der weit entfernten Tür wandte. Missmutig bewegten sich die lauschenden Ohren, dann wandte sie ihre Sinne wieder dem leisen Fiepen zu.

Die Tür öffnete sich mit einem lang gezogenen Quietschen. »Und Ihr seid sicher, dass wir hier ungestört sind?« Eine Frau trat in die dunkle Halle, dicht gefolgt von einem schwer schnaufenden Mann, der die Schlüssel mit der einen Hand in einem größeren Beutel unter seinem weit herausragenden Bauch verstaute und sich mit der anderen Hand die Stirn abwischte.

»Glaubt mir, es gibt in der ganzen Stadt kaum einen sichereren Ort! Und selbst wenn es laut werden sollte, durch die dicken Außenwände dringt kein Geräusch.«

Ein raubtiergleiches Grinsen glitt über das angespannte Gesicht der Frau: »Und ich bin mir sicher, dass Ihr das nachgeprüft habt.« Ein anerkennender Blick streifte den Mann, der unter den Augen der Frau zusammenfuhr. »Ihr habt es wahrlich in kürzester Zeit zu einem kleinen Vermögen gebracht. Ja, Phex war wirklich mit Euch.«

Der Mann zeichnete mit bebender Hand einen Fuchs auf seine Brust. »Ich habe mich in seine Hand begeben.«

Die Pupillen der Frau schienen im Dunkel zu glühen, während sie ihm direkt in die Augen sah. »Damit habt Ihr vielleicht mehr Recht, als Ihr Euch vorstellen könnt.«

Eiligen Schrittes verließ der Dicke die Lagerhalle, verfolgt vom krähengleichen, heiseren Lachen der Frau.

»Ich kann es einfach nicht glauben!« Die Stimme prallte von den hohen Strebepfeilern ab und schien in immer wiederkehrenden Echos auf die zusammengekauerten Gestalten herabzuregnen, die inmitten eines hellen Lichtkreises der ansonsten stockdunklen Halle knieten. »In meinem ganzen Leben habe ich noch nie ein derartiges Fiasko erlebt wie diese Unternehmung. Was denkt Ihr Euch eigentlich, wem Ihr angehört?« Die Stimme war bar jeden Gefühls, was ihr mehr Härte zu verleihen schien, als wenn sie geschrien oder lamentiert hätte.

»Wir haben Monate darauf verwendet, die gestrige Nacht auf das Genaueste vorzubereiten, sogar den Feind haben wir in unsere Pläne mit einbezogen, und dann bricht die Siebte Sphäre los, weil ein paar von Euch meinen, sie bräuchten nicht mitzudenken und es reiche aus, die Sache aus der Ferne zu beobachten.« Die Gestalt in der grauen Kutte wirbelte herum und wies mit dem behandschuhten Finger auf einen der im Lichtkreis Kauernden: »Und wo ist das Mädchen? Wir haben Pläne mit ihr! Verloren? Aus den Augen verloren im Aufruhr, der mit der Festnahme einherging?« Jedes Wort schien wie eine Peitsche zu treffen. »Es hätte nie dazu kommen dürfen! Wie war es möglich, dass die KGIA-Leute bis in das Arbeitszimmer gelangen konnten? Ist Euch auch nur in Ansätzen bewusst, was Ihr ausgelöst habt? Mögen die Götter Euch gnädig sein, wenn Ihr Euch dereinst Rheton gegenüberseht. Und jetzt geht mir aus den Augen, alle!«

Die Worte schienen noch in der Halle nachzuklingen, als die Tür bereits ins Schloss gefallen war. Die Gestalt in der grauen Kutte straffte sich, dann trat sie in den Lichtkreis. Eine ungeduldige Handbewegung und vier weitere Kuttenträger verließen ihren Platz im Schatten. »Ihr werdet versuchen zu retten, was zu retten ist. Ich will, dass sofort eine Nachricht ins Mittelreich geschickt wird, das Mädchen zu finden und aufzuhalten. In der allergrößten Not müsst ihr es entführen. Nicht auszudenken …« Eine Gestalt verbeugte sich knapp und drehte sich zur Tür, während die Stimme bereits wieder die Luft zerschnitt: »Ihr werdet alles in Eurer Macht Stehende versuchen, die Familie des Granduco unbeschadet aus der Sache herauszubringen. Wenn Eure Mittel nicht ausreichen, dürft Ihr auf die Ressourcen der Organisation zurückgreifen. Aber bemüht Euch, in aller Stille zu arbeiten! Wir haben uns schon zu weit vorgewagt und ein weiteres Fiasko diesen Ausmaßes ist einfach nicht mehr zu verantworten.

Zu Euch: Ihr werdet Eure Verbindungen zur Presse spielen lassen.

Ich will, dass über die Sache schleunigst Gras wächst. Habt Ihr verstanden? Und ja, sorgt dafür, dass die Reputation der Beteiligten wieder hergestellt wird! Dieser rattengesichtige Winkeladvokat soll nicht glauben, er könne sich alles erlauben.«

Die Gestalt warf einen schnellen Blick in die Runde: »Das wäre vorerst alles. Wenn es nötig wird, ein weiteres Treffen zu arrangieren, dann werdet Ihr auf dem üblichen Wege benachrichtigt werden. Und denkt daran, es mag sein, dass wir vom üblichen Pfad des Nächtlichen abweichen, mehr zumindest, als seine Kirche dulden würde. Aber wir richten unser Tun weiterhin nach den Geboten der Götter aus und sind ihnen trotz allem verpflichtet! Der Fuchs wird kein weiteres Versagen dulden.«

Die schwüle Luft trieb Garvor den Schweiß aus den Poren, als er von Bord der Karavelle ging. Vor ihm lag ein dreckiges, heruntergekommenes Dorf mitten im Nirgendwo. Seine Männer stöhnten vor Anstrengung, viele von ihnen waren noch nie in den Kolonien gewesen. Takate schritt voran und Garvor folgte ihm, den Blick mit der Hand abgeschirmt und zum Himmel gerichtet. Das klare Blau berauschte seine Sinne und vermittelte ihm ein Gefühl der Leichtigkeit. Er spürte, dass er hierher gehörte, kein anderer Ort konnte sein Zuhause sein. Er kämpfte für ein Land, in dem er nicht willkommen war, wo er als Held galt, den man verehren, aber nicht um sich haben wollte; doch er hatte es sich zum Grundsatz gemacht, diese Widersprüche zu ignorieren und einfach nur seine Pflicht zu tun.

Und auch der Moha fühlte sich in dieser Umgebung sichtlich wohler, behagte es ihm doch niemals in der feinen Gesellschaft, in der man ihn nur für einen Wilden und das Schoßtier seines Vorgesetzten hielt.

Kaum hatte der Infanteriezug den Anlegesteg betreten, näherte sich bereits ein Empfangskomitee in Ausgehuniform. Eine junge Ensignia führte hier das Kommando; sie hatte dunkelblondes Haar, eine schlanke Gestalt und war mehr als zwei Köpfe kleiner als Garvor. Sie trug die blaue Uniform der Horaslegion und einen Dreispitz auf dem Kopf, der sich bei den Kolonialstreitkräften großer Beliebtheit erfreute. Die Soldaten bildeten eine Gasse und zogen, ein Spalier bildend, ihre Waffen zum Gruß. Die Hitze und winzige summende Plagegeister machte es den Soldaten schwer, Haltung zu bewahren, doch ihre Disziplin war ausgezeichnet.

»Im Namen des Horas heiße ich Euch hier willkommen, Leutnant di Scilaggio. Es ist uns eine Ehre, einen der größten Helden unseres Reiches in unseren Reihen begrüßen zu dürfen. Nie wurde unserer Einheit mehr Anerkennung zuteil als bei Eurer Zuteilung zu dieser Kompanie.«

Sie verneigte sich tief, den Hut unter dem Arm, und löste eine goldene Spange von ihrem Kragen. Garvor nickte und nahm die Spange an. »Ich erhalte das Kommando über diese Truppen aus Euren Händen, Ensignia, und schwöre, mein Bestes zu geben, um den Soldaten Ruhm und Ehre zu bringen.« Mit einem kaum wahrnehmbaren Lächeln, den Blick starr nach vorn gerichtet, schritt er durch das Spalier, dicht gefolgt von seinem Adjutanten und den restlichen Soldaten. Ein kurzer Blick ins Gesicht des Mohas spiegelte ihm jenes Gefühl, das sich seit einigen Tagen auch in ihm regte: Endlich wieder zu Hause …

Die Sonne war bereits seit etlichen Stunden aufgegangen, die Vögel zwitscherten fröhlich und die Hitze des Mittags kündigte sich langsam, aber beharrlich an. Im Garten waren Sonnenschirme aufgestellt worden und auf einer langen Tafel hatte die Dienerschaft ein reichhaltiges Frühstück aufgetischt. Bertrand stand unter einem der Schirme, die Hände hinter dem Rücken gefaltet, das Monokel fest ins Auge gepetzt, mit wachsamem Blick, ob auch alles seinen geregelten Ablauf fand.

Sanna saß zurückgelehnt in ihrem Stuhl, eine Tasse mittlerweile abgekühlten tulamidischen Tees in der Hand und vor sich die neueste Ausgabe des *Bosparan*

Herold. Die Schlagzeilen kündeten von einem gewaltigen Skandal, der den Granduco zu Fall gebracht hatte, und das Blatt quoll über vor Augenzeugenberichten, die den Kampf des Vorabends in der Villa des Verhafteten dramatisch darstellten. In der Kommentarspalte wurde bereits kräftig über die letzten Ereignisse und mögliche politische Hintergründe und Verwicklungen gemutmaßt. Lächelnd bemerkte Sanna aus den Augenwinkeln, wie Madanne und Sion sich um das letzte Stück Schokolade stritten. Ein leichter Windhauch fuhr durch ihr kurzes Haar und sie schloss die Augen, um sich dieser kurzen Erfrischung hinzugeben. Als sie die Augen wieder öffnete, war der Streit beendet, die ältere Schwester hatte die Oberhand behalten. *Wie immer. Erst wird gezankt, egal um welche Lappalien es sich handelt, dann setzt sie sich durch, woraufhin Sion einige Zeit beleidigt schmollt und dann angekrochen kommt: »Sanna! Das ist gemein, immer kriegt die alles, was sie will.« Scheinbar ist das bei den meisten Geschwistern so; ich hatte jedenfalls nie Probleme mit meiner kleinen Schwester.*

Sannas Gedankengang wurde von Sions quäkender Stimme unterbrochen: »Sanna! Das ist gemein, immer kriegt die alles, was sie will.«

Schmunzelnd blickte die Dunkelhaarige zu dem Jungen herüber und bemerkte: »Schon gut. Das nächste Mal, wenn ich Bertrand losschicke, wird er dir aus dem Kolonialladen ein großes Stück ganz für dich allein mitbringen. Und jetzt herrscht Waffenruhe, in Ordnung?« Ein breites Grinsen zeigte an, dass der Junge sich damit zufrieden geben wollte, und Bertrand hatte sich sogleich eine gedankliche Notiz gemacht, um das Gesagte nicht zu vergessen, wenn er einen Diener zum Einkaufen schicken würde.

Es läutete an der Tür und der Haushofmeister spitzte die Ohren. Beruhigt stellte er fest, dass die Tür kurz darauf geöffnet wurde und die Diener im Haus ihren Pflichten nachkamen, auch wenn er ausnahmsweise kein Auge auf sie hatte.

Sharielle trat freudestrahlend in den Garten. Ihr Gesicht sah zwar noch übel ramponiert aus, doch konnten die verkrusteten Schrammen und der Arm in der Schlinge keineswegs den Optimismus mindern, den sie ausstrahlte. Ihr goldenes Haar leuchtete im warmen Sonnenschein und ihre weißen Zähne blitzten in einem freudig erregten Lächeln.

»Ich gratuliere dir, meine Liebe.« Sie streckte Sanna eine Schriftrolle hin, die das kaiserliche Siegel trug. »Man hat dich zur Esquiria di Doraggia ernannt. Ein an sich bedeutungsloser Titel, da kein Grund und Boden dazugehört, aber damit verbunden ist eine Anstellung beim Theater! Jetzt, da du einen Titel besitzt, habe ich beim Intendanten des Theaters vorgesprochen, und er freut sich schon darauf, mit dir zusammenzuarbeiten und eines deiner Stücke zu proben.«

Völlig sprachlos starrte Sanna ihre Freundin an und brachte noch nicht einmal ein einfaches »Danke« hervor. Sie stieß den Stuhl zurück und stand auf, um Sharielle zu umarmen. Diese stöhnte leise auf, als Sanna unvorsichtigerweise an den lädierten Arm stieß. Dann setzte sie sich zu ihrer Gefährtin an den gedeckten Tisch.

Stolz präsentierte die Adelige eine Urkunde, die ihr vom DBA ausgestellt worden war und sie für ihren tatkräftigen Einsatz für Reich und Krone außerordentlich belobigte. Beiläufig erwähnte sie, dass damit eine nicht zu unterschätzende Belohnung verbunden war, deren Höhe nichts zur Sache tue. Ein kurzer Blick auf die Titelseite der Zeitung, die Sanna im Aufstehen kurzerhand auf den Tisch gefeuert hatte, machte Sharielle mit der Nachricht des Tages vertraut: Man hatte fast unmittelbar einen Nachfolger für den aufgrund von Ketzerei und Besitz schwarzmagischer Bücher entmachteten Ersten Finanzrat Granduco di Mestilio gefunden. Der Name sagte ihr nichts, doch das Porträt des Mannes ließ sie stutzen. Wo hatte sie diesen Mann nur schon einmal gesehen? Entmutigt legte sie die Zeitung zur Seite und starrte grübelnd auf ihren noch gefüllten Teller.

»Was ist los?« Sannas leise Frage hatte auch die Kinder aufmerksam werden lassen, die ebenfalls fragend in die Richtung ihrer Tante und Pflegemutter sahen. *Eigentlich ist es egal, wer herrscht und wer dem anderen eins auswischt, um an die Macht zu kommen. Solange letztendlich die göttliche Ordnung obsiegt, kann nichts passieren. Warum fühle ich mich dann nur wie ausgespuckt?* Sharielle schlug die Zeitung zu, legte sie zur Seite und lächelte ihr warmherziges, liebevolles Lächeln. Sie zwinkerte Sanna zu und ließ sich Tee einschenken. »Nichts, alles ist in bester Ordnung.«

Mit einem lauten Klirren trafen die beiden Schwertklingen aufeinander. Khorena sprang zurück, duckte sich unter einem waagrecht geführten Hieb hindurch und führte einen flinken Schlag gegen das linke Bein ihres Gegenübers.

Der hünenhafte Mann mit dem mächtigen Kriegerschnauzer riss sein Handgelenk nach unten, um den hart geführten Hieb abzuwehren. Sofort drückte er das Schwert der Frau leicht zur Seite und führte einen Streich gegen ihre Schulter. Khorena schwang ihre Klinge nach oben, die einen Herzschlag später mit einem singenden Ton auf die Waffe des Mannes traf. Sie holte aus, um zurückzuschlagen, unterbrach aber ihren Angriff, als ihr Gegner einen Streich von rechts gegen sie führte. Er drängte zwei weitere Schritte auf sie zu, während sie mühsam den Hieb nach unten lenkte. Der Krieger setzte eine schnelle Finte gegen ihren linken Arm, und als Khorenas Handgelenk nach außen zuckte, lenkte der kräftige Kämpfer die scharfe Spitze seiner Waffe in einer ruckartigen Aufwärtsbewegung zum anderen Arm der Agentin. Mühelos ritzte der blanke, im Licht der warmen Morgensonne glänzende Stahl den muskulösen Oberarm der dunkelhaarigen Frau. Ein kleiner, tief roter Blutstrom rann aus dem nicht allzu tiefen Schnitt und bahnte sich seinen Weg über den Arm der Edlen hinunter zu ihrem Ellbogen. Ein schmerzverzerrtes Zischen entwich Khorena, als sie wiederum zurückwich und einen wütenden Schlag gegen den Krieger führte. Dieser zog den Kopf ein, sodass der unpräzise Schlag wenige Fingerbreit an seinem Gesicht vorbeiging. Gleich einem Blitz zuckte seine Rechte vor, doch bevor die Spitze in die ungeschützte Kehle der Edlen drang, bremste er den Angriff. Khorena spürte die kalte Spitze des Schwertes an ihrem Hals und hielt inne, bevor sie die eigene Waffe sinken ließ. Mit rasendem Zorn in ihren funkelnden braunen Augen schleuderte sie das Schwert von sich, welches mit einem lauten Scheppern auf dem gepflasterten Hof aufschlug.

Der Krieger nahm seine Klinge herunter und lachte lauthals. »Khorena, Ihr seid zu zornig und ungestüm! Ich unterrichte Euch nun schon seit Ihr ein kleines Mädchen wart, und niemals konntet Ihr mich schlagen, wenn Ihr wütend wurdet. Eure Bewegungen sind gleich einer Löwin geschmeidig und kraftvoll, der Herrin Rondra bestimmt wohlgefällig, aber meine Liebe: Ihr übt zu wenig!«

Der Zorn in den Augen der Edlen erlosch binnen weniger Augenblicke und sie ließ schwer atmend den Kopf sinken. Mit einem lauten Keuchen richtete sie ihren festen Blick wieder auf den großen Mann. »Ihr habt Recht, Meister Wulfen. Doch meine Geschäfte erlauben es mir kaum, mich um andere Dinge zu kümmern.« Khorena fühlte sich plötzlich wieder wie das kleine Mädchen, das vor seinem Lehrmeister steht. Ihr Vater war schon in ihrer Kindheit gestorben, und Wulfen war ihr mehr als ein Lehrer, in ihm sah sie ihren wahren Vater, der ihr so viel über das Leben und die Menschen beigebracht hatte. Er war immer für sie da gewesen, nicht wie ihre leiblichen Eltern. Die tiefe Stimme des alten Kämpfers riss sie aus ihren Erinnerungen: »Kommt, wir wollen uns an einem frischen Trunk laben und über die alten Zeiten sprechen!«

In diesem Augenblick betrat einer der Diener den Innenhof ihres prachtvollen Hauses in der Innenstadt Gareths. »Verzeiht, Herrin, aber da ist einer Eurer Untergebenen am Tor, der dringend vorgelassen werden will. In seiner Begleitung befindet sich eine junge Edeldame.«

Die Adelige stutzte. Heute war Praiostag. Sie wollte später in die Messe und ansonsten den restlichen Tag ausruhen. Was konnte in der Agentur nur so wichtig sein, dass man sie an ihrem freien Tag zu Hause störte? Mit einem knappen Handzeichen bedeutete sie ihrem Diener, die Neuankömmlinge hereinzuführen. »Vergebt mir, Meister Wulfen, wie Ihr seht, verfolgen mich meine Untergebenen bis in mein eigenes Heim.« Mit einem verständnisvollen Lächeln überkreuzte der große Mann die massigen Arme vor der blanken Brust und trat einen Schritt zurück.

Alea folgte dem Soldaten langsam über einen großen, mit gleichmäßigen Steinen gepflasterten Innenhof, in welchem sich zwei weitere Personen befanden. Ein hünenhafter Mann in dunklen Beinkleidern aus Wildleder hatte die kräftigen Arme vor der breiten Brust verschränkt, das lange helle Haar hing ihm wirr um die Schultern. Beiläufig strich er sich über seinen langen Bart und lächelte dabei freundlich. An seiner Seite hing ein einfaches Schwert in einem schlichten Wehrgehänge. Die Frau neben ihm war einen Kopf kleiner als er und hatte dunkelbraune Haare, die sie mit einem Lederband im Nacken gebändigt hatte. Sie trug eine schwarze Hose, feste Schuhe und ein um ihren Oberkörper gespanntes Brusttuch aus ebenfalls schwarzem Stoff. Der Schweiß stand ihr glitzernd auf dem makellosen und für eine Frau recht muskulösen Körper. Ein blutiger Faden rann ihren Arm hinab und einige Schritte entfernt lag ein silbrig schimmerndes Schwert auf dem Boden.

»Was gibt es?« Ihre Stimme klang fordernd, sie schien den Befehlston gewöhnt zu sein.

Der Soldat trat vor und verneigte sich knapp: »Vergebt mir, Edle, aber diese junge Frau hier behauptet, von einem unserer Männer geschickt worden zu sein.«

Khorena zog eine Augenbraue skeptisch nach oben und musterte die jüngere Frau aufmerksam. Was konnte ein solches Mädchen, offenbar reich und wohlerzogen, schon über die KGIA wissen? »Nun denn, wer seid Ihr?«

Das Mädchen machte einen artigen Knicks und blickte betreten zu Boden, während es sprach: »Mein Name ist Alea.« Sie zögerte kurz und sagte dann leise, fast beschämt: »Alea di Mestilio.«

Die Edle zuckte unwillkürlich zusammen. »Bitte?«

»Ihr habt mich richtig verstanden. Caric von Falkenhorst schickt mich.«

Als Khorena diese Worte vernahm, verfinsterte sich ihre Miene. *Wie kann das Mädchen von Caric wissen? Hat man ihn gefangen genommen und gefoltert? Und was ist mit Hauptmann Adoran? Die kurzen Berichte aus der Botschaft in Vinsalt haben von einem Debakel gesprochen, nähere Informationen gibt es noch nicht. Die Botschaft muss sich vorerst bedeckt halten, um nicht unnötig die Aufmerksamkeit des DBA auf sich zu ziehen.* »Sprich weiter,

Mädchen! Doch ich warne dich; solltest du mich belügen oder gar ein Spitzel sein, dann schwöre ich dir bei Praios hellem Antlitz, dass du es bitter bereuen wirst.« Khorenas Stimme klang kalt und grausam, in ihren Augen funkelte jene Erbarmungslosigkeit, die sie sich im Lauf der Jahre angewöhnt hatte. Alle Anwesenden zweifelten nicht im Geringsten daran, dass die Agentin ihre soeben ausgesprochenen Worte wirklich ernst meinte. Selbst Meister Wulfen war über die Härte seiner Schülerin erstaunt. Alea schluckte schwer und verbarg ihre zitternden Hände hinter dem Rücken. Stockend berichtete sie, was sich zugetragen hatte. Khorena lauschte neugierig und fragte gelegentlich nach Einzelheiten. Nach geraumer Zeit war sie sich sicher, dass diese junge Frau die Agenten, allen voran Caric, kennen musste; die Beschreibungen ihres Vorgehens und ihres Äußeren stimmten mit den Tatsachen überein.

»Genau so hat es sich zugetragen, edle Dame. Ich bitte nun um Euren Schutz, bis Caric zurückgekehrt ist.«

Die Neureicherin lächelte künstlich: »Natürlich. Man wird Euch ein Quartier zuweisen.« Sie bedeutete Alea sich zu entfernen und winkte den Soldaten heran. »Ihr, Korporal, sorgt mir dafür, dass sie unter Beobachtung steht. Sie geht nirgends ohne Begleitung hin. Ich glaube die Sache noch nicht so ganz. Wenn sie die Wahrheit sagt, ist alles in Ordnung, aber sollte etwas an ihrer Geschichte nicht stimmen, so können wir sie später immer noch zur Rechenschaft ziehen.« Der Unteroffizier nickte knapp, salutierte und entfernte sich wieder.

Kurz darauf waren die Edle von Erris und ihr alter Lehrmeister wieder allein. Sanft legte der Hüne eine Hand auf die Schulter seiner besten Schülerin. »Gibt es schlechte Neuigkeiten?« Leise lachend drehte sie sich zu Wulfen um und blickte in seine blauen Augen. »Ja, aber das ist keineswegs schlimm. Wie es aussieht, haben wir ein paar unbedeutende Männer opfern müssen. Das wirklich Ärgerliche ist, dass mein Plan fehlschlug und ausgerechnet dem DBA der Ruhm zufiel. Vorausgesetzt natürlich, das Mädchen sagt die Wahrheit.«

Liebevoll strich der Lehrmeister über das feuchte Haar Khorenas. »Grämt Euch nicht, jeder Mensch macht Fehler!« Sie lächelte: »Ja, Praios sei Dank, dass uns dieser nicht sonderlich teuer zu stehen kam.«

Kapitel 14

Alea war zutiefst betrübt. Ihr ging es zwar gut, aber sie saß mehr oder weniger in einem Gefängnis. Sie konnte zwar hinaus, wenn sie wollte, wurde aber stets von den zwei Bewaffneten begleitet, die zu ihrem ›Schutz‹ abgestellt worden waren. Zur Abendstunde wurden die Soldaten abgelöst und zwei andere Männer in Wappenröcken kamen und nahmen den Platz der Wächter ein.

Aus Langeweile hatte sie sich ein Buch über Pflanzen mit Heilkräften besorgen lassen und studierte nun die Zeichnungen und Texte, die ein Priester der Peraine vor über hundert Götterläufen angefertigt hatte. Doch auch diese Ablenkung konnte sie nur kurzfristig ihre missliche Lage vergessen lassen. Noch immer gab es keine Nachricht von Caric. Hatte man ihn gefasst? War er gar von den Schergen des Horaskaisertums getötet worden? Oder versteckte er sich immer noch, da er keine Möglichkeit zur Flucht gefunden hatte? Vielleicht lag er auch gerade irgendwo in einem Straßengraben, schwer verwundet, und hauchte sein Leben aus …

Alea zuckte bei diesem furchtbaren Gedanken zusammen und sprang auf, als könnte sie loseilen und ihm zu Hilfe kommen. Doch dann holte sie binnen weniger, laut in ihrer Brust pochender Herzschläge die Wirklichkeit ein und entmutigt sank sie auf den groben Holzstuhl zurück.

Was kann ich nur tun? Ich bin es leid, hier zu sitzen und die Wände anzustarren. Dieses ewige Warten raubt mir den Verstand. O ihr Götter! Wie bete ich zu Euch, dass ich endlich Nachricht vom Schicksal meines Geliebten erhalte! Sie sank verzweifelt auf die Knie und richtete ihren Blick starr auf die Decke des kleinen Raumes, den sie ihr Domizil nennen musste. Still schloss sie die Augen und holte tief Luft, um sich für das Gebet zu sammeln. *Ihr Götter. Herren Alverans und Wächter unseres Schicksals, ich bitte Euch: Schickt mir ein Zeichen! Wenn ich gefehlt habe, dann bitte ich unterwürfig um Vergebung. Ich bin bereit, eine jede Strafe zu akzeptieren, aber lasst mich nicht weiter im Ungewissen. Bitte, Ihr Allmächtigen Götter, sendet mir ein Zeichen!*

In diesem Augenblick öffnete sich die Tür und eine Person trat leise ein. Alea schreckte hoch und drehte sich ruckartig um. Hatten die Götter sie erhört? Konnte das sein? Niemals hätte sie gewagt zu glauben, dass ihre Wünsche vielleicht …

Der Mann war ungefähr so groß wie Alea und trug einfache Straßenkleidung. Über seinen Schultern hing ein zurückgeschlagener erdfarbener Umhang. Das schmale Gesicht des vollbärtigen Mannes war ausdruckslos und seine buschigen dunklen Brauen thronten über tief in den Höhlen liegenden, braunen Augen. Aleas Hoffnung schlug sofort in Enttäuschung und Niedergeschlagenheit um. Schweigend setzte sie sich und fragte den Mann nach seinem Begehr.

Er grinste spöttisch und trat an sie heran. Mit leiser Stimme antwortete er: »Mein Name ist unwichtig. Ich bin gekommen, Euch in Eure Heimat zurückzubringen. Man erwartet Eure Rückkehr dort sehnsüchtig.«

Die junge Frau stutzte unverhohlen. »Aber, wie kann das sein? Ich will nicht mehr dorthin zurück, meine Familie bedeutet mir nichts. Los, entfernt Euch, oder ich werde die Wachen rufen!«

Der Mann überwand die letzte Distanz zu Alea und packte sie unsanft am Arm. Ein leiser Schmerzenslaut entwich der Heilerin und sie schrie lauthals nach ihren Bewachern. Kurz dachte sie daran, dass dies der erste Augenblick war, in welchem sie über die Anwesenheit der Soldaten froh war.

Doch ihr lauter Schrei blieb unbeantwortet. Kein Geräusch schwerer Stiefel auf der Treppe, kein Rufen, nichts. Der Fremde neigte sein Gesicht an ihres heran und flüsterte in ihr Ohr: »Sie können Euch nicht hören, junges Fräulein.«

Alea stieg die Zornesröte ins Gesicht und sie versuchte sich loszureißen. »Lasst mich in Ruhe!« Doch der Griff des Mannes um ihren Oberarm blieb fest.

»Hört auf mit diesem kindlichen Gezappel«, ermahnte der Fremde sie. »Denkt doch einmal nach! Ihr sagt, Ihr hättet kein Interesse an Eurer Familie, doch das kann ich nicht glauben. Und auch Timotheus und seine Geschwister können das bestimmt nicht.«

Sie hörte auf, sich zu wehren, und dachte über die gehörten Worte nach. *Timmi! Ich habe ihn im Stich gelassen! Wie es ihm wohl geht? Bei allen Göttern, sein Vater wurde angeklagt, wahrscheinlich leidet er schreckliche Qualen!*

»Wie geht es den Kindern?«

Der Fremde lockerte seinen Griff erst, als er sich sicher war, dass die junge Frau ihn anhören und keine Dummheiten versuchen würde. »Es geht ihnen schlecht. Ihr Vater steht vor Gericht und kann sich von den schweren Vorwürfen kaum befreien. Seine Frau ist wegen Mittäterschaft angeklagt. Es sieht so aus, als würde man ihn verurteilen, und bei solch schweren Vorwürfen wird die Strafe alles andere als milde ausfallen.« Nach einer kurzen Pause setzte der Fremde seine Ausführungen fort: »Es vergeht kein Tag, an dem die Kinder nicht fragen, wo Ihr seid und ob Ihr nicht wiederkommt. Sie brauchen Euch jetzt und in Zukunft. Ihrer Eltern beraubt, seid Ihr nun der Vormund der Kinder. Ihr könnt Euch dieser schwerwiegenden Verantwortung nicht einfach entziehen, indem Ihr davonlauft! Denkt nach, Alea! Seid Ihr eine solch herzlose, kalte und feige Frau, dass Ihr die Kinder einfach ihrem Schicksal überlasst?

Die Familie di Mestilio wird sicherlich an Macht und Ansehen verlieren, aber sie muss vor dem Untergang bewahrt werden. Wollt Ihr die Mitschuld am Niedergang einer der bedeutendsten Aristokratenfamilien im ganzen Horasreich tragen? Wer soll die Sprösslinge des Granduco leiten und erziehen? Wer, wenn nicht Ihr? Auch wenn Ihr nicht im Kreis der erlesenen Gesellschaft Vinsalts aufgewachsen seid, so könnt Ihr dennoch Eure Wurzeln nicht verleugnen und auch Euer Herz nicht betrügen.«

Die Worte waren kühn gesprochen und Alea wusste plötzlich nicht mehr, wo ihr der Kopf stand. Einerseits wollte sie hier unbedingt auf Caric warten, aber andererseits hatte der Mann vor ihr Recht. Auch wenn sie ihn noch nie zuvor gesehen hatte, so sprach er dennoch die Wahrheit. Sie konnte sich nicht einfach vor ihrer Verantwortung und ihrer Bestimmung drücken. »Wenn Ihr das alles wisst, dann könnt Ihr mir vielleicht auch etwas über Caric erzählen. Wie soll ich ihn wiedertreffen, wenn ich jetzt mit Euch gehe?«

Ein freundliches Lächeln formte sich auf den Zügen des Bärtigen. »Seid unbesorgt, ich kann Euch nur so viel sagen: Er ist wohlauf und auf dem Weg hierher. Wenn Ihr es wünscht, dann könnt Ihr eine Nachricht verfassen, die ich einem Freund übergeben werde. Dieser wird sich dann darum kümmern, dass Euer Geliebter sie erhält, sobald er zurück ist.«

Ohne zu zögern öffnete Alea die schwere Schublade ihres Tisches und holte einen Bogen edles Papier sowie ein Tintenfässchen hervor. Nach kurzem Suchen fand sie eine Schreibfeder und begann eilig, ein paar Worte an Caric aufzusetzen. Kratzend flog die Feder förmlich über das Papier und nach kurzer Zeit hatte sie das ganze Blatt beschrieben. Tief schwarze Tintenflecken an ihren Fingern kündeten von ihrer übereilten Niederschrift und ihrer Ungeduld. Sie faltete das Schriftstück und übergab es ihrem Gegenüber, der es in seinen Geldbeutel steckte.

Sodann packte sie die nötigsten Sachen und folgte dem Fremden nach unten. Die beiden Soldaten lagen völlig regungslos mit den Oberkörpern auf ihrem Tisch.

Alea sog die Luft zischend ein und flüsterte angsterfüllt: »Sind sie etwa …?«

Ihr Begleiter lachte leise und beruhigte sie: »Nein, bei Boron. Sie schlafen nur. Ich kenne zufällig den Wirt, bei dem sie immer ihren Wein kaufen. Er ist ein guter Freund meines hier lebenden Oheims.«

Auf leisen Sohlen schlichen beide an den betäubten Soldaten vorbei ins Freie, wo bereits ein weiterer Mann mit zwei Pferden wartete. Der Bärtige wandte sich ein letztes Mal an Alea: »Folgt diesem Mann, er wird Euch sicher nach Punin geleiten und von dort aus in Eure Heimat! Seid unbesorgt, die Dame Lana hat sich um alles gekümmert. Sie will eine so gute Freundin nicht im Stich lassen.«

Ein gelassenes Lächeln verdrängte die Sorgenfalten aus Aleas Antlitz. Man hatte sie ganz und gar nicht vergessen, im Gegenteil: Ihre Freundinnen und Verwandten machten sich Sorgen um sie. Sie ermahnte ihr Gegenüber noch einmal, den Brief nicht zu vergessen, und stieg dann unter Mithilfe des zweiten Fremden in den Sattel. Ohne einen Blick zurückzuwerfen, setzten sie sich in Bewegung. Die beiden Reittiere liefen gemächlich und mit laut klappernden Hufen die Strasse hinunter.

Reoban sah den beiden kurz hinterher und entschloss sich dann, schnell zu verschwinden, da das Schlafpulver nie besonders lange wirkte. Er wollte nicht in der Nähe sein, wenn die Wachen zu sich kamen und feststellten, dass sie eingeschlafen waren. Sie würden gewaltig Ärger bekommen, wenn ihr Vorgesetzter mitbekam, dass ihr Schützling entkommen war. Ein fröhliches Liedchen pfeifend, machte sich das Mitglied des Kartells auf den Weg zu einer nahe gelegenen Taverne, genau genommen jenem Gasthaus, das vom Freund seines Onkels betrieben wurde. Er hatte seine Aufgabe erledigt, seine Herrin würde sehr zufrieden sein und seine Ausbildung damit beendet. Man würde ihn bald zu einem vollwertigen Mitglied der Organisation machen. Fortan würde er wirklich wichtige und gut honorierte Aufträge erledigen.

Völlig in seiner Phantasie versunken, bemerkte er den Jungen erst, als dieser schon in ihn hineingelaufen war. Augenscheinlich war das Kind aus einer Nebengasse geschossen und, ähnlich ihm selbst, ohne nach rechts oder links zu gucken weitergerannt. Mit einem protestierenden Aufschrei landete der Junge vor Reoban auf dem Allerwertesten, das Gesicht zu einer schmerzverzerrten Grimasse verzogen. »Könnt Ihr nicht aufpassen?« Die Stimme des Kleinen schallte durch die Gasse.

»Hab dich nicht so, du Rotzlöffel! Pass lieber auf, wo du hinrennst!«

Den Hintern reibend und Reoban verdrießlich musternd, erhob sich der Junge, grummelte noch etwas und stob dann davon.

Reoban schüttelte belustigt den Kopf. *So ein Knirps und schon mehr in Eile als so mancher Großer.* Er riss die Tür zum *Garether Hof* auf und bahnte sich seinen Weg zur Theke. Brin, der Wirt, begrüßte seinen Freund sogleich: »Travia zum Gruße! War der spezielle Wein, den ich für deine Kunden bereiten sollte, recht?«

Reoban lachte herzhaft. »Wohlan, das war er! Bring mir einen Krug Bier, denn ich bin bester Laune. Mir steht der Sinn nach feiern!«

Der Wirt brachte kurz darauf einen randvollen Krug seines Gerstensaftes und stellte ihn vor seinem Gast ab. »Macht dann drei Kreuzer.« Reoban griff in seinen Mantel, als ihm der Brief Aleas einfiel. »Ich habe da noch eine Nachricht, die du für mich verwahren könntest.«

Brin nickte knapp und entschuldigte sich, da ein anderer Gast eine neue Bestellung aufgeben wollte und schon zweimal gerufen hatte.

»Wo, in Phexens Namen, habe ich meine Geldkatze?«, fluchte Reoban, als er seine Lederbörse nicht finden konnte. Dann wusste er plötzlich, warum. Der Rotzlöffel, mit dem er zusammengestoßen war! Ein Taschendieb! *Bei allen Göttern, da muss ich von Vinsalt hierher reisen, um mich von einem Anfänger in einem Augenblick der Unachtsamkeit ausnehmen zu lassen! Vielleicht bin ich doch noch nicht so weit, als Vollmitglied dem Kartell zu dienen. Phex vergib mir meinen Hochmut.* Mit einem leisen Seufzen schüttelte er den Kopf und bedeutete dem Wirt zurückzukommen. »Sag, Herr Wirt, könnte ich vielleicht heute einmal anschreiben lassen? Ein Schurke hat mich beraubt.«

Mit einem breiten Grinsen nickte der Wirt und wandte sich anschließend wieder seiner Arbeit zu.

Ein leises, lang gezogenes Schluchzen war zu hören. Der qualvolle Laut schwebte in dem von zahlreichen in Gold gefassten Kerzenleuchtern erhellten Raum und trug eine gepeinigte Verzweiflung in sich, die sogar einem ernsten und harten Firunpriester das Herz hätte weich werden lassen. Alea weinte bitterlich. Sie lag in einem mit seidig weichen Laken bespannten Himmelbett, hatte ihren Kopf in den Armen vergraben. Das

Gewicht ihres Hauptes zerknitterte die Ärmel ihres teuren Kleides und eine Träne nach der anderen lief ungehindert über ihre dezent geschminkten Wangen. Ihr Herz war endlos schwer.

Ohne lange zu überlegen, hatte sie die Heimreise angetreten und hier ein Schreckensszenario vorgefunden: Am morgigen Tag würde das Urteil gegen den Granduco verkündet werden, und es sah so aus, als würde man ihn der Ketzerei für schuldig befinden. Pherion die Avona hatte alle Register gezogen und einen Schauprozess arrangiert, der seinesgleichen suchte. Seine Redegewandtheit, gepaart mit List und Eifer, spielte der aufgebrachten Bevölkerung, allem voran Adel und Kirche, in die Arme. Man hatte die Vergangenheit des Finanzrats durchleuchtet, jede noch so kleine Verfehlung ausgegraben und hochgespielt, als würde man die Aufgabe der Seelenwaage Rheton, der nichts entgeht, selbst übernehmen wollen. Ein finsterer Schatten drohte sich über das Geschlecht der di Mestilios zu legen, denn es sah so aus, als würde der Richter die Vorwürfe der Anklage als gerechtfertigt und wahr ansehen.

Selbstverständlich bedauerte Alea das Schicksal ihres Anverwandten, doch sein Sturz war keineswegs der Anlass für die zahlreich vergossenen Tränen. Sicher, die Kinder und auch Lana waren hoch erfreut gewesen, als sie von Aleas Rückkehr erfuhren. Zunächst sah auch alles gut aus, doch dann wurde ihr das ganze Ausmaß der Verantwortung offenbar, welche nun gleich einem quaderschweren Felsbrocken auf ihren schmalen Schultern ruhte. Sie musste nicht nur die Verantwortung für den Haushalt und die Kinder des ehemaligen Granducos tragen, sondern auch die Geschäfte des Angeklagten leiten. Dabei hatte sie doch gar keine Ahnung von Handel und Wirtschaft, geschweige denn von den komplexen Vorgängen der Finanzgeschäfte des gestürzten Finanzrats. Man hatte versucht, sie zu beruhigen, ihr erklärt, dass ihr schließlich ein kompetenter Stab von Beratern zur Seite stünde, aber dennoch erwartete man unausgesprochen von ihr, dass sie den Platz Laserians früher oder später vollends einnehmen würde.

Wie konnte ich nur so dumm sein? Ich sitze hier in einem goldenen Käfig wie ein exotischer Vogel aus dem Süden, von allen Seiten argwöhnisch beäugt! Alle sehen in mir nur die dumme Magd vom Land, die jetzt durch Zufall an die Spitze der Dynastie di Mestilio gerückt ist. Jeder meiner Schritte wird peinlich genau beobachtet, und wie die Aasgeier warten die Feinde unseres Hauses auf den kleinsten Fehler meinerseits, um den di Mestilios den Garaus zu machen. Wie kam ich nur dazu zu glauben, dass ich hier so einfach kommen und gehen kann, ganz wie es mir beliebt? Selbst Lana hat mit geraten, solche Gedanken zu verwerfen! Sie sagte, ich hätte meinen Verpflichtungen bedingungslos nachzukommen, man würde es von mir wie von jeder anderen Person in meiner Lage erwarten. Und Caric werde ich gewiss niemals wieder sehen! Pure Verzweiflung packte ihr Herz mit harter Faust und erdrosselte die Hoffnung unerbittlich. Doch ein letzter leuchtender Funke wollte nicht weichen.

Der Brief! Den habe ich ganz vergessen. Wenn Caric meinen Brief erhält, wird er wissen, was geschehen ist, und einen Weg finden, zu mir zu kommen oder mich zu holen. Der Strom der salzigen Tränen versiegte allmählich und Alea setzte sich auf. *Mein Geliebter. Ich bete, dass du meine Nachricht bald in Händen hältst. Auch wenn es sicher noch dauern wird, bis wir uns wieder sehen, so gebe ich dennoch keinesfalls auf. Meine Liebe zu dir wird auch diese Zeit überdauern.*

Ein zartes Lächeln stahl sich auf das Gesicht der jungen Frau, als sie sich an die mit Caric verbrachte Zeit erinnerte. Sie war sich sicher: Die Götter waren ihnen beiden gnädig; es war lediglich eine Frage der Zeit, bis sie wieder in den Armen ihres Geliebten liegen würde. Sie sammelte sich und machte sich Mut, denn sie würde bis zu diesem Tag sicherlich Geduld nötig haben …

Das kleine Feuer prasselte fröhlich, und der Junge hatte vor Konzentration die Zungenspitze zwischen die Zähne geschoben, während er vorsichtig einen langen Stock mit einer gerupften Taube über den Flammen drehte. Mit lautem Zischen spritzte Fett in die Glut, während das Fleisch des Vogels in der Hitze dampfte. Der köstliche Geruch ließ Thalen das Wasser im Mund zusammenlaufen. *Heuer hat es der Herr Phex wahrlich gut mit mir gemeint! Eine volle Börse, ein unvorsichtiger Vogel und zu allem Überfluss sogar ein wenig Holz und Papier für ein Feuer! Wenn das so weitergeht, werde ich noch dick und fett wie diese glubschäugigen Kaufleute.* Der Junge kicherte in sich hinein und riss wieder ein Stück von dem Papier aus der gestohlenen Geldkatze ab, um das Feuer weiter anzuschüren.

»Willkommen, Caric!« Khorenas Stimme verriet keinerlei Gefühle. Ohne den Blick von ihren Dokumenten zu heben, bat sie den Agenten, näherzutreten. Das Arbeitszimmer der Edlen war prachtvoll eingerichtet: Zahlreiche Gemälde, militärische Wimpel und eine Büste des Reichsbehüters Brin von Gareth schmückten den Raum. Noch einige Augenblicke erklang das kratzende Geräusch einer Schreibfeder, die über einen Pergamentbogen geführt wurde. Schließlich legte die Adelige den Gänsekiel zur Seite und sah ihrem Untergebenen direkt in die Augen. »Es freut mich, Euch lebendig zu sehen. Mir wurde bereits von Eurem Versagen berichtet.«

Caric senkte beschämt den Blick. Nicht nur, dass er erfolglos war: Er stand auch noch völlig verwahrlost und schmutzig vor seiner Vorgesetzten. Die Flucht aus dem Horasreich hatte sich als schwieriges Unterfangen erwiesen, da die Liebfelder ihre Grenzen sehr genau kontrollierten. »Verzeiht mir, edle Dame. Ich werde Euch einen genauen Bericht anfertigen, welchem Ihr die Einzelheiten entnehmen könnt.«

Khorenas Miene hellte sich auf und sie lächelte fröhlich. »Das ist nicht nötig. Grämt Euch nicht ob Eures Fehlschlags! Die Erfolgsaussichten waren ohnehin so gering, dass keiner hier wirklich erwartete, dass Ihr siegreich sein könntet. Wir haben zwar eine unwiederbringliche Chance verspielt, aber zum Glück keine großen Verluste erlitten.«

Caric traute seinen Ohren nicht. Ungehalten fuhr er die almadanische Edle an: »Wie könnt Ihr so etwas sagen? Ihr entehrt das Andenken meiner gefallenen Kameraden!« Seine Stimme überschlug sich vor Zorn. Schlagartig wurde ihm klar, was es mit der gefährlichen Mission auf sich gehabt hatte: Man hatte ihn und seine Freunde auf ein Himmelfahrtskommando geschickt, weil das Gelingen ihres Auftrags einen gewaltigen Erfolg für die KGIA und damit für die Karriere Khorenas bedeutet hätte. Da die Aussichten auf einen Sieg ohnehin gering waren, hatte man sein Leben und das seiner Kameraden gegen den potenziellen Prestige- und Einflussgewinn, den die Mission hätte einbringen können, abgewogen und war zu dem Entschluss gekommen, dass der KGIA kein ernsthafter Verlust drohte. Die Augen des Agenten verengten sich zu kleinen Schlitzen und er spürte unbändigen Hass in sich aufsteigen: »Ihr habt meine Freunde in den Tod geschickt! Hätten wir Eure Pläne in die Tat umsetzen können, wäre der Ruhm Euch zugefallen; jetzt tragen wir die Schmach des Versagens. Wie könnt Ihr Euch eine getreue Dienerin unseres Reiches nennen? Ich verachte Euch!«

Bei diesen Worten sprang die dunkelhaarige Frau auf und neigte sich mit aufgestützten Armen über den Tisch. In ihren dunklen Augen funkelte eine erbarmungslose Rücksichtslosigkeit, die jeden gewöhnlichen Mann zum Rückzug gezwungen hätte. Caric hielt ihrem Blick stand und wartete auf ihre Erwiderung. Sie schrie nicht zurück, im Gegenteil, ihre Stimme verwandelte sich in ein gedämpftes, schlangengleiches Zischen, welches erahnen ließ, wie wütend sie war: »Wie könnt Ihr es wagen, Caric von Falkenhorst? Ich diene meinem Land und dem Reichsbehüter nach bestem Gewissen. Ich habe Euch nicht in den Tod geschickt. Sicher war mir klar, dass diese Mission gefährlich ist, aber ich wusste auch, dass ihr drei diese Aufgabe bewältigen *könnt*. Wenn Ihr Angst vor dem Tod habt, hättet Ihr Euch besser auf dem Anwesen Eurer Familie verkrochen! Eure Freunde kannten das Risiko und haben dem Neuen Reich bis zu ihrem Tod treu gedient!«

Caric lachte verächtlich; er sah ein, dass dieser Streit zu nichts führen würde. Auch wenn er sich zutiefst enttäuscht, verletzt und verraten fühlte, so konnte er die Ehre seiner Freunde hier bestimmt nicht wiederherstellen, indem er die Edle von Erris anschrie. *Was wisst Ihr schon? Ihr seid auch nur eine gierige Hyäne, die auf den rechten Augenblick wartet, um an die Spitze zu gelangen.*

Mühsam unterdrückte der Krieger seinen Hass und fragte ruhig nach Alea. Auch Khorena entspannte sich langsam wieder und ließ sich auf ihren breiten Stuhl sinken. »Ja, vor einiger Zeit war ein Mädchen dieses Namens hier und behauptete, Ihr hättet sie geschickt. Sie erzählte wilde Geschichten, dass sie Euer Liebchen wäre und Ihr sie zur Frau nehmen wolltet.«

Caric horchte auf. »Sagt schon, wo ist sie? Habt Ihr sie aufgenommen?« Sein Herz pochte und die Aufregung schnürte ihm fast den Atem ab.

»Ja, wir nahmen sie in Gewahrsam, da wir nicht sicher waren, welche Elemente ihrer Erzählung der Wahrheit entsprachen. Jemand betäubte jedoch die Wachen, sodass das Mädchen entkam. Wir wissen nichts über ihren Verbleib. Aber da Ihr, Praios sei Dank, lebend zurück gekehrt seid, brauchen wir sie nicht mehr.«

Noch bevor Khorena den Satz beendet hatte, zerbrach etwas in Caric. Er konnte nicht begreifen, was er da hören musste. Sein Gesicht war eine verzerrte Maske der Trauer und der Enttäuschung. Die Edle schlug eine Hand vor den Mund und versuchte ein Lachen zu unterdrücken. »Jetzt sagt nicht, dass Ihr sie wirklich heiraten wolltet! Dieses kleine, geschwätzige Luder.« Sie brach in lautes Gelächter aus. »Verzeiht mir, Caric, ich wollte Euch nicht beleidigen, aber ...«

Auch wenn Caric nicht begreifen konnte, warum sein Leid sie so über alle Maßen belustigte, so konnte ihn das Gelächter doch nicht mehr verletzen, denn tief in sich spürte er gar nichts mehr. Alles, was ihn ausmachte – sein Stolz, sein Ehrgefühl, der Glaube an sein Land, seine Freunde und seine Liebe zu Alea – all dies war ihm genommen. Er hatte nichts mehr. Nur noch sein Leben, das ihm plötzlich unbedeutend und klein erschien. Wer war er denn überhaupt? Was würde er tun? Ohne ein weiteres Wort griff er zu seinem Schwert und zog es mit einem schleifenden Geräusch blank.

Khorena zuckte zusammen und sprang auf, eine Hand am Dolch, der an ihrem Gürtel hing. »Wagt es nicht!«, zischte sie den Agenten zornig an. Scheppernd landete die Klinge auf dem Tisch der Adeligen, und ohne der Frau weitere Aufmerksamkeit zu schenken, wandte der Mann sich zum Gehen. Es gab nichts mehr, was ihn hier noch halten konnte. Sollte die Edle doch einen anderen für ihre Machtspiele einspannen!

Eine eiskalte Leere ergriff Besitz von Carics Innerstem und umklammerte seine Seele. Ein Gefühl von Betäubung schlich sich in seine Glieder und ein Ausdruck der Gleichgültigkeit machte sich auf seinem Antlitz breit.

Niemals wieder werde ich die Hand für einen Gott, ein Land oder ein Volk erheben, niemals wieder! Ich hätte auf die Stimme meines Herzens hören müssen, nicht auf den falschen Stolz und den trügerischen Glauben. Ich kann niemals mehr ins Horasreich zurückkehren. Alea ist für mich endgültig verloren, ohne eine Nachricht von ihr gibt es keine Möglichkeit, sie zu erreichen. Es wird einige Zeit dauern, aber schließlich wird sie mich vergessen.

Die Stimme meines Herzens ist von allem, woran ich glaubte, brutal verraten worden und nun auf ewig verstummt; auf ewig …

Epilog

Die schwere Eichentür öffnete sich mit einem lauten Knarren. Lana Tarak hob den Blick von den Aufzeichnungen, die sie gerade angefertigt hatte. Selena, die in einem hohen Lehnstuhl nahe dem Feuer saß, eine aus Mohaccatabak bestehende Zigarre lässig zwischen den Fingern drehend, schenkte dem Besucher ein geziertes Lächeln und erhob sich langsam aus dem blutroten Leder des Stuhls. »Welch hoher Besuch und welch unerwartetes Vergnügen!«

Eine behandschuhte Hand reckte sich dem Ankömmling entgegen, der sich geflissentlich darüber beugte und einen Kuss in die Luft hauchte. »Das Vergnügen liegt ganz auf meiner Seite, werte Dame di Mesturia. Ihr seht wahrhaft bezaubernd aus, meine Liebe. Dass Drôl so lange ohne Euch auskommen mag, wird mir auf ewig ein Rätsel bleiben. Und Ihr, Dame Tarak?«

Der Blick, mit dem Lana den Marchese di Gravina musterte, sprach Bände. »Reizt mich nicht, Armand! Das ist noch keinem gut bekommen. Setzt Euch und erspart uns diesen Sermon! Meine Geduld ist nicht so ausgeprägt, dass ich mir die üblichen Floskeln in meinem eigenen Haus anhören werde.«

»Als Diener des Kartells werde ich mich bemühen, in allem den Anweisungen der Stellvertreterin Niams von Bosparan zu gehorchen.«

Der Blick Lanas gefror zu Eis. »Nennt mich noch einmal außerhalb der Organisation bei meinem Titel und es werden Eure letzten Worte sein!«

Der Mann vor ihr erbleichte sichtlich. »Verzeiht, ich … Ich habe noch viel zu lernen.«

Lana musterte den Edelmann mit einem Gesichtsausdruck, den dieser nicht zu deuten wagte.

»Kann man Euch denn nun gratulieren?« Selena hatte ihre kühle Art aufgegeben und zappelte unruhig herum, den Blick fest auf das Gesicht Armands gerichtet, das jetzt in triumphierendem Stolz errötete. »Ja, meine Damen. Vor Euch sitzt der neue Erste Finanzrat der Krone.« Scheinbar unbeteiligt musterte er seine Fingernägel, hauchte sie an und polierte sie anschließend am Stoff seiner Brokatweste. »Die Angelegenheit hat zwar einige Ressourcen verschlungen, und der ein oder andere Kandidat wurde in dringenden Geschäften ganz plötzlich abberufen, aber letztendlich waren unsere Bemühungen von Erfolg gekrönt. Die Mestilios haben sich zur Gänze aus dem Geschäftsleben zurückgezogen, nun da ein Zweig ihrer Familie auf so unangenehme Weise aufgefallen und verdorrt ist. Fragt sich, wie lange die Kleine durchhält, bis sie das Vermögen des guten alten Laserian verloren hat.«

»Genug geschwätzt! Suhlt Euch nicht im Leid anderer, mein Freund, es war niemals unsere Absicht, dass diese Menschen zu Schaden kommen; die Rücksichtslosigkeit der Geheimdienste hat die Dinge in eine völlig falsche Bahn gelenkt. Auch wenn wir dieses Mal, Phex sei Dank, davon profitieren mögen, so ist doch der Tod einiger Beteiligter tief zu bedauern.«

Nach einer kurzen Pause ergriff Lana erneut das Wort, wobei ihre Stimme schneidend und zugleich fordernd klang: »Armand, was ist mit Gallus?«

Das Gesicht des Marchese verwandelte sich plötzlich, als ordnete der Mann die Muskeln seines Gesichts neu. Die Augenbrauen wanderten nach unten, während ein grimmiger Zug um den Mund trat. Das Blitzen der Augen passte nicht mehr zu dem gepflegten Edelmann und auch die Haltung seiner Schultern ließ ihn eher wie einen aufgeputzten Landstreicher wirken. »Gallus ist tot!« Wieder diese Verwandlung, Scharade eines geübten Schauspielers: »Es lebe der Marchese Armand di Gravina.«

Lana hob misstrauisch eine Augenbraue. »Und es gibt niemanden, der diese Maskerade durchschauen könnte?«

»Niemanden außer der Dame Sharielle di Jazayeri.«

Lana sah ihr Gegenüber unbeeindruckt an. »Was gedenkt Ihr in diesem Zusammenhang zu unternehmen?«

Armand lächelte keck zurück: »Nichts.«

Während die Spannung im Raum zu knistern schien, entzündete der ehemalige Streuner eine Mohaccazigarre und blies den Rauch senkrecht in die Luft. »Ich habe, natürlich rein aus Zufall, die Kopie einer sehr interessanten Akte gefunden. Nichts Besonderes, nur die einer frisch ernannten Esquiria di Doraggia, die in ihrer …«, hier schmunzelte der Marchese, »… die in ihrer Jugend ein wenig vom korrekten politischen Pfad abgekommen ist. Ich bin mir sicher, dass ich die gute Dame di Jazayeri problemlos davon überzeugen kann, dass Schweigen zuweilen eine Sache ist, die beiden Seiten zugute kommt.«

Selena sog hörbar die Luft ein. »Passt bloß auf, dass Ihr Euch bei dieser Sache nicht die Finger verbrennt!«

Armand lächelte. »Aber werte Dame di Mesturia, ist Euch Euer Sinn für ein gutes Spiel etwa abhanden gekommen? Es wird wirklich Zeit, dass Ihr Euch wieder Eurer Arbeit in Drôl zuwendet.« Ergeben verbeugte er sich vor den Damen. »Verzeiht, aber das Geschäft ruft! Ich muss noch dringend einige Eingaben an den Rat formulieren. Ich wünsche Euch noch einen geruhsamen Abend.« Und auf ein bestätigendes Nicken Lanas hin verließ der Marchese den Raum.

Während die Dame Tarak die Feder in ihr Tintenglas senkte und wieder zu ihren Aufzeichnungen zurückkehrte, lief Selena unruhig im Raum auf und ab, eine neue Mohacca in den Fingern. »Das ist nicht gerecht. Warum muss dieser aufgeblasene Mensch eine so wichtige Position inne haben? Warum er?!«

Lana setzte mit kühnem Schwung ihren Namen unter das Dokument, streute etwas Sand auf die noch nasse Tinte und legte das Blatt mit einem tiefen Seufzer auf die Seite. Dann verschraubte sie vorsichtig das Tintenfass und säuberte die Feder. Unschlüssig sah sie sich um, griff schließlich zu einem kleinen Weidenkorb, griff hinein und zog ein sich wehrendes, maunzendes Knäuel heraus. Vorsichtig setzte sie das Kätzchen auf den Boden, senkte die Hand erneut in den Korb und zog eine angefangene Stickerei heraus, die sie in ihrem Schoß glättete. »Manchmal müssen wir alle Opfer bringen, meine Liebe. Das ist der Lauf der Dinge. Wer sich auf ein Spiel einlässt, der muss es zu Ende spielen, sonst hat er zwangsläufig verloren. Gallus ist eine Figur in einem größeren Spiel, eine Figur, die uns in die Hand gespielt hat. Er hat, nicht zuletzt auch mit deiner Hilfe, für unsere Sache einen teuren Sieg errungen. Nichtsdestoweniger ist er nur eine Spielfigur. Und jede Spielfigur ist ersetzbar.«

Langsam senkte Lana die Nadel in die Stickerei, fügte eine Schlinge roten Garns an die nächste, bis sich vor dem weißen Stoff die stolze Gestalt eines springenden Fuchses abhob, den Blick in die Ferne gerichtet und die Lefzen in wildem Lachen geöffnet.

Anhang

Erklärung aventurischer Begriffe

Götter und Monate

Praios – Gott der Sonne und des Gesetzes, gilt als der oberste der Zwölfgötter (sein Monat entspricht dem irdischen Juli)

Rondra – Göttin des Krieges und des Sturmes (ihr Monat entspricht dem irdischen August)

Efferd – Gott des Wassers, des Windes und der Seefahrt (sein Monat entspricht dem irdischen September)

Travia – Göttin der Gastfreundschaft, des Herdfeuers und der ehelichen Liebe (ihr Monat entspricht dem irdischen Oktober)

Boron – Gott des Todes und des Schlafes (sein Monat entspricht dem irdischen November)

Hesinde – Göttin der Gelehrsamkeit, der Künste und der Magie (ihr Monat entspricht dem irdischen Dezember)

Firun – Gott des Winters und der Jagd (sein Monat entspricht dem irdischen Januar)

Tsa – Göttin der Geburt und der Erneuerung (ihr Monat entspricht dem irdischen Februar)

Phex – Gott der Diebe und Händler (sein Monat entspricht dem irdischen März)

Peraine – Göttin des Ackerbaus und der Heilkunde (ihr Monat entspricht dem irdischen April)

Ingerimm – Gott des Feuers und des Handwerks (sein Monat entspricht dem irdischen Mai)

Rahja – Göttin des Weins, des Rausches und der Liebe (ihr Monat entspricht dem irdischen Juni)

Maße und Gewichte

Meile	=	1 km
Schritt	=	1 m
Spann	=	20 cm
Finger	=	2 cm

Unze	=	25 g
Stein	=	1 kg
Quader	=	1 t

Begriffe, Namen, Orte

Al'Anfa: mächtiger Stadtstaat im tiefen Süden Aventuriens, einer der beiden Hauptsitze des Boronkultes und zweitgrößte Stadt des Kontinents

Altes Reich: Das Liebliche Feld gilt neben dem Mittelreich als der mächtigste und kultivierteste Staat Aventuriens

Alveran: Residenz der Götter

Amazonen: ausschließlich aus Frauen bestehender Kriegerinnenbund; sehen sich als auserwählte Streiterinnen der Kriegsgöttin

Ardariten: Ordensritter der Rondrakirche

Aventurien: Kontinent, auf dem das Alte und das Neue Reich liegen

Aventurischer Bote: Zeitung des Mittelreiches, in ganz Aventurien verbreitet

Balestrina: eine im Lieblichen Feld entwickelte, moderne Handwaffe, mehrschüssig

Borbarad: mächtigster Schwarzmagier in der aventurischen Geschichte, verschwand vor knapp 500 Jahren, wurde von seinen Anhängern zurückgerufen und ist zur Zeit der Romanhandlung mit seinen Armeen ins östliche Mittelreich eingefallen

Bosparan: ehemalige, geschleifte Hauptstadt des Alten Reiches, heute steht die neue Hauptstadt des Horasreiches, Vinsalt, auf den Ruinen

Bosparan-Herold: konservative horasische Tageszeitung

Bosparanjer: ein erlesener, sehr teurer Schaumwein

DBA: Departement für Besondere Angelegenheiten, der Geheimdienst des Horasreiches
Dere: die Welt, auf welcher der Kontinent Aventurien liegt
Drôler Commercien-Syndikat: Vereinigung südländischer Händler, Deckname eines mächtigen Verbrecherkartells

Gareth: Hauptstadt des Mittelreiches und größte Stadt Aventuriens
Golgari: Gesandter des Totengottes Boron, der die Seelen der Verstorbenen in Borons Hallen geleitet

Horas: Kaisertitel der zum Horasreich zusammengefassten Königreiche Liebliches Feld und Drôl; ein Heiliger, der als Schutzpatron des Lieblichen Feldes gilt
Horaskaiserlicher Orden vom Heiligen Blut: religiös motivierter Laienbund, der sich der Anbetung des Horas und der korrekten Einhaltung alter Riten verschrieben hat; seine Mitglieder sind an scharlachroten Gewändern zu erkennen

KGIA: Kaiserlich Garetische Informations Agentur, Geheimdienst des Mittelreiches

Loge: überregionaler Stammtisch, Gruppierung, die je nach Größe einer nicht unbedingt politisch orientierten Partei ähnelt

Madamal: der Mond Deres
Mittelreich: auch Neues Reich, wurde vor ungefähr 1000 Jahren unter Bürgeraufständen aus dem Alten Reich herausgebrochen, heute größter und mächtigster Staat im geographischen Zentrum Aventuriens
Moha: ein Stamm von eingeborenen Waldmenschen, generell die Sammelbezeichnung für alle Ureinwohner des Regengebirges und der Waldinseln
Mohacca: ein schwerer Tabak aus dem Süden Aventuriens

Neues Reich: das Mittelreich
Noiona: Schutzheilige der Geisteskranken

Praiosauge: die Sonne Deres

Reichsbehüter: nach dem geheimnisvollen Verschwinden Kaiser Hals verzichtete sein Sohn, Prinz Brin, zunächst auf den

Kaisertitel des Mittelreichs und nahm den Titel des Reichsbehüters an

Satinav: Herr der Zeit, Halbgott
Schivone: ›modernes‹ Segelschiff
Söhne des Horas: ein nationalistischer Bund von revolutionären Extremisten, die das Kaiserhaus stürzen und eine Gottesherrschaft etablieren wollen
Sphärenschänder: eine Bezeichnung für Borbarad
Sumu: Urriesin, aus deren Körper die Welt erschaffen wurde

Thorwaler: Volk berüchtigter, trinkfester Seefahrer und Piraten
Trollpforte: Gebirgspass
Tulamiden: südaventurische Volksgruppe, die in und um die Khômwüste ansässig ist und teilweise als Nomadenvolk, teils sesshaft lebt

Utulu: ein Waldmenschenstamm, gilt als barbarisch

Vinsalt: Hauptstadt des Horasreiches

Waldinseln: Inselgruppe im Süden Aventuriens
Wunder von Beilunk: das direkte Eingreifen des Götterfürsten rettete die Stadt Beilunk vor ihrem Untergang

Yetiland: karge Eiswüste im hohen Norden, Heimat großer, bepelzter Kreaturen

Personen

Adoran: Agent und Hauptmann der KGIA, Carics bester Freund
Alea: Ziehtochter einer Kräuterfrau, die verschollene Tochter des verstorbenen Emilio di Mestilio
Armand di Gravina: ein junger Marchese
Bardor von Tiefenstein: ein Inquisitor aus dem Mittelreich
Berta: Frau aus Weilersgrund
Bertrand: Haushofmeister der Cavalliera di Jazayeri
Blärte Bergut: Frau aus Weilersgrund
Boronian Garbelsbrunn: Hauptmann der Stadtwache von Wehrheim

Caric von Falkenhorst: Agent der KGIA aus niederem Adelsstand, Adorans bester Freund
Chareos: ein Spion in Diensten der KGIA
Consuela Francesca di Monserre: Gesindeherrin des Granduco di Mestilio
Darar: ein alter Boronpriester
Daria: eine junge Edeldame
Eduard: ein Geck in Diensten der di Mestilios
Efferdan: Mitglied des Ordens vom Heiligen Blut, Verschwörer
Emalion Zerrutatio: Direktor der Vinsalter Oper
Emilio di Mestilio: verstorbener Bruder des Granduco Laserian
Ernswin di Mestilio: jüngster Sohn Laserian di Mestilios
Gallus: ein Streuner und Informant
Garvor di Scilaggio: Kriegsheld, hoch dekorierter Offizier im Rang eines Kapitan
Gaston: Kutscher der di Mestilios
Henghin Bärcher: Tuchhändler aus Gareth
Hesione di Mestilio: die Ehefrau des Granduco
Hilberian Strassinger: erfolgreicher Rechtsanwalt
Isora ya Verron: eine junge Beamtin des Adlerordens
Jarim di Varesa: Kriminalinspektor des Adlerordens
Jedhia di Zsavar: Operndiva
Jesabela: Assistentin des Generalstaatsanwalts
Khorena von Erris: almadanische Edle in Diensten der KGIA
Lana Tarak: hoch bezahlte Kurtisane
Landro di Jazayeri: Sharielles Großvater
Laserian di Mestilio: Granduco und Erster Rat im Finanzrat der Kaiserin
Leander: Aleas kleiner Kater
Leomir Haldubrand: ein alter Magier
Leonhard: Haushofmeister des Granduco di Mestilio
Madanne: Sharielles Nichte
Marja: alte Kräuterfrau und Hebamme aus Weilersgrund
Mutter Lauria: Perainepriesterin
Olborn di Elzira: Kapitan zur See bei der horasischen Marine
Pherion di Avona: Generalstaatsanwalt des Adlerordens, gleichzeitig für den Geheimdienst tätig
Praiodane di Jazayeri: Sharielles Großmutter
Quendan: Agent der KGIA

Reoban: Agent des Kartells
Rinilla: Zofe im Haushalt des Granduco di Mestilio
Rondraja: Kompanieärztin und ehemalige Geliebte Garvors
Sanna: liberale Schriftstellerin aus dem Bürgerstand, Sharielles Geliebte
Sarianor Zornbrecht: Mitglied einer mächtigen al'anfanischen Grandenfamilie, ein Bekannter Sharielles
Selena di Mesturia: Mitglied des Kartells
Sharielle di Jazayeri: reiche Adelige im Rang einer Cavalliera, ehemalige Geheimagentin, die als Diplomatin im Konsulat für außenpolitische Fragen arbeitet, Pflegemutter der Kinder ihres toten Bruders
Silar: Frau aus Weilersgrund
Sion: Sharielles Neffe
Takate: ein Mohakrieger, Garvors Adjutant und Freund
Thalen: Garether Strassenjunge
Timotheus di Mestilio: ältester Sohn Laserian di Mestilios
Traviane: Frau eines Ketzers
Tsaiane di Mestilio: Tochter Laserian di Mestilios
Veriana Gerbronn: Adorans Verlobte, eine Freundin Carics
Wulfen: Schwertlehrer der Edlen von Erris
Yserian del Araggia: alternder Richter am Krongerichtshof in Vinsalt
Zolthan Ahringskreuz: Leutnant der Kavallerie

Das Schwarze Auge

1. Band: Ulrich Kiesow, *Der Scharlatan* · 06/6001
2. Band: Uschi Zietsch, *Túan der Wanderer* · 06/6002
3. Band: Björn Jagnow, *Die Zeit der Gräber* · 06/6003
4. Band: Ina Kramer, *Die Löwin von Neetha* · 06/6004
5. Band: Ina Kramer, *Thalionmels Opfer* · 06/6005
6. Band: Pamela Rumpel, *Feuerodem* · 06/6006
7. Band: Christel Scheja, *Katzenspuren* · 06/6007
8. Band: Uschi Zietsch, *Der Drachenkönig* · 06/6008
9. Band: Ulrich Kiesow (Hrsg.), *Der Göttergleiche* · 06/6009
10. Band: Jörg Raddatz, *Die Legende von Assarbad* · 06/6010
11. Band: Karl-Heinz Witzko, *Treibgut* · 06/6011
12. Band: Bernhard Hennen, *Der Tanz der Rose* · 06/6012
13. Band: Bernhard Hennen, *Die Ränke des Raben* · 06/6013
14. Band: Bernhard Hennen, *Das Reich der Rache* · 06/6014
15. Band: Hans Joachim Alpers, *Hinter der eisernen Maske* · 06/6015
16. Band: Ina Kramer, *Im Farindelwald* · 06/6016
17. Band: Ina Kramer, *Die Suche* · 06/6017
18. Band: Ulrich Kiesow, *Die Gabe der Amazone* · 06/6018
19. Band: Hans Joachim Alpers, *Flucht aus Ghurenia* · 06/6019
20. Band: Karl-Heinz Witzko, *Spuren im Schnee* · 06/6020
21. Band: Lena Falkenhagen, *Schlange und Schwert* · 06/6021
22. Band: Christian Jentzsch, *Der Spieler* · 06/6022
23. Band: Hans Joachim Alpers, *Das letzte Duell* · 06/6023
24. Band: Bernhard Hennen, *Das Gesicht am Fenster* · 06/6024
25. Band: Niels Gaul, *Steppenwind* · 06/6025
26. Band: Hadmar von Wieser, *Der Lichtvogel* · 06/6026
27. Band: Lena Falkenhagen, *Die Boroninsel* · 06/6027
28. Band: Barbara Büchner, *Aus dunkler Tiefe* · 06/6028
29. Band: Lena Falkenhagen, *Kinder der Nacht* · 06/6029
30. Band: Ina Kramer (Hrsg.), *Von Menschen und Monstern* · 06/6030
31. Band: Johan Kerk, *Heldenschwur* · 06/6031
32. Band: Gun-Britt Tödter, *Das letzte Lied* · 06/6032
33. Band: Barbara Büchner, *Das Galgenschloß* · 06/6033
34. Band: Karl-Heinz Witzko, *Tod eines Königs* · 06/6034
35. Band: Hadmar von Wieser, *Der Schwertkönig* · 06/6035
36. Band: Barbara Büchner, *Schatten aus dem Abgrund* · 06/6036
37. Band: Barbara Büchner, *Seelenwanderer* · 06/6037
38. Band: Hadmar von Wieser, *Der Dämonenmeister* · 06/6038
39. Band: Christel Scheja, *Das magische Erbe* · 06/6039
40. Band: Linda Budinger, *Der Geisterwolf* · 06/6040
41. Band: Momo Evers, *Und Altaia brannte* · 06/6041

Das Schwarze Auge

42. Band: Barbara Büchner, *Blutopfer* · 06/6042
43. Band: Lena Falkenhagen, *Die Nebelgeister* · 06/6043
44. Band: Karl-Heinz Witzko, *Die beiden Herrscher* · 06/6044
45. Band: Bernhard Hennen, *Die Nacht der Schlange* · 06/6045 Hardcover
46. Band: Barbara Büchner, *Das Wirtshaus* Zum lachenden Henker · 06/6046
47. Band: Karl-Heinz Witzko, *Die Königslarve* · 06/6047
48. Band: Tobias Frischhut, *Geteiltes Herz* · 06/6048
49. Band: Hadmar von Wieser, *Erde und Eis* · 06/6049
50. Band: Britta Herz (Hrsg.), *Gassengeschichten* · 06/6050
51. Band: Heike Kamaris & Jörg Raddatz, *Sphärenschlüssel* · 06/6051
52. Band: Alexander Huiskes, *Die Hand der Finsternis* · 06/6052
53. Band: Martina Nöth, *Zwergenmaske* · 06/6053
54. Band: Gun-Britt Tödter, *Koboldgeschenk* · 06/6054
55. Band: Heike Kamaris & Jörg Raddatz, *Blutrosen* · 06/6055
56. Band: Ulrich Kiesow, *Das zerbrochene Rad: Dämmerung* · 06/6056
57. Band: Ulrich Kiesow, *Das zerbrochene Rad: Nacht* · 06/6057
58. Band: Jesco von Voss, *Der Letzte wird Inquisitor* · 06/6058
59. Band: Olaf Flatergast, *Druiden-Rache* · 06/6059
60. Band: Alexander Wichert & Christian Thon, *Blakharons Fluch* · 06/6060
61. Band: Karl-Heinz Witzko, *Westwärts, Geschuppte!* · 06/6061
62. Band: Thomas Finn, *Das Greifenopfer* · 06/6062
63. Band: Alexander Lohmann, *Die Mühle der Tränen* · 06/6063
64. Band: Sarah Nick (Hrsg.), *Aufruhr in Aventurien* · 06/6064
65. Band: Thomas Baroli & Volker Weinzheimer, *Lichter Tag* · 06/6065
66. Band: Thomas Baroli & Volker Weinzheimer, *Die Schwärze der Nacht* · 06/6066
67. Band: Alexander Wichert, *Sand und Blut* · 06/6067 (in Vorb.)
68. Band: Alexander Huiskes, *Der geheime Pfad* · 06/6068 (in Vorb.)
69. Band: Markus Tillmanns, *Das Daimonicon* · 06/6069 (in Vorb.)
70. Band: Martina Nöth, *Verborgene Mächte* · 06/6070 (in Vorb.)
71. Band: Martina Nöth, *Die letzte Schlacht* · 06/6071 (in Vorb.)

Sonderausgabe des 15., 19. und 23. Romans in einem Band:
Hans Joachim Alpers, *Die Piraten des Südmeers* · 06/9185

Sonderausgabe des 12., 13. und 14. Romans in einem Band:
Bernhard Hennen, *Drei Nächte in Fasar* · 06/9197 (in Vorb.)

Weitere Bände in Vorbereitung